JOSEPH JOFFO

ANNA UND IHR ORCHESTER

PROPYLÄEN ROMAN

JOSEPH JOFFO

ANNA UND IHR ORCHESTER

PROPYLÄEN ROMAN

Ullstein Buch Nr. 4804
Verlag Ullstein GmbH, Frankfurt/M-Berlin-Wien
Französischer Originaltitel:
›Anna et son orchestre‹
Übersetzt von Lothar von Versen
Deutsche Erstausgabe
Umschlagentwurf: Kurt Weidemann

Satz Süddeutsche Verlagsanstalt, Ludwigsburg
Druck May & Co, Darmstadt
Buchbinder Wennberg, Stuttgart
ISBN 3 548 04804 8

Ich danke allen, die mir das Schreiben dieses Buches ermöglicht haben –
an erster Stelle meiner Mutter, dann meinen Onkeln und meiner ganzen Familie, meinem Verlag, der weder mit Zeit, gutem Rat, noch mit Freundschaft gespart hat, und schließlich meinem Schriftsteller-Freund Claude Klotz, der mein Manuskript so aufmerksam durchgesehen hat.

J.J.

Dieses Buch ist ein Roman und doch kein Roman. Ich habe Geschichten benutzt, die meine Mutter und meine Großonkel mir erzählten, als ich jung war. Ich habe mir die meisten Gegenden angesehen, wo die Handlung von ›Anna und ihr Orchester‹ spielt. Die Städte haben sich verändert, und auch das Gedächtnis ändert einiges. Ich bin kein Historiker. Man verzeihe mir also meine Irrtümer. Auch die Straßen sehen heute anders aus. Aber wie sagte doch einer meiner geigenspielenden Onkel: »In einem Lied kommt es nicht so sehr auf den Text an, wichtiger ist der Takt, das Musikalische.«
Also, hört zu...

Joseph Joffo

Erstes Buch

I

In dem gelben Licht renne ich, so schnell ich kann.

In drei Stunden werde ich elf Jahre alt.

Ein böiger Wind fährt über die Felder und in den Schal, welchen Marthe mir letzten Winter gestrickt hat. Meine Wangen glühen, meine Mutter lacht, sie hält mich an der Hand, und ich ziehe sie.

Ich sehe sie wieder: mit der freien Hand hebt sie ihren Rock an, der den Straßenstaub streift, ihr geknotetes Haar hat sich beim Laufen aufgelöst, und ihre Zähne blitzen im Sonnenlicht.

»Nicht so schnell, Annuschka, noch drei Stunden.«

Ich achte nicht darauf. In dem großen Haus haben sie schon alles vorbereitet, die Diener decken den Tisch, ich brauche bloß die Augen zu schließen, und durch den klaren Himmel hindurch, der meine Lider schlägt, stelle ich mir das große, bestickte Tischtuch vor, dessen Falten man mit dem heißen Bügeleisen glättet. Die Samoware, das Silberbesteck, die alten Teller und die Kuchenberge. Boris und die anderen wienern ihre Violinen und ziehen die roten Hemden an. Als erstes hebt Avram den Bogen, und beim ersten Notenschwall springe ich in die Luft wie ein Champagnerkorken, mein Vater fängt mich auf, und sein Lachen läßt mein Trommelfell vibrieren.

»Alles Gute zum Geburtstag, Anna!«

Ich öffne wieder die Augen. Was für ein endlos flaches Land! Wie soll ich glauben, daß die Erde rund ist? Das ist wieder so eine Idee von Boris.

Alles hier wirkt heftig und stark: die Sonne, der Wind, der steil aufschießende Weizen, dicht wie eine Bürste. Überall weite und betäubende Gerüche vom Frühling bis zum Herbst. Und in dieser kraftstrotzenden Welt laufe ich über die gelbe, reiche Erde, ich, Anna Boronsky, lasse meine fünf Unterröcke und ein schönes funkelndes Kleid fliegen, das ich zum erstenmal anhabe.

Es kam gestern in einem blaßblauen Karton, und das Firmenschild eines Hauses in Odessa stand darauf. Odessa, eine Riesenstadt, ganz weit im Süden, jenseits der Weizenfelder am Horizont. Den ganzen Abend stand ich vor dem großen Spiegel in Mamas Zimmer, Frauen hockten um mich herum. Sie redeten nicht, denn sie alle hielten Nadeln im Mund. Das machte mich ängstlich – muß doch furchtbar sein, eine Nadel zu verschlucken –, aber sie lachten über meine Furcht und spotteten über mich.

Sie nähten noch sehr spät, damit das Kleid fertig wurde. Noch lange sah ich das Licht ihrer Lampen glänzen, bevor sie sie auspusteten. Heute früh fand ich mein neues Kleid am Fuß meines Bettes. Die Welt ist herrlich.

Wir bleiben stehen, ein Windstoß, heftiger als die anderen, schlägt uns ins Gesicht. Ich erinnere mich, daß wir einem Fuhrwagen mit Bänken und voller Muschiks begegneten. Ihre Beine baumelten wie leblos herunter, und die Sohlen ihrer alten Stiefel schleiften auf dem Boden. Wir wichen ihnen aus.

Die ersten Häuser im Dorf. In Kesat bin ich am 14. September 1890 geboren. Nie bin ich fortgegangen, und immer möchte ich dort leben. Auf der Karte ist es nicht verzeichnet, es liegt ganz in der Nähe von Elisabethgrad.

Mama hat mich losgelassen, und ich laufe noch schneller über den plattgetretenen Weg zwischen den Holzhäusern; hier ist es grau und schmutzig, trotz des weiten, klaren Himmels.

Vor dem Hof der Domka biege ich ab und scheuche Scharen von Enten durch das Geräusch meiner Hacken hoch, kleine goldene Kugeln watscheln, zerstreuen sich in der Schneise, flüchten bis hin zum Holztrog, aus dem die Schweine trinken. Da liegt der Platz, und an der Ecke steht mein Haus. Ich stürze vor in Richtung Türflügel und halte brüsk inne.

Ein kleiner Mann rennt mir entgegen: Er ist sehr schmutzig, und ich sehe sein Gesicht nicht, so viel Bart trägt er darin. Seine Haare legen einen dicken Vorhang über seine Augen. Er hält sich das Handgelenk, ich sehe Blut zwischen seinen Fingern. Im Vorübergehen streift er mich und verschwindet, so schnell er kann.

Zwei Männer am anderen Ende des Platzes. Sie halten Heugabeln, schlagen ein auf etwas am Boden, wohl ein Sack mit Lumpen.

Der größere hebt sein Werkzeug, und drei Stahlspitzen blitzen, ehe sie mit dumpfem Laut wieder herunterfallen, dann laufen die beiden zur Seite und flüchten.

Ich nähere mich langsam und höre immer deutlicher Pferdegetrappel, Galopp.

Nie werde ich erfahren, ob es die Pferde meines Vaters und meiner Brüder waren, oder die der drei Männer, die ich gerade überrascht habe. Vater hebt mich ein paar Sekunden später hoch, ich bin ohnmächtig.

Die Männer droschen nicht auf einen alten Sack ein. Es war Rabtscheck, mein Hund.

Ich bin das letzte von zehn Kindern, das einzige Mädchen.

Vier meiner Brüder sind tot; wie sie gestorben sind, weiß ich nicht. Weder Vater noch Mutter antworten mir darauf, wenn ich sie um Erklärungen bitte, und zeige ich mich hartnäckig, so spüre ich, daß es da ein furchtbares Geheimnis gibt.

Ich schreie, tobe, mache eine Szene, bis Marthe mich, immer noch vor Wut heulend, auf mein Zimmer trägt, während der Tisch unter den Faustschlägen meines Vaters erzittert, der flucht, daß er lieber ein Regiment Jungs erziehen möchte als so eine Mini-Frau.

Diese Worte stimmen mich noch verzweifelter; wie Flöhe springen mir die Tränen aus den Augen, erschöpft und niedergeschlagen bleibt mir bloß noch übrig, Popkej mein Herz auszuschütten. Der glotzt mitleidig, wiegt sich und putzt sich schließlich immer nur das Gefieder.

Popkej ist ein farbiger Papagei, den mir mein Vater von einer Reise nach Kiew mitgebracht hat, ich habe monatelang darum gebettelt.

Ganz sicher war ich wohl ein sehr schlimmes, verwöhntes Kind. Nach den großen Mahlzeiten mit der Familie und den Freunden bin ich – ich erinnere mich – von einem Saalende zum anderen gehopst, in den Armen aller meiner Cousins. Meine Brüder legten los mit ihren Geigen, und ich wirbelte wie eine Irre zu der Wahnsinnsmusik, tanzte zwischen den Tellern, hüpfte zwischen den Gläsern und landete schließlich außer Atem in den mächtigen Armen meines Vaters. Mitten im Vivat-Rufen und im Gelächter hob er mich hoch. Meine Finger klammerten sich in seinen Bart, in dem immer ein Tropfen Wodka hing.

Ich tanzte, sang so laut ich konnte, erfüllte das riesige Haus mit meinen Bocksprüngen. Meine Puppen fand ich überall. Eines Abends setzte ich sie alle auf die Treppenstufen, kein Zentimeter blieb mehr für unsere Füße, und ihre Augen aus Holz, Stoff und

Porzellan schauten mich an – eine Versammlung von klein geratenen Frauen in funkelnden Kleidern.

Ich sehe noch diese schillernde Treppe, besetzt mit gleichförmigen Gesichtern. Mit Boris und Janni hatte ich mich geprügelt, weil sie meine Puppen aus den Fenstern werfen wollten... Mein Gott, wie oft habe ich mich mit denen gehauen!

Von meinen anderen Brüdern weiß ich heute nur eins, nämlich, daß sie riesengroß waren. Ein Bild hat sich mir genau eingeprägt: wie sie im Winter Schnee schippten. Mit ihren Bärten, Schnauzern, Umhängen glichen sie riesigen Bären; ich legte den Kopf weit nach hinten, um mit ihnen zu sprechen, sie hatten weiße Zähne und laute Stimmen.

Der größte war Avram, er erreichte fast seinen Vater. Manchmal verfolgte er mich, knurrend wie ein Menschenfresser.

Dann Maxim, der auf den Händen laufen konnte und meine Puppen mit dem Hammer reparierte.

Isaak und Janni sind kleiner, unzertrennlich und ähneln einander sehr. Ihr großer Kummer: ihnen wächst noch kein Bart. Sie mustern sich im Spiegel, um festzustellen, ob doch was sprießt.

Boris ist mein Kumpel, uns trennen kaum zwei Jahre; ihm verdanke ich meine schönsten Beulen und meine heftigsten Lachanfälle. Ein krausköpfiger Bursche mit großen dunklen Augen, und wenn man das Spiel seiner Lippen beobachtet, meint man, daß er immer neue Streiche ausheckt.

Und dann ist da noch Papa.

Der Boß der Bären: der größte, der dickste von allen, mit dem lautesten Lachen; er galoppiert am schnellsten auf dem robustesten Pferd.

Diesen Sommer hat er das Dach repariert, und zusammen mit meinen Brüdern veranstaltete er einen Wettbewerb, um herauszubekommen, wer es am längsten schaffte, einen Balken mit ausgestrecktem Arm über dem Kopf zu halten. Max machte als erster schlapp, Avram und Papa standen sich gegenüber, schauten sich an, jeder mit seinem Balken. Die Zeit verging, und sie regten sich nicht.

Sie hielten den ganzen Nachmittag durch; als die Sonne unterging, meinte Papa: »Ich hab' Hunger.«

Mama brachte Suppe und fütterte ihn mit dem Löffel. Als er fertig war, äußerte er: »Iwan Patschko kommt zum Wochenende vorbei, sag ihm, ich kann ihn nicht begrüßen, muß eine Wette gewinnen.«

Da lachte Avram so laut, daß seine Muskeln zitterten. Er ließ den Balken fallen, und das erschütterte unser ganzes Haus.

Auch Papa ließ jetzt los und sagte: »Also, bis zum Winter hätte ich's wohl doch nicht ausgehalten.«

So war mein Vater.

Ich erinnere mich auch – und das fand ich nicht so lustig – an ein großes weißes Stück Papier, auf dem man enge Linien gezogen hatte. Darauf gab es schwarze Punkte, mal weiter oben, mal weiter unten. Avram erklärt mir, daß das Noten sind, aber ich begreife nicht, wie Flecken auf einer Seite sich in Lieder verwandeln können, in Melodien, die er an Sommerabenden oder Festtagen spielt. Ich sage ihm die Notenbezeichnungen nach, aber das langweilt mich schnell, ich bin keine aufmerksame Schülerin. Boris erwartet mich zum Spielen. Popkej wird ungeduldig. Blumen blühen im Garten, in den Feldern wird geerntet, kurz, draußen ist die Welt so spaßig, so anziehend, voller Spiele und Verlockungen. Da finde ich es lächerlich, sich über schwarze, weiße, runde oder strickschmale Dinger zu beugen, die mir gar nichts bedeuten.

Mehr als alles andere, die Jahreszeit spielt dabei keine Rolle, zieht mich etwas nach draußen, und dieses Etwas heißt Rabtscheck.

Die Magd der Medeifs hat ihn mir geschenkt. An einem Winterabend klingelte Maria Fedorowna. Ich kam auf Zehenspitzen näher. Sie hielt ein Hündchen, das sich in einen Pelzumhang kuschelte. Ich griff danach mit einem Freudenschrei, packte es an den Ohren. Er jammerte, war mir aber wegen meiner Ungeschicklichkeit nicht böse, knabberte mit seinen spitzen Zähnchen an meinen Händen.

Er schlief am Fußende meines Betts, und mein Vater mußte schon mit seiner Stentorstimme die Fensterscheiben klirren lassen, damit ich dem Hund verbot, von meinem Teller zu essen.

Er begleitete mich bei allen Spaziergängen; eines Tages hätte er sich fast im hart an die Felder grenzenden Wald verirrt, der sich bis ans Ende der Welt auszudehnen schien, immer dichter, immer undurchdringlicher.

Rabtscheck war schneller gewachsen als ich: ein großer Hund und ein kleines Mädchen; er lief mit den Pferden um die Wette, wenn wir sie vorspannten, um die Nachbarn zu besuchen. Und an meinem elften Geburtstag tötete man mir Rabtscheck.

Auf dem großen Sofa im Empfangszimmer, unter dem Porträt Peters des Großen, bin ich wieder zu mir gekommen. Marthe tätschelte mir die Hände, und vor heftigem Essiggeruch wurde mir übel. Den kannte ich gut, er kam von dem Gefäß, aus dem mein Vater dauernd seine Senfgurken herausfischte, die er kiloweise verzehrte, wobei er sie mit reinem, durchsichtigem, wie geschmolzenes Eis aussehendem Wodka begoß.

Ich brach in Tränen aus und sah die entgeisterten Gesichter meiner Brüder und meiner Mutter über mir. Was ich nicht begreifen konnte, war, warum man Rabtscheck getötet hatte. Wenn ihn ein Pflug während der Heuernte überfahren hätte, wäre mein Kummer gewaltig gewesen, aber es gab da etwas Schlimmeres, Unerklärliches, etwas, das mich noch betrübter stimmte und mir einen tiefen Abscheu einflößte.

Zum erstenmal in meinem Leben spürte ich ein Gefühl, das mir noch nie bewußt geworden war: die Angst.

Warum?

Warum brachten die drei Männer einen Hund so grausam um? Ich wußte, daß Rabtscheck nicht böse gewesen war, er konnte sie gar nicht angegriffen oder gar gebissen haben; jeder Bauer, das ganze Dorf kannte ihn, die Männer wie die Frauen streichelten ihn oft im Vorübergehen. Er war der Hund von Anna Boronsky. Mein Hund.

Also warum?

Als ich es schaffte, zwischen zwei Schluchzern danach zu fragen, hob mich mein Vater hoch, und ich sah seine schwarzen Augen ganz nah. Hinter ihrer plötzlichen Traurigkeit steckte etwas anderes, und ich fühlte instinktiv, das war Zorn.

Wortlos preßte ich mich an ihn, er durchquerte das Zimmer, den langen Korridor, und bald standen wir an der Tür zur Straße.

Draußen glitzerte die Sonne immer noch, der Platz war leer und der Kadaver meines Hundes verschwunden.

Da drehte sich mein Vater um und zeigte auf die Mauern unseres Hauses.

Meine Augen wurden groß vor Erstaunen: auf die von dem heißen Tag noch lauwarmen Steine hatte man einen riesigen Stern gemalt, und die rote Farbe war auseinandergelaufen, bildete nun blutige Rinnen, die sich hinzogen bis zu den Stufen der großen Treppe.

Ich kannte diesen Stern, den Davidstern, er befand sich auch, in Holz geritzt, über meiner Zimmertür.

Ich spürte Vaters muskulösen Arm, wie er sich um meine Taille krampfte. Ich senkte die Augen auf mein schönes, zerknittertes Kleid, das voll Tränen, Staub und Essig war.

Seine zitternde Stimme ging mir durch und durch. Ich höre sie noch.

»Nur Hunde töten Hunde, Anna, denk daran.«

Ich begriff nicht, was er meinte; aber ich nickte und murmelte: »Auf jeden Fall hat sich Rabtscheck gewehrt, er hat einen in die Hand gebissen.«

Mein Vater runzelte die Brauen.

»Bist du sicher?«

»Ja, ich hab's gesehen.«

Er schien einen Augenblick zu überlegen und fragte mich: »Wie viele waren es?«

Mich schauderte.

»Drei. Sie sind nicht aus der Gegend, ich bin ihnen noch nie begegnet.«

Er setzte mich ab, legte mir eine Hand auf den Kopf, und ich sah ihn lächeln.

»Wir machen's wie Rabtscheck, Anna, wir wehren uns.«

An den Rest des Tages erinnere ich mich nicht mehr so recht. Die großen Brüder redeten lange und leise mit meinem Vater, und manchmal schnappte ich Vornamen auf: Wanitsch, Wladimir, Aljoscha, Dimitrij. Ich wußte, so hießen die Brüder, die ich nie kennengelernt hatte.

Welcher Zusammenhang bestand zwischen meinen Brüdern und Rabtscheck? Sie redeten noch, während ich ohne Appetit auf Mutters Schoß Marthes Mandelkuchen aß. Hinter uns intonierten Janni und Isaak gedämpft ein düsteres, rumänisches Lied.

Der Lampenschein wurde schwächer, man sah kaum noch etwas. Unsere Schatten tanzten durcheinander über die Balken der Decke.

Ich hörte wieder und wieder das Wort ›Jude‹, es vermengte sich mit den traurigen Noten der beiden Geigen... Dann schlief ich wohl ein, erschöpft von der Aufregung, müde. Im Schlaf sah ich funkelnde Sterne, blitzende Heugabeln, und über die gelben, sommerlichen Felder rannte ein Hund. Trotz meiner Rufe und meiner Tränen verschwand er für immer, verschlungen vom kugelförmigen, roten Rachen der untergehenden Sonne.

II

»Anna!«

Boris ruft mich schon lange. Ich höre Hufeisen auf dem Pflaster klirren. Das heißt, es geht auf eine Spazierfahrt, aber ich hab' keine Lust. Die Wolken hängen niedrig, und ihre mit lauwarmem Regen randvoll gefüllten Bäuche versprechen mir nichts Gutes.

Manchmal regnet es wochenlang. Der Regen verwandelt die Ebene in einen Morast. Ich hasse es, wenn meine Stiefel in dem schwammigen Boden versinken.

Nein, Boris kann sich ruhig heiser schreien, ich gehe nicht hinaus. Lieber spiele ich weiter mit Popkej. Ich habe gehört, daß Papageien sprechen, aber meiner hat's nicht geschafft, auch nur ein einziges Wort herauszubringen, trotz all meiner Bemühungen. Angestrengt rede ich mit ihm, aber er guckt nur und bleibt stumm – manchmal habe ich den Eindruck, er tut das absichtlich. Dieser Vogel könnte sprechen, aber er will nicht.

»Anna.«

Des Streitens müde, schleppe ich mich zum Fenster und schaue hinaus.

Der Wagen ist angespannt. Max, Boris und Marthe sitzen schon drin. Als er mich sieht, grölt Boris: »Komm, wir fahren zum Feldscher.«

Na, das ist natürlich was anderes! Mit einem Ruck werfe ich den Regenmantel über, leere zwei Schubladen aus, bevor ich meinen Muff finde, schnappe mir die Stiefel, die ich im Wagen anziehen werde. Im Nu sitze ich unter Pelzen. Marthe macht sich dünn für mich, rollt meine langen Zöpfe zu einem Knoten auf meinem Kopf zusammen. Von Haarnadeln hat sie immer ihre Schürzentaschen voll.

Mein Vater kutschiert, der lange Peitschenriemen an dem Horngriff knallt hart um die Ohren der Pferde.

Wir sind abgefahren.

Max singt zum Zerspringen, während Boris ihn auf einem imaginären Geigenbogen begleitet. Die Pferde traben, es ist kalt, aber wenn wir Glück haben, werden wir vor dem drohenden Gewitter in Selvrost sein.

Selvrost ist ein großes Dorf, viel größer als Kesat. Da gibt es einen Pferdemarkt, eine Getreidehalle und viele Muschiks im Sonntagsanzug, die ihr Geld in den Kneipen versaufen, bis sie mit donnerndem Getöse zu Boden sinken. Im Winter weckt man sie auf, indem man ihnen das Gesicht mit Schnee einreibt, im Sommer gießt man ihnen große Eimer voll Wasser über den Kopf. Die Bauern aus den umliegenden Höfen kommen, verkaufen Butter, Eier und Fuchsfelle, sie fallen ein in die Verkaufsstände und verlassen sie mit Stoffballen und Kupfergeschirr. Die Jüngsten kaufen sich schwere, gehämmerte Halsbänder, die sie an Festtagen und zu Hochzeiten tragen werden.

Mitten in diesem Tumult, diesem dauernden Hin und Her, liegt die Newski-Straße; dort hängt ein seltsames Schild über einer alten Tür: eine Zange umgreift ein merkwürdiges Objekt. Ich hielt es lange für eine Mohrrübe, bis mein großer Bruder Avram mir erklärte, es handele sich um einen spitzen Zahn, einen Eckzahn genau.

»Dieses Schild gehört unserem Vetter David, dem Feldscher.«

Die Tür ist kaum aufgestoßen, da erkenne ich meinen Vetter durch dicken Pfeifenrauch hindurch. David schwingt die Schere, ruft etwas, sticht meinem Vater fast ein Auge kaputt, als der ihn auf russisch küßt, drückt meinen Brüdern die Hand und hebt schließlich mich hoch. Überall sitzen Männer auf Bänken an den dunklen Wänden, stehen an der Tür. Einer hockt vor einem winzigen Spiegel voller Fliegendreck.

David lacht zufrieden, stößt ohne Zögern zwei oder drei dösende Bauern zur Seite, macht uns Platz. Das Schauspiel beginnt, und es lohnt sich.

David ist nämlich kein Zahnarzt, er ist Friseur, setzt Schröpfköpfe an, spielt Geburtshelfer bei Frauen und Kühen, beschneidet die Stiere; man sagt auch, daß er kaputte Glieder einrenkt und Unheilbare gesund pflegt. Er ist der berühmteste Mann im ganzen Kreis, und all die Menschen hier kommen von weit her, um seine Hilfe in Anspruch zu nehmen. Ich bin sehr stolz auf meinen Vetter David.

Ein kleiner Mann, im Winter genauso angezogen wie im Sommer: farbloser Kittel, dreifach zu weite Hose und Kavalleriestiefel vom letzten Kurzdienst bei der Armee. Er erzählt jedem, der es hören will, daß er einen einmaligen Fall in den Annalen der Zarenkavallerie darstellt: Er schaffte es, nie länger als zwanzig Sekunden im Sattel zu bleiben.

David packt die Griffe der langen Schere mit beiden Händen und stutzt in drei Schnitten die schwarze Mähne seines Kunden, der vergeblich versucht, ihm im zu hoch gehängten Spiegel Fehler nachzuweisen. Fasziniert starre ich den weißen, so rasch freigelegten Nakken an und schaudere bei dem Gedanken, daß man mir Gleiches antun könnte.

»Der Nächste«, ruft David.

Ein Mann ist aufgestanden, hat auf dem Sessel Platz genommen. Ein Ladenjunge. Hat sich schön gemacht, die Ecken seines falschen Kragens sehen so aus, als wollten sie ihm die Ohren durchstechen. Er ist rot und schwitzt.

»Haare schneiden?« fragt David und klirrt mit der Schere.

»Nein, Backenzahn raus.«

Starke Spannung entsteht bei den anderen: Sie sind jetzt ganz Ohr, legen die Hände auf die Knie. Keiner zieht mehr an seiner Pfeife. In meiner Ecke gehen mir die Augen über.

Mit angeborenem Sinn fürs Dramatische legt David die Schere ab und holt eine Flasche Wodka ohne Etikett aus einem niedrigen Regal. Er hebt sie hoch.

»Desinfizierende Flüssigkeit«, verkündet er. »Erste Operation. Mach den Mund auf, Väterchen.«

Väterchen macht's Maul auf, verschluckt sich, aber unbewegt verpaßt ihm David einen Schluck, der einen Ochsen umgehauen hätte. Aller Augen folgen dem Lauf des Wässerchens.

»Zweite Operation: Extraktion«, ruft David.

Er wendet sich zu einer Tür, die ins Hinterzimmer führt, und brüllt: »Igor!«

Igor erscheint, und die Leute weichen zurück.

Der Sohn eines Muschiks, stammt er aus der Gegend von Murmansk. Ein Ungeheuer. Sanft und harmlos wie viele Kolosse, ist er David mit Leib und Seele ergeben. Der hat ihn aus dem Gefängnis geholt und dem Kommissar dafür eine runde Summe Rubel hingelegt. Eines Tages brachte es ein robuster, seiner Kraft sicherer Ukrainer fertig, David nicht zu bezahlen. Mein Vetter hatte ihn gerade rasiert. Der Typ gab vor, der beschädigte Rasierer hätte ihm Hautjucken verursacht. Da hob Igor den Ukrainer hoch und schmiß ihn lässig auf die andere Straßenseite. Der Mensch ging zum Gericht. Drei Rippen und der Oberarmknochen – dieser zweimal – waren ihm gebrochen.

»Igor«, fuhr Vetter David emphatisch fort, »wir werden den Eckzahn dieses Herren ziehen.«

Der Verkäufer, über dessen Krawatte Wodka fließt, macht stieren Auges sein geschwollenes Zahnfleisch frei, aus dem Zähne so dick wie Mühlsteine herausstehen.

Ich halte den Atem an. Was wird passieren?

Igor ist hinter den unglücklich auf seinem Stuhl Zusammengekrampften getreten, dem alle Gelenke bleich werden. Der Koloß hat seine Handflächen wie Teller an die Schläfen des Patienten gelegt und drückt brüsk zu.

Bei dem Aufschrei fahre ich zusammen. David stößt die Zange in den gähnend offenen Mund, ein heftiger Ruck mit der Schulter, ich ahne, daß die Operation schon vorbei ist. Igor drückt immer noch, und während David triumphierend den blutigen, viereckigen Zahn schwenkt, springen die Männer neben mir hoch, schleudern ihre Mützen an die Decke. Ruhm sei David!

Der Künstler hat wieder zur Flasche gegriffen und begießt die gähnende Öffnung mit 47prozentigem Wodka.

»Dritte Operation«, verkündet er unter Vivatrufen: »Desinfektion!«

Der Verkäufer spuckt eine Mischung von Blut, Speichel und Alkohol in die Sägespäne, während Igors freundliches Schulterklopfen ihn auf schwankenden Beinen nach vorn stößt.

»Ich bin sicher, daß du gar nichts gespürt hast«, schreit mein Vater.

Der wunderbar Genesene lacht breit und läßt einen Korb voller Eier über die Köpfe wandern, dazu eine lebende Ente mit zusammengebundenen Füßen, seinen Obolus für die Blitzheilung. Es stimmt, er hat nichts gespürt, oder besser: Die beiden Schmerzempfindungen haben sich gegenseitig aufgehoben. Der Druck auf den Kopf ließ ihn fast das Zahnziehen vergessen. Der brave Mann ist bereits draußen und schwankt noch, sein loser Hemdkragen hängt verkehrt herum. Heute abend wird er in allen Cafés der Stadt das Loblied Davids, des Zauberers, singen. Aber David arbeitet schon weiter: Er bereitet die Trockenrasur eines dicken Mannes mit hängenden Wangen vor, der auf dem Folterstuhl Platz genommen hat. David kennt keine Rasierseife, er verachtet sie, seit fünfundzwanzig Jahren kommt er ohne sie aus, und so bald wird er nicht anfangen, sie zu benutzen.

Durch die angelaufenen Fensterscheiben erkenne ich den Strom der Passanten. Mit dem Finger habe ich einen kleinen Kreis gezeichnet, der es mir gestattet, hinauszusehen, und das tue ich angestrengt. Alte Frauen balancieren wahre Heuberge auf ihren Köpfen, Kinder rennen, eine Soldatenpatrouille zieht vorbei... Die Uniformschnüre und die Säbelscheiden blitzen wie Marthes Kochtöpfe am Sabbat, wenn sie sie eine halbe Nacht lang blankgescheuert hat.

Ja, ich liebe dieses Land, diese rüden Männer, in dicke Stoffe gekleidet, aus denen Tier- oder Getreidegerüche strömen. Wenn ich mir beim Schnüffeln Mühe gebe, kriege ich raus, wer Fuhrmann, Schäfer oder Ochsenhändler ist. Der mit den Händen, die nach Bäumen riechen, ist ein Holzfäller; der Mann neben mir, mit den rauchgeschwärzten Nägeln, stellt im Wald Holzkohle her, und der große, fröhliche Gelbe, von dem man meinen könnte, daß er aus den Steppen der Kosaken stammt, riecht aus allen Poren nach Milch- und Käsefabrikation. Man erkennt sofort den Hersteller dieser zylindrischen Käsesorten, welche man bis ans andere Ende der Welt verkauft, bis in die Stadt der tausend Türme am breiten Fluß: Sankt Petersburg.

Nach und nach leert sich Davids Laden. Marthe kommt mit vollem Korb zurück.

Ich erinnere mich, daß wir noch auf dem Pferdemarkt waren. Da gab es herrliche Exemplare. Stallburschen rannten von einem zum andern, die Striegel in der Hand, bürsteten die langen Schwänze, die leuchtenden Mähnen – wie schön sah das aus!

In der Dämmerung fuhren wir heim, an Marthes Einkäufe gedrückt. Meine Füße standen auf einem Sack mit Mais, und Boris brachte es fertig, daß ich laut lachte, indem er die Grimassen und Schreie des Verkäufers mit dem kranken Zahn imitierte. Rot leuchtete die Sonne über der Ebene. Die Pferde trabten zügig, und das fröhliche Quietschen der Achsen gefiel mir. Vaters Peitsche knallte wie eine Pistole, und mir schien, als hörte man den Krach bis ans andere Ende von Bessarabien... Bessarabien, das schönste, das größte Land der Welt.

III

Es ist heiß in meinem Zimmer, zu heiß.

Unter der Bettdecke zusammengekuschelt, lausche ich dem Knistern der letzten Holzscheite; den roten Flammenschein hat das matte, violette Licht abgelöst. In der Stille des Hauses vernimmt man nur das periodisch wiederkehrende Zusammenbrechen der glühenden Holzkohle, wie winzige Lawinen. Draußen herrscht Ruhe, der Wind hat nachgelassen. Die Welt schläft.

An meiner rechten Seite fühle ich eine andere Wange, kleiner und kühler: Sie gehört Mascha, meiner Lieblingspuppe, die den Vorzug genießt, das Bett mit mir zu teilen. Die anderen Puppen schlafen übereinander, in riesigen Wandschränken mit schwarzen Türen.

Sie interessieren mich seit geraumer Zeit immer weniger; das bedeutet wohl, ich wachse.

Mehrfach drehe ich mich hin und her, presse mich noch tiefer in meine Matratze, die Zigeuner aus dem Norden in den ersten Frühlingstagen mit Federn füllen.

Mir wird immer wärmer, und was schlimmer ist, ich habe Durst.

»Hast *du* keinen Durst, Mascha?«

Mein Flüstern rührt Mascha gar nicht. Ich schaue sie an. Ihre schwarzen Augen, erhellt vom letzten Schein des Feuers, starren hartnäckig an die Decke. Mascha schlummert mit offenen Augen. Je mehr ich warte, desto schlimmer wird mein Durst. Im Sommer stellen mir Marthe oder Mutter eine Karaffe mit Wasser auf den Nachttisch, aber sie meinen, im Winter sei das nicht nötig. Ich hab' wohl zu viele Mandeln mit Honig gegessen, oder der Borschtsch war gesalzener als gewöhnlich; wie dem auch sei, mich quält der Durst. Da gibt es kein Zögern mehr: Ich stehe auf.

In meinem langen Nachthemd fröstele ich. Meine Füße berühren den dicken Teppich. Kerzen finde ich in der Küche.

Meine Hand hat das Treppengeländer gefunden. Ich steige hinab in die Finsternis, taste nach jeder Stufe mit der Zehenspitze.

Der Mond schickt einen matten Strahl durch die Gardinen. Ich meide die hohen Sessel im Zimmer, taste mich in Richtung Küche.

Die Tür. Ihre Klinke gleitet unter meiner Hand weg, und plötzlich erstarre ich. Draußen rennen Leute.

Heftiges Atmen, gedämpfter Sohlenklang, und ein metallisches Schlüsselgeräusch – ganz nahe.

Meine Haare werden lebendig, stehen mir zu Berge. Ich renne in die Küche, gerade als die Tür sich öffnet. Durch die Lücke erkenne ich Gestalten im Schatten. Einer der Männer zündet eine Lampe an. Die Flamme steigt unter dem Glas hoch.

»Runter damit, Avram, man darf uns von draußen nicht sehen.«

Verblüfft lausche ich der Stimme meines Vaters. Avram ist auch da, und den dritten verrät sein Lachen, als er sich in den Sessel fallen läßt: Salomon Kober, ein Nachbar. Unbeweglich hält sich der vierte im Hintergrund, ich kann sein Gesicht nicht erkennen.

Was taten sie nur draußen, mitten in der Nacht? Was soll ihre Heimlichkeit? Mein Vater geht durchs Zimmer, und als er an der Lampe vorbeikommt, unterdrücke ich einen Schrei.

Er trägt einen alten Bauernkittel, eine zerfetzte Mütze, seine Füße sind in Lappen gewickelt wie die der Elenden, die sonntags nach dem Gottesdienst im Dorf um Almosen betteln. Und das Tollste: seine Stirn, seine Nase, seine Wangen sind schwarz geworden wie bei einem Negergesicht. Die kenne ich nämlich von Abbildungen in Reisebüchern.

Avram hat den Platz gewechselt. Auch er ist als Muschik verkleidet, ebenfalls in Schwarz. Die Furcht, die mich einen Augenblick verlassen hatte, packt mich wieder. Sie dürfen mich nicht sehen, ich fühle, daß sie mich anschnauzen werden, wenn sie ahnen, daß ich da bin. Ich bemerke auch, daß sie alle lange Stöcke an die Sessel gelehnt haben, nur Salomon Kober hält seinen noch in der Hand.

»Herrgott, das waren Prügel«, murmelt Avram.

Kober lacht leise, und der mir noch Unbekannte spricht auch. Das ist ja Maxim, mein anderer Bruder! Eine dreckstarrende Pelerine hüllt ihn völlig ein. Er reibt sich die Hände, die in Fausthandschuhen stecken.

»Da dran werden die sich nicht mehr reiben«, murmelt er.

Die vier Männer bleiben einen Moment verträumt stehen, und ich höre Gläserklang, eine Flüssigkeit läuft aus einer Karaffe, und das erinnert mich brutal daran, daß ich Durst habe.

Die vier Neger trinken. Vater wischt sich den Mund am schmutzigen Ärmel ab. Freudig blitzen seine Augen im Feuerschein. Er hebt sein Glas.

»Ich trinke auf Frieden und Gerechtigkeit. Sollen sich die Dreckskerle nach der Expedition heute abend merken, daß ein Stock in jüdischer Hand es mit einem in christlicher aufnimmt.«

Kober trinkt mit einem Schluck aus und meint: »Ich glaube, ich habe meinen getötet. Ich hab' draufgeschlagen wie auf einen Baum, und sein Kopf machte so ein Geräusch wie eine Wassermelone, die man an die Wand klatscht.«

»Nichts ist so hart wie ein russischer Schädel«, murmelt Avram. »Keine Angst, Salomon, ich bin sicher, der hat nicht mal einen Sprung.«

Er hat einen Lappen aus der Tasche gezogen und reibt sich das Gesicht; nach und nach bekommt er wieder seine alten Züge. Ich weiß nicht, was für ein Gefühl mich vorwärts stößt, aber plötzlich springe ich ihm auf den Schoß.

»Du bist ganz schwarz, Avram, warum?«

Alle verschlucken sich an ihrem Wodka. Ich betrachte das vollgeschmierte Gesicht meines Bruders und fahre ihm mit den Fingern über die verbliebenen Flecke oberhalb der buschigen Brauen. Da ist Ruß.

»Was suchst du hier, Annuschka?«

Mein Vater bückt sich, und mir schaudert vor diesem unbekannten Gesicht. Er versteht meine Angst, denn nun reibt auch er sich kräftig das Gesicht und zieht mich in eine Ecke des Zimmers.

Ich weiß nicht mehr alles, was er mir erzählt hat. Begriff auch nicht viel, nur das, was mir Freude machte: Rabtschecks Mörder waren an diesem Abend bestraft worden. Sie hatten ja nicht nur meinen Hund getötet. Sie zogen von Dorf zu Dorf, und wenn sie Menschen wie uns in einer einsamen Straße trafen, schlugen sie sie brutal zusammen. Sie hatten sogar mehrmals Häuser in Brand gesteckt.

»Das sind also Verrückte?«

Mein Vater lächelt.

»Ja, Anna, ich glaube, so kann man sie nennen, aber ich fürchte, ihr Wahnsinn läßt sich nur mit Stockschlägen kurieren.«

Ich saß wohl noch einige Zeit auf seinem Schoß, denn als ich die Augen öffnete, stand die Sonne hoch am Himmel, und ich schlummerte, die Wange an die von Mascha gelehnt. Jetzt trug ich ein furchtbares Geheimnis mit mir herum. Vater hatte mich schwören lassen, niemandem etwas von dem zu erzählen, was ich in dieser schrecklichen Nacht mitbekommen hatte.

Von diesem Tag an schlief ich nicht mehr so schnell ein wie früher. Ich lauerte darauf, daß mein Vater und meine Brüder das Haus verließen – trotzdem kam ich ihnen nie auf die Schliche. Manchmal schreckte ich nachts hoch, aber nie überraschte ich sie bei einer ihrer Expeditionen. Ich wußte nicht einmal, ob sie weitere Ausflüge unternahmen.

Eines Tages spielte ich allein im Haus. Hinter der Dachbodentür entdeckte ich einen der Stöcke, mit denen mein Vater die bösen Männer bestraft hatte. Ich ergriff ihn und war verblüfft, weil ich ihn kaum hochheben konnte. Boris erklärte mir, warum. Sie hatten Birkenrinde darum gerollt, das Ding sah zwar wie ein Holzstecken aus, aber innen war alles Blei.

In meinem kindlichen Gemüt machte sich Unruhe breit. Und ich frage mich, ob sie jetzt, mehr als ein halbes Jahrhundert später, in dem Moment, da ich diese Zeilen schreibe, wirklich völlig verschwunden ist. Aber für mich geriet die Welt damals aus den Fugen.

IV

Sie gingen oft hinaus.

Ich weiß heute, am Anfang war es ein Freudenfest. Nachts, in den Dörfern, auf Plätzen, die das Licht über den Kneipentüren erhellte, mischten sie sich unter die Soldaten. Sie gaben sich betrunken, grölten wie irre, suchten sich die Männer heraus, die man ihnen beschrieb, und die gestern oder vorgestern abend ein jüdisches Schaufenster zerstört oder eine jüdische Scheune, wo man die Ernte einbrachte, in Brand gesteckt hatten. Dann begann der Tanz.

Eines Abends brachen Männer sogar bei unserem Vetter, dem Glasbrenner, ein. Sie verbrannten ihm die Fußsohlen, stahlen ihm sein Geld und zerschmetterten ihm die Finger der rechten Hand mit einer Eisenstange, damit er nicht mehr arbeiten konnte. Mein Vater und meine Brüder spürten die Banditen zwei Tage später in einer Herberge auf, zweihundertfünfzig Werst von uns entfernt.

Es wurde eine prachtvolle Keilerei. Die Stöcke flogen. Kein Schemel im Saal blieb ganz. Sie waren vier und die Muschiks neun. Aber mein Vater war imstande, einen Mann mit einer Hand zu erwürgen, und man erzählte sich im Dorf, daß er drei Männer aus der Kneipe schleifte und sie niederschlug. Den Dicksten hielt er an den Füßen fest und drosch mit ihm auf die anderen ein. Ein Hüne, der mehr als hundert Kilo wog, aber Avram nahm es mit ihm auf. Ich erinnere mich noch, daß er mich mühelos am Zeigefinger hochhob, an den ich mich beidhändig klammerte.

Vater war ein gerechter, guter Mann. Er aß und trank mit Leidenschaft, verehrte seine Frau und zeigte sich von überschwenglicher Zärtlichkeit gegenüber dem kleinen Mädchen, das ich war, und das er sich schon nicht mehr erhofft hatte. Er war verrückt nach Musik. Ich sehe ihn noch, wie er stundenlang eine unglückliche Geige malträtierte, die er nie zu beherrschen vermochte. Seine dicken

Finger taten den Saiten weh. Er war eifersüchtig auf seine Söhne, aus denen er Musiker gemacht hatte.

Heute weiß ich, daß er sich gern prügelte. Seit Jahren litten die Juden unter Übergriffen und Schikanen. Sie schwiegen, dachten an frühere Pogrome. Viele alte Leute berichteten abends vor dem Schlafengehen von fürchterlichen Dingen, und meine Mutter zwang mich dann, ins Bett zu gehen. Ein paar Wortfetzen verdichteten sich mir aber zu einem Bild. Ein Satz verfolgte mich besonders lange. Es ging um die Gestalten von Erhängten. Sie baumelten schwarz vor dem Hintergrund verbrannter Häuser.

Und dann kam mein Vater und brach den Fluch, schlug die Mörder meines Hundes zusammen. So zerstörte er brutal die alte Legende, daß ein Jude niemals die erhaltenen Schläge zurückzahlt.

Und auf einmal wurde zurückgeprügelt – und wie! Während der Monate Februar und März 1902 folgte Expedition auf Expedition, die früher so ruhigen Nächte hallten wider von Lärm und Geschrei. Jetzt waren sie nicht mehr vier, sondern dreizehn, Freunde stießen dazu, unter ihnen Igor, der Schreckliche, Vetter Davids treuer Diener. Sein gewaltiger Ruf und seine furchteinflößende Gestalt sorgten für Angst und Schrecken bei den Antisemitenbanden, die immer mehr anwuchsen. Viele Jahre später berichtete mein Vater, daß man ihn und seine Männer eines Abends am Waldrand überrascht hatte. Im Mondschein lauerten fünf Unbekannte im dichten Blätterwerk, er erkannte die blitzenden Messer und Sicheln. Er lehnte am Baum, hielt beidhändig seinen Bleiknüppel, bereit, sein Leben teuer zu verkaufen. Da stürmte Igor entfesselt los. In jeder Hand eine Keule, sprang er vor, schlug um sich, und innerhalb weniger Sekunden blieben drei Gegner auf der Strecke; die anderen flüchteten, daß die heruntergefallenen Zweige nur so knackten, rannten durch das Dikkicht in panischer Flucht.

Über die Anfangskeilereien war man längst hinaus. Die Zahl der Feinde wurde ständig größer. Faustschläge oder Stöcke waren nicht mehr gefragt. Jetzt holte man Messer, Sicheln und Äxte unter den Jacken und Kitteln hervor.

Einem Gerücht zufolge lud der Polizeichef von Elisabethgrad neu zugezogene Muschiks in die Kneipen ein, pumpte sie mit Wodka voll, erklärte ihnen, daß die Juden an allem schuld seien, an den zu hohen Steuern, den mageren Kühen, den schmutzigen Muschik-Frauen und dem Gewitter. Eine gerechte Strafe würde einigen Juden nur gut tun, und außerdem würde sich der Zar freuen, der die Muschiks als seine Söhne betrachte. Diese Menschen waren nicht schlimmer als andere, aber vom Alkohol und vom Elend abgestumpft; sie glaubten dem schönen Mann mit der ordenverbrämten Uniform, dem geschniegelten Schnurrbart, der die Reitpeitsche so elegant handhabte.

Einer von ihnen, Dimitrij, berichtete das meinem Vater.

»Der Herr Hauptmann hat uns gesagt, der Zar sei sehr unglücklich über die Geschehnisse im heiligen Rußland. Traurigen Herzens sähe er seine armen Kinder und auf der anderen Seite die reichen Juden. ›Denk mal nach, Dimitrij‹, meinte er. ›Die Juden nehmen doch ihr Geld irgendwoher. Und wem können sie's schon weggenommen haben, wenn nicht denen, die gar keins besitzen? Das aber seid ihr, ihr Muschiks.‹ Nach seiner Rede gab er uns Kopeken, und ein Polizist erwartete uns draußen vor der Herberge mit einem großen Sack. Darin waren Ochsenziemer und Kreuzhacken. Ich flüchtete, aber die anderen sind geblieben. Ich bitte dich, Marko Boronsky, paß gut auf, jetzt kommen Männer von weit her. Ihr seid nicht genug, um es mit ihnen aufzunehmen. Das wird schlimm enden, sehr schlimm.«

Der brave Dimitrij schüttelte den Kopf, und mein Vater senkte nachdenklich den Blick. Es stimmte, die Gefahr wuchs. Junge Frauen wagten sich nicht mehr allein auf die Straße. Es hieß, sogar in Odessa gingen seltsame Dinge vor.

Domka, unser Nachbar, machte nicht mehr die Fenster auf, und wir lachten darüber. Ein kleiner Mann mit traurigen Spanielaugen, mied er meinen Vater wie die Pest, hatte Angst, ihn um Aufnahme in Vaters Kampftruppe bitten zu müssen.

Wir verspotteten Domka, den Hasenfuß. Zu unrecht. Später erfuhr ich, daß man seine Eltern bei einem Pogrom in einer kleinen Stadt bei Sarskoje Selo getötet hatte, daß er im Alter von vierzehn Jahren, als einziger Überlebender einer Familie mit vier Kindern, entkam.

Die Zeit verging, und ich spürte immer diese Drohung über uns. Ich war sicher, daß eines Abends etwas passieren und daß dieses Etwas mein ganzes Leben umstülpen würde. Es dauerte auch nicht lange.

Nachmittags vier Uhr. Wir saßen beim Samowar, und ich stopfte mich mit Honigkuchen voll. Da kam Dimitrij herein und verlangte Vater zu sprechen.

Der ging im Büro seine Rechnungsbücher durch, aber als er Dimitrijs Stimme hörte, stürzte er hinzu. Ich sehe noch seine lange Uhrkette, die einen goldenen Strich über seine gestreifte Weste zog.

»Was ist los, Dimitrij?«

Dem braven Mann zitterten alle Glieder.

»Ich komme aus der Stadt. Petrow, der Polizeichef, hat dreißig Männer zusammengeholt. Er sagt, heute abend wird mit den Juden restlos abgerechnet.«

Meine Mutter stellte Dimitrij eine Tasse Tee hin und setzte sich wortlos in den Lehnstuhl. Sie nahm mechanisch ihre Stickerei wieder auf, indem sie gleichzeitig unseren Besucher anstarrte. Aber ich wußte, sie konnte nicht weitermachen, dafür zitterten ihr die Hände zu sehr. Mein Vater ermutigte Dimitrij fast ungeduldig zum Sprechen.

»Er hat damit geprahlt«, fuhr Dimitrij fort, »daß alle, die euch überfallen, einen Tag und eine Nacht machen dürfen, was sie wollen. Polizei und Soldaten greifen erst dann ein, wenn der Gerechtigkeit Genüge getan sein wird.«

Dimitrij nahm die Tasse in die Hände und stellte sie gleich wieder auf den Tisch, ohne sie an die Lippen zu setzen. Versteinert ließ ich ihn nicht aus den Augen. Er schluckte und machte die plötzlich über unserem Haus liegende Stille noch schlimmer, als er hinzufügte: »Man sagt, außer Dreschflegeln und Kreuzhacken verteilen sie auch Revolver an die Freiwilligen.«

Totenstille; ich fing an zu weinen.

Mein Vater sagte nichts, er ging einfach zu Dimitrij, legte ihm einen Arm um die Schultern und begleitete ihn wieder an die Tür.

Als er zurückkam, hatte Marko Boronsky ein versteinertes Gesicht.

»Was wirst du tun?« fragte meine Mutter.

Lange betrachtete er seine breiten, mächtigen, aber leeren Hände. Da sah ich zum erstenmal einen verzweifelten Mann. Trotzdem riß er sich hoch, wurde fast heiter.

»Ich weiß noch nicht. Aber was ich auch für eine Entscheidung fällen werde, unsere Peiniger werden sich wünschen, ich hätte eine andere getroffen.«

Wir mußten uns beeilen, etwas tun, bevor die Nacht kam. Um diese Jahreszeit wurde es rasch dunkel. Boris, Avram und ich rannten zu den Bauernhöfen, den Häusern unserer Freunde. Avram schwenkte seine großen Arme, packte die Männer am Kragen, versuchte, sie mit aller Kraft zum Widerstand zu bewegen. Verlorene Liebesmüh'! Dimitrij oder ein anderer hatte die Nachricht bereits verbreitet, sie war überall hingeströmt wie Hochwasser; wir stießen in den Gassen auf Ehepaare, die in den Wald flüchteten und auf den

Packsätteln ihrer Maulesel, wild durcheinandergewürfelt, hin- und herschaukelnde Kochtöpfe, eilig zusammengeschnürte Decken mit sich führten; darüber schluchzende Kinder und weinende Frauen, in ihre Umhänge gehüllt.

»Ihr seid verrückt«, fluchte Avram. »Ihr wollt doch nicht den Rest eures Lebens in den Wäldern verbringen!«

Vergebens. Wild entschlossen rissen die Menschen Äste herunter und schlugen auf die Tiere ein, die trotz ihrer Last dann noch schneller gingen.

Wir rannten zu den Abramows, und sie brauchten lange, um uns zu öffnen. Vater Abramow hüstelte, als Avram ihn aufforderte, sich zu verteidigen. Er bedeutete uns, ihm zu folgen, und drückte mit maliziösem Blick gegen eine Zierleiste in der Wand. Eine Platte glitt weg, wir standen vor einem Versteck. Abramow machte es wieder zu und sagte: »Davon hab' ich sieben im ganzen Haus. Diese Bude gehörte einem alten Juden, der vier Pogrome überstanden hat, ohne eine Schramme. So mache ich's auch.«

Er lachte blöde, und obwohl ich noch sehr jung war, fühlte ich, wie mich der Zorn packte. Ich schrie: »Wenn sie dein Haus anzünden, Andrej Andrejewitsch, dann erstickst du in deinem Versteck!«

Ich lief wütend hinaus, Avram und Boris mußten mir nachrennen.

Alle meine Brüder waren ausgeschwärmt, ebenso wie mein Vater, um überall zu verbreiten, was sich da zusammenbraute. Marko Boronsky rechnete rasch seine Chancen aus. Sie hatten vierzehn Leute zum Kämpfen, und einige von denen zählten doppelt, aber wie stark würden die Gegner sein?

Versammlung im Salon.

Vor wenigen Minuten waren drei Reiter gekommen, Freunde von Vater, sie gehörten zum »Bund«, der sozialistischen Judenbewegung. Ich war glücklich über diese Verstärkung, aber rasch wieder enttäuscht: zwei der Männer trugen Brillen, und aus den zu breiten Ärmeln ihrer Hemden hingen dünne Handgelenke, die beim ersten Aufprall zerbrechen mußten. Sie wirkten bleich. Leute aus der Stadt, die in Bibliotheken lebten und deren einzige körperliche Anstrengung darin bestand, die Seiten ihrer Bücher umzublättern. Nein, das war keine Hilfe, die es verdiente, so genannt zu werden. Ich war sicher, daß ich hätte mehr ausrichten können, wenn mich mein Vater hätte mitgehen lassen.

Sie reden leise, aber angeregt. Die Gesichter wirken gespannt, nur Avram und mein Vater bleiben heiter.

Sie haben die dreckigen Verkleidungen bereits wieder angezogen. Bevor sie aufbrechen, knieen sie sich vor den Kamin, stecken die Hand unter dem Mantel hervor und schmieren sich dicken Ruß ins Gesicht.

»Es ist acht Uhr«, stellt Kober fest.

Langsam erheben sie sich.

Marko Boronsky nimmt mich hoch und küßt mich. Ich weiß, es nützt gar nichts, wenn ich ihn frage, ob ich mitziehen darf.

»Laßt mich mitgehen!«

Meine Stimme klingt noch nach im Saal, und alle Augen sind auf mich gerichtet. Ich sehe, wie aller Lippen sich entkrampfen, wie sie lachen.

Mein Vater setzt mich ab, aber er hat keine Miene verzogen.

»Das geht nicht«, sagt er. »Die Bösewichter bekommen zu große Angst, wenn sie dich sehen.«

Er wendet sich zu Mutter, die im Schatten stehengeblieben ist, und küßt auch sie. Ich höre, wie er ihr ins Ohr murmelt: »Erzähl ihr eine Geschichte, sonst schläft sie nicht ein.«

Einer nach dem anderen ziehen sie hinaus. Die Pferdehufe sind wohl mit Lappen umwickelt, denn ich höre nicht, wie sie sich entfernen.

Ich weine, meine Mutter drückt mich an sich, während Marthe Holzscheite ins Feuer wirft. Meine kleineren Brüder, von der Expedition der älteren ausgeschlossen, nähern sich dem Kamin und spielen Karten, während meine Mutter ihre Geschichte anfängt.

»Es war einmal ein sehr böser Herrscher, sehr grausam und tyrannisch. Er quälte sein Volk und besonders die Juden.«

»War das der Zar?«

»Nein, Annuschka, nicht der Zar. Dieser Herrscher begab sich eines Tages in ein Dorf, wo ein armer, sehr armer Tischler wohnte.«

»Wie Daros?«

»Nein, nicht Daros, ein anderer Tischler.«

»Ebenso arm wie Daros?«

Meine Mutter schaut mich an, runzelt die Brauen.

»Wenn du mich dauernd unterbrichst, bring' ich meine Geschichte nie zu Ende... Nun, dieser Tischler sah, wie der Herrscher in seinen Laden kam, und warf sich vor ihm auf die Knie. Die Babuschka, seine Frau und seine Kinder taten es ihm nach.«

»Wie viele Kinder hatte er?«

»Das wird in der Geschichte nicht gesagt«, fertigte mich meine Mutter kurz ab.

»Wo wird's denn gesagt?«

Sie drehte sich zu mir um und verschränkte die Arme über der Brust.

»Anna, du gehst mir auf die Nerven! Das ist doch eine völlig unwichtige Kleinigkeit.«

Plötzlich schweigt sie. Ich lausche, genau wie Mutter. Über dem Knistern der Holzscheite und den sporadischen Ausrufen meiner Brüder meine ich, ein fernes Geräusch zu vernehmen, ein sehr fernes.

»Lieber Gott, was geht dort vor?«

Mit fast tonloser, abgehackter Stimme fährt Mama in ihrer Geschichte fort:

»›Tischler‹, sagte der Fürst, ›morgen heirate ich, aber ich besitze keine Karosse. Ich gebe dir vierundzwanzig Stunden Zeit, keine mehr, um mir eine zu bauen. Wenn du das innerhalb dieser Frist nicht schaffst, lasse ich dich durch meine Soldaten vor versammeltem Volk auspeitschen, bis deine Seele deinen Körper verläßt‹.«

Meine beiden Brüder haben aufgehört zu spielen. Sie lauschen ihrerseits dieser Geschichte, die sie bereits kennen.

»Der kleine Tischler warf sich dem Fürst zu Füßen, bat ihn um Mitleid, aber sein Herrscher blieb unbarmherzig und ging hinaus, wobei er seine Drohungen wiederholte. Trotz all seiner Geschicklichkeit und seinem Mut war der kleine Tischler nicht imstande, in so kurzer Zeit eine Kutsche zu bauen. Seine Frau, seine Kinder, alle fingen an zu weinen.«

»Das nützte aber nichts«, werfe ich ein.

»Richtig. Deshalb suchte die fromme Tischlersfrau auch den Dorfrabbiner auf, der...«

Wieder unterbreche ich: »Waren das Juden?«

»Ja«, antwortete meine Mutter, »solche Befehle kann man nur Juden erteilen. Der Rabbiner riet ihnen zum Gebet, die ganze Nacht, und tatsächlich beteten alle Dorfbewohner inbrünstig, die ganze Nacht über, in der Synagoge.«

Nun vernimmt man die Geräusche deutlicher, wie eine Art unregelmäßigen Trommelwirbels, der anschwillt, dann abnimmt, wiederkehrt. Lieber Gott, laß keine Schüsse knallen, mach, daß alle lebendig und lachend heimkehren und daß der Abend endet in Strömen von Wodka und Geigenklang!... Mama reißt sich zusammen.

»Und morgens – was für eine Überraschung: Von der Spitze des höchsten Turmes blies ein schwarzgekleideter Herold einen langen Trompetenstoß in alle Himmelsrichtungen und verkündete: ›Gott, in seiner unendlichen Gnade, hat unseren Fürsten heimberufen, der plötzlich in der Blüte seiner Jahre an einer rätselhaften Krankheit dahinging. Ein Trauerjahr wird angesetzt, für das ganze Land.‹«

»Na, das kam ja zur rechten Zeit«, meine ich.

Meine Mutter berührt mein Haar und entknotet langsam meine Zöpfe.

»Und rettete den kleinen Tischler«, schließt sie. »Statt einer Kutsche mußte er einen Sarg bauen.«

»Das geht auch einfacher«, stelle ich fest.

»Ja, bloß die Reise damit dauert länger.«

Ich seufze, denke darüber nach und schließe: »Hoffentlich hat er sich Zeit gelassen.«

»Das wird in der Geschichte nicht gesagt, aber wir lernen daraus, daß es eine verzweifelte Lage gar nicht gibt, sondern daß selbst im schlimmsten Augenblick etwas geschieht, was die kleinen Tischler rettet.«

Das stimmte mich nachdenklich. Draußen war der Lärm abgezogen, vielleicht hatte ein barmherziger Rachegott alle Bösen vernichtet. Papa würde als Sieger heimkehren.

V

Als sie ankamen, hatte das Pogrom begonnen, und Kobers Haus brannte. Andrej sprang aus dem Fenster, aber drei Männer, darunter ein Soldat, umringten ihn im Hof und schlugen ihn mit der Peitsche. Vor Schmerz und Wut heulend, mit Platzwunden am ganzen Körper, wurde Andrej in den Brunnen geworfen. Er konnte sich am Seil festhalten, schlang die Arme um die Knie und rettete sich so vor dem Ertrinken.

Im Fackelschein hatte eine grölende Menge das Judenviertel überfallen. Unter dem Steinhagel barsten die Fensterscheiben. Vor den enormen Holzscheiten und von drei Männern gehandhabten Bohlen gaben die Türen nach.

Mein Vater und seine Kameraden mischten sich unter die Menge und schrieen lauter als die anderen, riefen das, womit man seit Jahrhunderten unseresgleichen verfolgte: »Bej Jidwo!« Tod den Juden.

Unsere Leute packten die unter langen Mänteln verborgenen Stöcke und Knüppel, griffen brüsk an, und das Getümmel wurde schrecklich. Bleistöcke pfiffen durch die Luft. Verletzte schrieen. Igor zog mit einer zwei Meter langen Kette blutige Kreise durch die Reihen. Die überraschten Angreifer zerstreuten sich, trampelten auf den zu Boden geschlagenen Körpern herum und stellten sich erst, als sie sich zurückgedrängt fanden bis in die Türfassungen. Mit Faustschlägen, Tritten, unter Schimpfworten schlugen sie sich verzweifelt. Doch die Siegesfreude war kurz. Von allen Seiten strömte Verstärkung heran, und drei unserer eingeschlossenen Gefährten wurden verletzt. Einer von ihnen, dem sie das Nasenbein mit einem Stiefeltritt gebrochen hatten, fiel hin, erhob sich, konnte fliehen, verlor aber Ströme von Blut.

Mein Vater gab das Zeichen zum Rückzug und rannte mit seinen Männern in Richtung Kirche. Dahinter standen ihre Pferde. Sie flüchteten in gestrecktem Galopp, und niemand wagte sich an die Verfolgung.

Ihre Aktion erwies sich als nützlich. Von den Lahmgeschlagenen zeigten nicht mehr allzu viele Lust zum Festefeiern, und damit hörte das Pogrom auf.

Trotzdem, die Lage hatte sich verändert. Marko und Avram Boronsky wußten, einer wie der andere, daß die Zeit der nächtlichen Repressalien vorbei war. Das Gesetz des Stärkeren würde sich bald unbarmherzig durchsetzen.

Trotzdem vergingen drei Monate ohne Zwischenfälle. Als ob beide Parteien Maß nahmen, sich belauerten, vor dem nächsten Schlag zögerten. In den ersten Frühlingstagen schneite es wieder stark. Dann schmolz die Sonne alles hinweg und füllte die Straßengräben mit schmutzigem Wasser, das rasch verdunstete. Als ich in den Garten hinunterkam, war es heiß, und ich begriff, daß der Winter bereits weit hinter uns lag.

Ich sang aus voller Kehle im Haus und spielte, etwas begeisterter als sonst, eine polnische Sarabande auf meiner Geige. An der übte ich lustlos schon länger als drei Wochen.

Wie jedesmal, wenn eine neue Jahreszeit begann, lief das Leben plötzlich schneller, in einem neuen Rhythmus. Boris, Janni, Max und die anderen erfüllten unser Heim mit Teufelsmusik. Ich versuchte, dabei mitzuhalten, aber schnell ließ ich meine Geige liegen und wirbelte im Tanz herum.

Ich sehe noch, wie die ganze Welt um mich schwankte, Bäume, Felder, Brüder, Pferde. Ich befand mich im Mittelpunkt eines gigantischen Strudels, wobei die Sonne den einzigen Fixpunkt bildete, kreisförmiges, gelbes Papier, an die blaue Himmelswand genagelt. Alles drehte sich, und ich fiel erschöpft zu Boden, während meine Brüder wie die Irren weiterfiedelten. Mit dem Sommer kamen die Gefahren.

Im Mai passierte es. Nachmittags war es sehr heiß, die Straßen lagen menschenleer da. Die Bauern schliefen noch unter den Zelten, die sie auf den Feldern errichtet hatten.

Am Platz hockte Vater Kober auf den Stufen seines Hauses, so schläfrig, wie eben alte Männer während der heißen Stunden sind. Plötzlich erhob sich eine Staubwolke von der Hauptstraße her, und ein Donnergrollen riß alle Einwohner aus dem Schlaf und an die Fenster. Die Erde schien zu beben. Hinter meiner Scheibe sah ich die heiße Luft im Sonnenlicht erzittern. Sie verformte die auftauchenden Gestalten.

Der Wind blähte ihre Standarten, ihre wehenden Mähnen maskierten die Reiter. Lautlos brachen sie herein, überschwemmten den Platz, als kämen sie zu Tausenden. Marthes Hand krampfte sich in meine Schulter, zog mich heftig zurück. Ich sträubte mich, um mitzubekommen, was draußen vor sich ging, aber vergebens: ein gelber Schleier stieg hoch, beschlug die Fenster. Ich sah – oder besser, ich bildete mir ein, schnaubende, geweitete, geifernde Nüstern zu erkennen und Pferdehufe, die Funken sprühten.

Der Lärm schwoll immer stärker an. Mein Kopf drohte zu zerspringen. Ich flüchtete in Marthes Arme, wollte nichts mehr hören, aber das ging nicht.

Ich wußte, wer da wütete. Ihre Namen tauchten in vielen Geschichten auf, die man sich abends erzählte. Sie glichen dem entfesselten Tod, dem Unglück, der Zerstörung, dem Mord. Es waren Kosaken.

Die Staubwolke wurde dünner, der Lärm ebenfalls. Nun konnte ich wieder die andere Seite des Platzes erkennen, vertraut zeichneten sich die Häuser ab.

Deutlich sah ich den alten Kober noch immer in der gleichen Stellung auf seiner Stufe sitzen, als sei nichts geschehen. Aber in der Brust des Alten stak eine Lanze, eine lange Lanze, die noch zitterte. Ihr Eisen durchbohrte seine Brust und war bis ins Holz der Tür gedrungen.

Marthe zog mich fort, aber zu spät, ich hatte es gesehen.

Meine Brüder kamen heraus, der Platz füllte sich mit Menschen. Sogar Domka mischte sich unters Volk. Am selben Abend erklärte mir Boris, daß der Polizeichef diese Schwadron angefordert hatte, um Ordnung im Land zu schaffen. Boris tuschelte. Wir hatten uns auf den Dachboden geflüchtet, und ich sah, wie seine schwarzen Augen sich pausenlos bewegten. Er war mein Lieblingsbruder und schon sehr groß für sein Alter. Er hätte sich gern zusammen mit Avram und meinem Vater geschlagen, aber er mußte warten, bis sein Schnurrbart stärker wuchs. Dennoch klang seine Stimme seit ein paar Monaten anders, sie hüpfte seltsam und wurde sonorer, tiefer, das Lied von der Schildkröte konnte er nicht mehr singen, denn die Noten lagen ihm nun zu hoch. Er wandelte sich zum Mann, und ich liebte ihn deshalb um so mehr.

»Sie sammeln sich im Wald«, erklärte er mir. »Man kriegt aber nicht raus, was sie vorhaben und auf welches Dorf sie losgaloppieren.«

Meine Stimme zitterte wohl, als ich fragte, ob er glaubte, daß sie wiederkommen würden. Er antwortete nicht, und ich begriff, daß er es für möglich hielt. Trotz der wieder leuchtenden Sonne, trotz der Gesänge der Bauern, die vom Feld heimkehrten, schien sich ein Schatten über unser Haus zu senken. Manchmal klopften spät abends Freunde von Vater an unsere Tür. Wie früh es dann auch war, ich mußte ins Bett. Ich protestierte heftig, aber Avram und die anderen zeigten sich nicht mehr so gutherzig wie früher. Ich wußte, daß diese Besucher schlechte Nachrichten brachten und daß das große Erzählen begann, sobald ich weg war.

Jahre später gestand mir Mama, daß sie es vorgezogen hätte, nichts davon mitzubekommen; daß sie mich um meinen Schlaf oben beneidete, weil ich nicht erfuhr, was im Lande vor sich ging. Wenn man sie am wenigsten erwartete, tauchte die Schwadron auf: ein Sturm von Stiefeln, eingetretenen Türen, Lanzen, niedergebrannten Häusern. Ein Vetter war vom Dach seiner Datscha gesprungen, um den Kosaken zu entkommen. Er brach sich auf den Pflastersteinen des Hofs ein Bein, die Reiter banden ihn mit dem Handgelenk an den Steigbügel eines ihrer Pferde und peitschten auf das Tier ein. Zum Glück riß das Seil, und der Unglückliche konnte sich bis zum nächsten Dickicht schleppen, so seinen Peinigern entkommen. Meine Mutter zitterte noch vor Angst.

Eines Morgens erwachte ich, sprang aus dem Bett und ging rasch in die Küche hinunter, wo mein Frühstück schon bereitstehen mußte. Mein Bruder Max spielte Akkordeon im Salon, und ich hörte ihm einen Moment zu. Ein wahrer Virtuose. Wenn er mit einem seiner bevorzugten Kasatschoks loslegte, konnte man seinen über die Tasten rasenden Fingern kaum folgen. Die Grundlagen der Harmonielehre waren ihm noch schwerer gefallen als mir, aber er verfügte über ein unwahrscheinliches Gehör und großartiges Fingerspitzengefühl.

Ich stand mitten im Salon und lauschte. Automatisch wanderte mein Blick zum Kamin.

Es verschlug mir die Sprache.

Über den alten Leuchtern, den Zinktöpfen und den von Janni geschnitzten Holzstatuetten hing ein riesiges Kruzifix.

Das hatte ich noch nie gesehen.

Ich näherte mich und sah mir das Gesicht mit den weißen Augen näher an, betrachtete die vorstehenden Rippen und die Nägel in den Handflächen, in den übereinandergestellten Füßen. Eine simple Skulptur, grob bemalt. Jesus trug einen schwarzen Bart wie aus Kohle, und der Künstler hatte ihm die Wangen mit zwei roten Kreisen gefärbt, so wie die der Frauen in der Newski-Gasse; wenn wir da vorbeikamen, ging Mama immer schneller und zog mich am Arm weiter.

Ich bemerkte weitere Veränderungen im Raum. Über den Türen hingen nun Bilder, die ich ebenfalls nie gesehen hatte. Sie stellten den gleichen Jesus dar, umgeben von wilden Bärtigen, auf einem kleinen grauen Esel sitzend. Oft tauchte auch eine sehr schöne Dame im langen blauen Kleid auf, die immer traurig wirkte und die Augen zum Himmel erhob, stets mit dem gleichen, auf ihren roten Lippen unterdrückten Seufzer.

Ich bewunderte das alles einen Augenblick und rannte dann zur Küche. Angewurzelt blieb ich auf der Schwelle stehen.

Wie am Morgen unserer höchsten Feste verschwand der Tisch unter der Menge der Speisen. Nie hatte ich so viele Lebensmittel auf einem Haufen gesehen. Vor den Öfen, wo Ragouts in tiefen Töpfen kochten, wischte sich Marthe die Stirn. Als ich den Mund aufmachte, um sie zu fragen, stürmten meine Mutter und drei meiner Brüder herein, alle Hände voll mit Kaviartöpfen, großen dicken Broten, Einmachgläsern mit saurer Sahne, Butterklumpen, Säcken voller Gerste. Das stellten sie überall ab. Boris erschien mit einem Korb Eier in jeder Hand. Ich trat zurück, um ihn vorbei zu lassen, alle beeilten sich, liefen wieder hinaus. Mein Vater kam, brach fast zusammen unter den Salaten. Ein grünes Gebirge überschwemmte das Haus, verbreitete den Duft nach Blättern und feuchtem Gras.

Ich warf mich ihm entgegen, lief Zickzack zwischen Flaschen und Kartoffeln. In einer Ecke putzte Alexis die Samoware und scheuerte sie wie ein Irrer.

Vater stellte seine grüne Last ab und hob mich vom Boden hoch. Mir schwindelte... das Kruzifix, die Holzstiche, die Vorbereitungen, die Aufregung. Das Akkordeon und seine immer schneller rennenden Noten. Ich wußte nicht, wonach ich fragen sollte. Bevor mich Papa absetzte, schrie ich noch: »Was ist hier los?«

Seltsamer Blick von Vater zu Avram, der mit süßem Gebäck heraufkam und dann Schlagsahne schlug.

»Wir haben Gäste«, bedeutete er mir. »Zieh dein schönes Kleid an, Anna, und hol deine Geige.«

Ich stieß einen Jubelschrei aus, schnappte mir im Vorübergehen eine Schnitte mit Brombeerkonfitüre – Marthe reichte sie mir –, und schoß wie ein Pfeil durch das Zimmer, trunken vor Freude. Endlich ein Fest! Wie lange lag das letzte doch zurück! Bei all diesen Ereignissen hatten wir seit ewigen Zeiten kein Fest mehr gefeiert.

Ich zog mich eilig an, flocht meinen Zopf auf, strich mir dreimal mit der Haarbürste über den Kopf und bändigte meine Haare mit einem breiten Band, das, ich erinnere mich noch, immer herunterfiel. Allein vor Popkejs Käfig, spielte ich hintereinander die vier Melodien, welche ich am besten beherrschte, und stampfte den Rhythmus mit dem Fuß.

Meine Mutter kam herein.

Ihr Ernst überraschte mich, denn sie lachte sonst leicht, und ich begriff nicht, weshalb sie in dieser fröhlichen Atmosphäre nicht das besondere Lächeln aufsetzte, das sie für derartige Gelegenheiten bereithielt.

Sie kniete vor mir und ergriff meine Hände.

»Anna«, sagte sie, »weißt du, wer unsere Gäste sind?«

Ich hatte keine Ahnung, und es war mir auch vollkommen gleichgültig. Oft kamen Leute, entfernte Verwandte, Freunde, Verwandte von Freunden, Freunde von Verwandten. Das war auch unwichtig. Sie schneiten plötzlich aus dem Osten oder Norden herein, aus Rußland, Ungarn, Deutschland oder Polen, warfen sich in unsere Arme, öffneten die geschenkstrotzenden Koffer, und nachts gab es dann ein Riesengelächter, außerdem Tränen, Wodka und Geigen.

»Das weiß ich nicht.«

Die Hände meiner Mutter legten sich auf meine Wangen, und ihr Gesicht näherte sich dem meinen. Ich sah, wie ihre Augen größer wurden, roch gleichzeitig ihr Parfüm stärker als vorher. Sie öffnete den Mund, schwieg dann aber doch, als ob der Strom ihrer Worte einen unsichtbaren Staudamm nicht zu überwinden vermochte.

Erstaunt fragte ich sie, um schneller Bescheid zu wissen: »Wer sind diese Leute, Mama?«

Ihre Hände fielen herunter. Sie erhob sich, nahm meine Geige, die ich in eine Ecke gestellt hatte, und kam mir damit entgegen.

Sie lächelte, reichte mir das Instrument und sagte: »Die Kosaken.«

Pawel hatte uns benachrichtigt. Die Reiter hatten ihn spät nachts aus dem Schlaf gerissen, er mußte in seiner Schmiede das Pferd des Hauptmanns beschlagen. Während er die Nägel im Huf befestigte, hörte er, was die Männer sagten: Morgen seien die Boronskys dran.

Ich erinnere mich an jede Einzelheit dieses Vormittags.

Der Tisch biegt sich unter den Tabletts. Wir sitzen alle an der Tafel. Mein Vater nimmt den Platz des Hausherrn ein, den großen Sessel. Sein gekämmter Bart glänzt im Sonnenlicht, das durch das Fenster dringt.

Wir reden nicht. Eine Schmeißfliege hat sich auf dem Tischtuch niedergelassen, fast vor meinen Augen, sie sieht aus wie ein kleiner Amethyst mit flatternden Flügeln. Ich schaue sie an, dauernd reibt sie ihre winzigen Beine, das fasziniert mich, sie scheint zufrieden wie mein Vetter Anton nach Abschluß eines guten Geschäfts.

Plötzlich liegt Boris' Hand neben meiner, tastet nach unten, zum Geigenbogen hin. Er hat etwas gehört. Avrams Brauen sind gerunzelt. Nun lausche auch ich. Sie kommen über den Feldweg, um den Dorfplatz zu meiden, die Hufeisen der Pferde trampeln über trockene Erde.

Marko Boronsky streckt plötzlich die Hand aus und ergreift eine Wodkaflasche, die er mit einer Drehung des Handgelenks entkorkt.

Mit klopfendem Herzen springe ich auf.

Zwischen den Fingern meiner Brüder glänzen die Geigenbögen, der Lack unserer Violinen glitzert im Licht. Mein Vater hebt die Flasche zum Himmel, mit der breiten Geste eines Maestro gibt er dem Orchester das Zeichen zum Einsatz.

Ich drehe mich in vollem Tempo, die Arme ausgebreitet, tanze wie noch nie; vielleicht bin ich bald außer Atem – vielleicht bin ich in zwei Minuten tot. Für Angst fehlt mir die Zeit. Wir müssen tanzen, lachen bis zum Umfallen, trunken vor Musik und Sattheit. Sie stehen an der Tür, verblüfft. Wieder breitet mein Vater die Arme aus, mit unnachahmlich majestätischer Geste besänftigt er die Spielwut der Musiker. Ich verhalte, einen Fuß in der Luft. Der Hauptmann macht einen Schritt ins Zimmer. Seine Haare sind schwarz und glänzen, er muß sie jeden Abend mit der Brennschere traktieren. Quer über die Brust hängt ihm ein langer, krummer Dolch in der Damaszenerscheide. Eine Peitsche trägt er ums Handgelenk gebunden, ihre Enden schleifen über den Teppich.

Mindestens vier Kosaken stehen im Flur, man errät ihre undeutlichen, überraschten Gestalten. Mein Vater ist aufgestanden, hünenhaft. Über seinem dichtbehaarten Kopf hängt massig das Kreuz an der Wand.

Marko verneigt sich, seine Söhne tun es ihm nach.

»Willkommen, Herr Hauptmann.«

Ich deute einen Knicks an und fürchte dabei, daß unsere Besucher mein Herz klopfen hören müßten. Man hört es wohl im ganzen Dorf, in ganz Rußland, bis nach Petersburg.

Der Kosake drückt automatisch Vaters treuherzig dargebotene Hand und schielt nach den Wodkaflaschen, den Sakuski-Bergen.

Markos tiefe Stimme dröhnt: »Schließen Sie sich uns an, Hauptmann, und Ihre Soldaten ebenfalls. Die sind ja so schüchtern, daß sie sich nicht auf unsern Teppich wagen. Wir haben genug zu essen und zu trinken – für alle. Schließlich feiern wir heute ein Fest, wie alle Christen dieser Erde.«

Er deutet mit dem Zeigefinger auf Jesus.

»Ostern!« brüllt er. »Ehre sei Gott im Himmel!«

Der Hauptmann beugt sich leicht vor und zwirbelt seinen Schnurrbart mit den messerscharfen Enden. Sein Blick zögert, bleibt an der Tafel hängen. Er schluckt mühsam und fragt mit seltsamer Fistelstimme: »Sind Sie denn keine Juden?«

Die Wände erzittern unter dem Gelächter unserer Männer.

»Wir, und Juden! Das ist der Witz des Jahres!«

Vaters mächtiger Arm legt sich um die schmalen Schultern des Kosaken.

»Da hat man Sie falsch unterrichtet, Hauptmann. Jemand wollte uns einen bösen Streich spielen, aber was soll's, Sie sind nicht umsonst gekommen.«

Die fünf Kosaken lassen sich mitreißen, nehmen Platz, trinken bereits eisgekühlten Wodka, während sich Gurken und Stör-Rogen auf ihren Tellern türmen. Eingequetscht mit ihren Peitschen, Kitteln, den beim Hereinkommen höflich gezogenen Pelzmützen, den langen, kurzgriffigen Säbeln und den Handschuhen aus Wildleder, stopfen sie sich voll, verdutzt, eingeschüchtert von meiner Mutter, die ihnen dampfende Teetassen reicht und Schnitten mit Stachelbeermarmelade.

Am anderen Tischende schreit mein Vater laut, um die Geräusche der Gabeln und mahlenden Kiefer zu übertönen: »Aufgepaßt, Kinder, macht euch bereit zum Kasatschok, zu Ehren unserer ruhmreichen Besucher.«

Avram, Max, Janni, Isaak zücken die Instrumente. Auch ich greife zur Geige, und ein dicker blonder Leutnant, dessen Gesicht schon violett anläuft, lächelt mich so gütig an, daß ich kaum glauben kann, er würde mich mit dem Säbel aufspießen, wenn er über meine Religion Bescheid wüßte.

Wir treiben es wie die Verrückten. Unsere Sohlen trampeln immer wilder auf den Fußboden. Der Wodka fließt, ein Glas zerbricht – einer hat es bereits über die Schulter geworfen –, weitere Gläser folgen. Die Kosaken klatschen den immer schnelleren Takt mit den Händen, ich springe auf, spiele und tanze gleichzeitig, meine Haare fallen herunter. Der Hauptmann, dessen Schnurrbart sich schon sträubt, schlägt mit dem Säbel auf den Tisch, läßt das Kristallgeschirr erzittern. Marthe bringt lächelnd neuen Kuchen.

Die Männer schnallen die Gürtel ab, Maxens Finger fliegen über das Akkordeon. Ich tanze immer noch, bin glücklich, heute werde ich noch nicht sterben, noch kann ich durch den großen Wald rennen, über die Felder, in die Stadt, in den großen Lokalen von Sankt Petersburg aufspielen. Dort treffe ich dann einen jungen Mann, sehr jung und sehr stark. Wie mein Vater wird er Musiker sein, wird mich lieben. Ganze Nächte werden wir vor den begeisterten Massen spielen, bevor wir zurückkehren ins Hotel, mit dem Schlitten durch die sternübersäten Nächte voller Schnee.

Ich tanze nicht mehr allein. Ein Leutnant ist aufgestanden und springt wie ein Frosch pausenlos in die Luft. Ich sehe, wie ihm der Schweiß vor den Ohren hinunterrinnt, über die Wangen; er springt, fällt, und springt schon wieder...

Plötzlich setze ich mich erschöpft hin. Der Schädel brummt mir vom Gequäke der Saiten. Alles zittert um mich herum, aber die Welt kommt wieder ins Gleichgewicht, ich kann mir das Schauspiel betrachten.

Der gütig lächelnde Kosake ißt von drei Tellern gleichzeitig drei verschiedene Gerichte und stillt seinen Durst in regelmäßigen Abständen mit Wodka. Ein anderer hängt an der Flasche. Die Flüssigkeit rinnt ihm durch die glucksende Kehle. Ein dritter tanzt frenetisch weiter. Der Hauptmann versucht, meinem Vater eine sicher komplizierte Geschichte zu erzählen, schielt entsetzlich bei der Anstrengung, seine Gedanken zu sammeln. Der fünfte schläft.

Am frühen Abend gingen sie.

Es wurde schon dunkel, als ihnen Avram und die Brüder in die Sättel halfen. Der Längste, der Tänzer, fiel viermal herunter, bevor er – den Kopf auf dem Pferdehals, die Füße außerhalb des Steigbügels – einschlief.

Der Hauptmann, mit verrutschter Pelzmütze, schaffte es, ein gefährliches Gleichgewicht zu halten, indem er sich an die Pferdemähne klammerte.

Der lächelnde Kosak – er vertrug den Alkohol am besten – legte zwei Kumpane über den Sattel. Da hingen sie, zusammengeknickt wie die Toten, die Beine auf der einen Seite, den Kopf auf der anderen.

Seit sieben Stunden dauerte das Fest. Während der ganzen Zeit hatten sie praktisch ununterbrochen getrunken.

Papa, an den Türrahmen gelehnt, sah, wie sie dem Sonnenuntergang entgegenritten: schwarze, schwankende Schatten, die sich vor dem orangefarbenen Himmel abzeichneten.

Er strich sich über die Stirn, und wir schauten einander still an. Seufzend setzte sich Avram auf die Treppenstufen und massierte sich die schmerzenden Handgelenke; seit dem Eintreffen der Kosaken hatte er Geige gespielt.

»Eigenlich«, murmelte Boris, »sind sie mir fast sympathisch.«

Mein Vater lachte traurig, während sein Blick dem jammervollen Zug folgte.

»Das stimmt«, sagte er. »Und doch sind es dieselben Leute, welche morgen die Häuser unserer Freunde anzünden.«

Er schien sich meiner Gegenwart bewußt zu werden und legte mir die Hand auf den Kopf, während ich mein Gesicht zu ihm hob.

»Wie erklärst du dir das, Anna?«

Ich drückte mich an ihn und spürte, daß uns nie etwas geschehen würde, so lange er da war.

VI

Sie waren noch nicht fort.

Nach dem Osterfest kamen sie nicht wieder, aber zu Hause blieben das Kruzifix und die Heiligenbilder an den Wänden hängen.

Ein heißer Sommer, rötlich wuchs der Weizen empor. Abends trafen wir uns, einige Brüder und ich, mit den Bauernkindern am Rand der Erntelager; wir machten Musik. Ich spielte immer besser, ohne es zu merken. Nun konnte ich schon jede erdenkliche Melodie intonieren. Max brachte das Vorspiel mit einer Flöte, die er im Dachboden aufgestöbert hatte, dann setzten die Geigen ein. Zu dieser Zeit verfügte ich über zwei Spezialitäten: eine merkwürdige, mitreißende Melodie im sozusagen hinkenden Asark-Rhythmus mit neun Taktschlägen, wobei die Tänzer außer Atem kamen und wir uns fast das Handgelenk brachen, mit dem wir den Bogen hielten. Aber meistens verlangten sie am Ende dieser langen Abende eine gedehnte, traurige Dura von mir. Ich verstand es sehr gut, meine Geige zum Weinen zu bringen, die Noten schluchzten bis hin zum fernen Horizont. Noch heute spiele ich manchmal diese Melodie, dann rieche ich beim ersten Takt trockenes Heu und frischen Wind, sehe die verknisternde Glut des Feuers und die dumpfen Gesichter der Bauern um mich herum. Manche schliefen schon, von der Arbeit des Tages erschöpft, andere lauschten dem Klagelied aus dem Donauland.

Um die Melancholiker aufzumuntern, tanzte Janni den Gürteltanz: nur die Jungen machten da mit und gingen plötzlich mit schrillen Schreien in die Hocke. Spät kehrten wir heim, und jedesmal schimpfte Mama mit uns.

Ein angenehmes Leben hatten wir wieder, und ich besaß jetzt einen Freund, der mich nie mehr verlassen würde: mein Instrument.

Ich hatte etwas herausgefunden, das allen Musikern vertraut ist: Wenn man mit einem Instrument umgehen kann – und sei es so simpel wie ein Bambusrohr –, dann ist man nie mehr allein.

Merkwürdig übrigens, wenn man daran denkt, wie viele arme Musiker es damals gab: wandernde Landarbeiter, die durch ganz

Osteuropa zogen, von der fernen Walachei bis hin zu uns. Fast alle holten sie unter ihren Lumpen winzige Flöten hervor, so groß wie Zigaretten, oder Zwerggitarren mit zwei Saiten, Okarinas aus Terrakotta, aus Rinden geschnitzte Pfeifen, sogar Federn von wilden Enten, denen sie eine ganze Fülle von Tönen zu entlocken verstanden.

Diese ewigen Wanderer sind meine Lehrer gewesen. Ich lauschte ihnen, versuchte, sie zu begleiten. Ein großer, schweigsamer Greis, dem an der rechten Hand drei Finger fehlten und dessen weiße Haare ihm auf die Schultern fielen, spielte Tarayot, eine Art türkische Querpfeife, groß wie ein modernes Saxophon. Dabei brachte er Oboenklänge hervor, die uns die Tränen in die Augen trieben. Jedes Jahr zu Anfang Dezember kam er wieder. Er starb wohl später in einer dieser Ebenen, die er pausenlos durchzog. Für mich bleibt er der größte Virtuose, den ich je hören durfte.

Im Sommer gab es keine Zwischenfälle. Beim ersten Oktoberregen gingen wir wie jedes Jahr zum Schneckensammeln in den Wald. Da krochen sie zu Millionen herum. Wir kehrten heim, vom Gewicht der Säcke zu Boden gedrückt, die Arme weich von den schweren Körben. Als wir ins Dorf kamen, roch es nach Marmelade. Schweißtriefend ließ Marthe die Früchte in riesige Kochtöpfe rollen, unter denen Avram die Holzscheite stapelte.

Ich mochte diese Jahreszeit. Zwei Jahre zuvor hatte ich die warme Marmelade mit dem Holzlöffel genascht und war danach zwei Nächte krank gewesen... Mir gefielen alle Jahreszeiten. Ich spielte jetzt oft mit meinen Brüdern, gehörte fest zum Familienorchester.

Die Kosakenüberfälle schienen aufgehört zu haben, und ich glaubte, das Leben ginge nun seinen alten Gang. Manchmal schnappte ich Brocken auf, wenn Vater mit Freunden oder Unbekannten redete, und wurde mir dann bewußt, daß draußen nicht alles so reibungslos lief wie bei uns zu Hause.

In den Städten, sogar in Moskau, passierten schreckliche Dinge. Eines Abends sagte jemand, der Zar müsse gehen, andere Leute wollten seine Stelle einnehmen.

Das schien mir ungeheuerlich, und ich diskutierte heftig mit Boris, der sich dabei als einer jener furchtbaren Roten entpuppte, deren Namen die Bauern mit Schaudern flüsterten. Ich rief: »Weißt du denn nicht, daß sie Kinder umbringen!«

Er erzählte mir, daß das nicht stimmte und daß sie auf keinen Fall schlimmer seien als die Kosaken, daß die Bolschewiken die Pogrome nicht erfunden hätten.

Schließlich prügelten wir uns hitzig. Ich gab ihm ein paar knallende Ohrfeigen, seine Faust in meiner Magengrube nahm mir die Luft weg, und ich weinte lange an seiner Schulter, während er mir entschuldigend über die Haare strich.

Vor dem Schlafengehen sagte er mir etwas, das mich überraschte: »Anna, wir können uns jetzt nicht mehr schlagen, dafür sind wir schon zu groß.«

Verblüfft schaute ich ihn an. Seine Stimme hüpfte nicht mehr so lustig wie früher, seine Schultern waren nun breit, und in seinem Gesicht verriet nicht mehr viel das Kind, das er einmal gewesen war.

Wurde also auch ich älter? An diesem Abend betrachtete ich mich in meinem Zimmer, aber ich schaffte es nicht zu entscheiden, ob ich bereits ein junges Mädchen war oder nicht.

Kurz vor Weihnachten heiratete eine von Marthes Nichten. Sie wohnte in einem Flecken, ein paar Werst von Elisabethgrad entfernt, und half manchmal ihrer Tante, wenn wir Leute einluden. Sie hieß Natascha. Ein sehr sanftes, ja schüchternes Mädchen. Einen langen Nachmittag hatte sie mit mir gespielt, und wir hatten viel zusammen gelacht, nachdem sie etwas aus ihrer Reserve herausgekommen war. Ich beneidete sie um ihre schlanke Figur und ihre Gelenkigkeit. Oft bat ich Marthe darum, das Mädchen wieder einzuladen, aber Natascha hatte viel zu tun auf dem Bauernhof, wo sie mit ihrem Vater und zwei Schwestern lebte; ihre Mutter war gestorben, als sie dreizehn war.

Seit diesem Trauertag kümmerte sie sich um alles. Manchmal erzählte mir Marthe von ihr, und ich bewunderte sie sehr.

Marthe ging also los, das Festkleid sorgfältig gefaltet unterm Arm, und ich schrie ihr vom Fenster nach, Natascha alles erdenkliche Glück zu wünschen. Nach zwei Tagen, an einem Freitag, hielt ein unbekannter Reiter vor unserer Tür.

Ich erinnere mich recht gut, wie ich das Geschehen erfuhr. Zunächst setzte ich aufgeschnappte Satzbrocken langsam zusammen. Ich zwang Boris zu antworten, indem ich unerbittlich bohrte. Man wich mir aus, aber ich blieb hart und gab nicht auf. Trotzdem begriff ich noch nicht, was bei Nataschas Hochzeit passiert war. Die Angst erstickte mich, denn seit dem Eintreffen des unbekannten Reiters blieben mein Vater, Avram und Max weg. Seit vier Tagen.

Diese Zeit dauerte endlos. Der Reiter war mit ihnen fortgegangen, hatte sein Pferd dagelassen. Ein prächtiges Tier, ich ging mit ihm spazieren, um es an mich zu gewöhnen. Ich hatte ihm sein Zaumzeug abgenommen, einen herrlichen Sattel mit Silberbeschlägen und ziselierten Steigbügeln. Ich bürstete alles ab, und das Tier steckte den Kopf unter meinen Arm, um den Zucker in meiner Kleidertasche zu suchen, sowie ich auftauchte. Am vierten Tag faßte ich mir ein Herz. Ich trug den Klavierschemel in den Stall und kletterte so auf den Rücken des Pferdes. Die Finger in seine Mähne gekrallt, mit Hacken und Knien arbeitend, schaffte ich es, aus dem Gebäude zu reiten, bis zu den ersten Häusern des Dorfs.

Mitten in den Feldern schien die unendliche Weite plötzlich das Tier zu beflügeln, denn mit ohrenbetäubendem Wiehern fiel es in gestreckten Galopp, offenbar entschlossen, die ukrainische Tiefebene wie eine Gewehrkugel zu durchjagen. Angeklammert, einen Arm um den zitternden Hals des Pferdes gekrallt, an seinen Körper geklebt, schloß ich die Augen, erschreckt und berauscht von dem rasenden Tempo, die Haare im Wind, überzeugt, daß wir bei diesem Galopp abends am anderen Ende von Rußland sein würden, auf der entgegengesetzten Seite der Welt.

Schon fühlte ich einen Krampf in den Armen, da lief das Tier langsamer und verhielt schließlich am Rande eines Roggenfeldes, stieß weißen Atem in die Luft. Ich richtete mich auf, alles tat mir weh. Da hörte ich verblüfft, daß man nach mir rief.

Hinter einem alten, kaputten Handwagen tauchte ein Mann auf. Gegen ein defektes Rad gestützt, hieß er mich näherkommen. Ich erkannte ihn zunächst nicht, denn er stand im Gegenlicht, aber das genügte doch, um bald zu wissen: Es war mein Bruder Max.

Ich schrie auf, glitt vom Pferd, stolperte am Boden und rannte über die aufgewühlte Erde, in der meine Stiefel versanken.

Als ich mich in seine Arme warf, sah ich die beiden anderen.

Vater lehnte an der zerbrochenen Deichsel. Auf seinem Schoß ruhte Avrams bleicher Kopf.

Der lächelte mir zu, und mir fiel sofort auf, daß seine Lippen nicht die gewohnte Farbe hatten.

Sie wirkten fast ebenso bleich wie seine Wangen und seine Stirn; ohne das leichte Relief, das sie bildeten, hätte man meinen können, sie wären verschwunden. Ich riß mich aus Max' Armen und warf mich auf die Knie. Die Tränen traten mir in die Augen, ich konnte nicht sprechen. Avrams weiße Hand legte sich auf meinen Kopf, und ich brach schluchzend an seiner Brust zusammen; in die Nase stieg mir ein schrecklicher Geruch nach Leder, Erde und Pelzen.

»O Avram, Avram, Avram...«

Was war ihm passiert? Er sah so bleich aus. Seine Augenhöhlen wirkten auf einmal ganz eingefallen.

Vater drückte mich sanft beiseite, und wir kehrten langsam heim.

Dabei stützte sich Avram schwer auf die robusten Schultern seiner Gefährten.

Der Doktor kam und blieb sehr lange in Avrams Zimmer. Ich hörte, wie sich dauernd die Tür öffnete oder schloß. Da passierte etwas ganz Seltsames, wie es nur der Zufall fertigbringt. In dem Moment, als Doktor Serpajew die Kugel herausholte, welche Avrams linken Lungenflügel durchschlagen hatte, als Marko Boronsky, mein Vater, mit zerrissenen Laken das Blut aus der Wunde seines Sohnes aufwischte, hatte ich zum erstenmal meine Regel.

Ich war an diesem Abend eine Frau geworden. Das Blut der Boronskys konnte wohl nicht länger in ihren Adern bleiben. Das verwirrte mich lange. Es schien mir, als hätte die Kugel auch mich verletzt. Oft träumte ich von dem unbekannten Kosaken, der mich jeden Monat verwundete.

Jedenfalls hatte dieser biologische Zwischenfall unerwartete Folgen: Man verheimlichte mir nichts mehr. Ich galt als Frau und durfte jetzt wissen, was geschah und was schon passiert war.

Spione waren ins Kosakenlager gegangen, hatten dort von Nataschas baldiger Hochzeit berichtet. Bevor noch der Morgen des Hochzeitstages graute, umzingelten etwa zehn Soldaten das Haus und raubten die Braut.

Verwandte und Freunde stürzten los, um Hilfe zu holen, suchten auch Vater und meine beiden Brüder auf.

Als sie nach einer im Galopp zurückgelegten Tagesstrecke ankamen, war etwas Schreckliches geschehen.

Sechs Stunden nach der Entführung kam Natascha zurück. Wortlos durchquerte sie den großen Raum unten, wo die Frauen zusammensaßen, ging hinauf in ihr Zimmer und schloß die Tür ab.

Als ihr Vater und ihr Verlobter die Tür mit den Schultern aufbrachen, war es bereits zu spät. Natascha hatte sich erhängt.

So wurde mir die Bedeutung des Wortes »vergewaltigen« klar. Stets erinnerte es mich an das sanfte, lächelnde Gesicht meiner Freundin Natascha Feodorowna Sergin und an die furchtbaren Reiter, denen lange Dolche und Pistolen vor der Brust hingen. Ich preßte den Kopf unter das Kissen, um die schrecklichen Bilder zu bannen, um nicht mehr im Geiste zu sehen, was zwischen den Kosaken und dem jungen Mädchen an diesem kalten, sonnigen Morgen vorgefallen war.

Mein Vater stand über Nataschas Leiche gebeugt. Er brauchte überhaupt nicht um Hilfe zu bitten. Sofort befand er sich an der Spitze von zwanzig Männern und jagte nach den Mördern.

Es dauerte nicht sehr lange, nur zwei Tage. Sie stellten eine Falle und töteten zunächst drei Kosaken mit Karabinerschüssen.

Die anderen flohen zu Fuß, ließen ihre Pferde stehen, die ihnen im Unterholz nicht mehr nützen konnten.

Kurze Verfolgungsjagd. Einer blieb stehen, eine Pistole in jeder Hand, und schoß einen von unseren Leuten in den Kopf. Max schlug dem Kosaken mit dem Säbel die Hand ab, und Nataschas Vater spießte ihn auf, wie man das bei wilden Ebern tut.

Die anderen wurden ebenfalls erschlagen, ausgezogen und unter dem bereits tiefen Schnee vergraben. Man würde ihre Leichen erst im Frühjahr finden, beim ersten Tauwetter. Bis dahin lagen sie den langen russischen Winter über im Wald, unter einer dicken weißen Schicht – ein guter Schutz vor Wölfen und anderen wilden Tieren.

Bei einem Kosaken fand Avram das Band, welches Nataschas Haar zusammengehalten hatte. Der Mann hatte es in den nagelbeschlagenen Ledergürtel gesteckt, an dem die Säbelscheide hing. Wortlos gab Avram das Band an den Vater des jungen Mädchens zurück.

Die kleine Gruppe trennte sich. Die meisten Männer erwarteten die Nacht, um den Wald verlassen zu können. Mein Vater, Avram und Max marschierten in Richtung Norden, um die Verfolger auf eine falsche Spur zu locken. Im dichten Wald konnte man sich leicht verstecken, aber etwas machte ihnen zu schaffen, woran keiner gedacht hatte: die ungewöhnliche Akustik des verschneiten Landes.

Wenn ich meinem Hund oder beim Spiel meinen Brüdern hinterhergelaufen war, hatte ich oft unter den grauen Bögen der verschlungenen Äste verharrt, bis zu den Knöcheln im Schnee. Ich lauschte dem Gong meines Herzens, nahm in der Stille sogar das Geräusch eines Eichhörnchens wahr, das am anderen Waldrand eine Nuß knackte.

Selbst leisestes Rauschen der Äste krachte wie naher Donner; ich wußte, daß ein lächerliches Räuspern meine Gegenwart verraten konnte.

Max erklärte mir, es sei wohl der Stoß eines Gewehrkolbens gegen einen Baumstamm gewesen. Dadurch wurde eine Patrouille im Wald alarmiert.

Die Männer ritten, die Lanzen aufgepflanzt, nur ein paar Schritte an ihnen vorbei. Dabei versanken die Pferde manchmal bis zum Brustriemen im Schnee. An dieser Stelle seines Berichts gestand mir Max seine Angst. Die Patrouille entfernte sich, doch Marko und seine Söhne wußten, daß die Gefahr deshalb nicht gebannt war: Diese

Bestien vermuteten unsere Leute in der Nähe und wollten sie unbedingt finden.

Wieder hieß es fliehen, aber es durften keine Spuren zurückbleiben. Das ist nicht einfach bei frisch gefallenem Schnee, der stellenweise über einen Meter hoch liegt. Bei jedem Schritt sanken ihre Stiefel ein und hinterließen gewaltige Abdrücke. Klar, daß die Kosaken bloß eines dieser ovalen Löcher auszumachen brauchten.

Mein Vater fand die Lösung.

Er änderte brüsk die Richtung und lief den Reitern nach. Max gab zu, daß er zunächst annahm, Vater sei wahnsinnig geworden und wolle im Angesicht des Todes einen letzten, verzweifelten Kampf liefern. Aber mein Bruder biß die Zähne zusammen, erstickte sein Murmeln im dichten Pelz, um ihren gemeinsamen Schwur zu halten. Sie wollten kein einziges Wort verlauten lassen, bevor die Angelegenheit nicht erledigt war.

Sie rannten los, stießen weiße, immer schneller sich auflösende Atemwolken in die kalte Luft. Plötzlich begriff Max, warum sie die Richtung geändert hatten. Vor ihnen öffnete sich eine Ebene, sie sahen den Fluß Worskla, der rasch durch das Unterholz floß; von den Hügeln nördlich Bjelgorod schlängelte er sich durch das grüne Land bis zum Dnjepr, warf sich mit ihm nach den großen Seen ins riesige Schwarze Meer.

Sie starrten auf den grauen, schweren Strom, der eine dunkle Linie durch die makellose Landschaft zog. Da hörten sie Pferdewiehern und gingen auf die Worskla zu. Die Ufer lagen bereits unter Eis. Mein Vater glitt aus und verstauchte sich leicht dabei, aber das hielt ihn nicht auf.

Das eisige Wasser reichte ihnen bis zur Mitte der Oberschenkel, so daß ihnen der Atem stockte. Aber ein Zurück gab es nicht mehr. Beim Umdrehen sah Max glänzende Lanzenspitzen zwischen den Bäumen.

Eine ziemliche Strecke war zu durchqueren, und das ohne jede Deckung. Mein Vater stürzte vor, Wasser spritzte. Das Eis brach unter seinem Gewicht.

»In zwei Minuten sind wir gerettet«, brüllte er.

Meine Brüder rannten hinterher. Die Worskla ist kein tiefer Fluß, eher sandig. Nur im Frühjahr tritt sie über die Ufer, stimmt ein mit ihrer Musik in die gigantische Symphonie, die in dieser Jahreszeit von den Nebenflüssen des Riesen Dnjepr veranstaltet wird, von Riga bis Dnjepropetrowsk.

Ohne Zwischenfälle gelangten sie unter die Bäume. Manchmal

versanken sie bis zum Bauch im eisigen Matsch. Naß legten sie viele Kilometer zurück.

In dieser Nacht durften sie kein Feuer anmachen, deshalb liefen sie barfuß herum, nachdem sie sich vorher die Zehen kräftig mit Schnee eingerieben hatten.

Sie hofften, ihre Verfolger abgeschüttelt zu haben. Max wollte dem Ufer folgen, über den Zusammenfluß von Psel und Soula hinaus bis Tscherkassy. Da konnten sie nach Süden abdrehen. Die Landschaft dort war ihnen vertraut.

Mein Vater und Avram waren anderer Meinung: zurück bis Poltawa, Pferde kaufen und auf schneebedeckten Straßen als drei brave, respektable Kaufleute reiten.

Max ließ sich leicht von ihnen überzeugen. Sie aßen Salzgebäck und geschmolzenen Schnee, fröstelten im beißenden ukrainischen Winter.

Sie kämpften sich voran durch ein ödes Land, eine farblose Welt, die nur aus Schwarz, Weiß und Grau bestand.

Sie redeten nicht viel während dieses Marsches. Die Erinnerung an Natascha erfüllte sie, lastete ihnen auf dem Herzen. Und dann konnten sie in dieser Einsamkeit nicht feststellen, ob die Verfolgung aufgehört hatte oder nicht.

Nach zweitägigem Fußmarsch war das Leder ihrer Stiefel so hart geworden, daß sie die Knöchel nicht mehr zu biegen vermochten; sie trabten wie die Bären, die Beine steif, mit schmerzenden Schenkeln. Abends sahen sie zwischen den nackten Baumstämmen trübe Lichter wie Glühwürmchen leuchten.

Die Lichter von Poltawa.

Avram richtete sich auf und musterte die Stadt tief unter ihnen. Plötzlich fuhr er zusammen, drehte den Kopf.

Am Horizont stieg ein Rauchwölkchen auf, das sich in der reinen Luft schnell auflöste.

Avram bog sich, um sein Schulterblatt mit der Hand zu berühren; als er sie zurückzog, war sie blutüberströmt. Erst in diesem Augenblick hörte er, von der Entfernung gedämpft, den Knall des Schusses.

Keiner der beiden anderen hatte etwas bemerkt; um sie nicht zu beunruhigen, sagte Avram nichts.

Sie stiegen hinab nach Poltawa und flüchteten in eine sichere Herberge des jüdischen Viertels. Sie wärmten ihre Füße an einem Kohlenofen, tranken anderthalb Liter Wodka und aßen Ochsenbouletten im eigenen Saft. Erst als sie sich bückten, um die harten Stiefel auszuziehen, spürte Avram einen stechenden Schmerz.

»Ach, übrigens, die Kosaken haben mir ein Geschenk mitgegeben, das hatte ich ganz vergessen.«

Er zog den Kittel herunter und zeigte ihnen seinen muskulösen Rücken: das geronnene Blut bildete eine Kruste.

Marko und Max vergaßen das Trinken.

Der Wirt, Amateurchirurg, legte Avram flach auf den Bauch über eine Holzbank und wusch die Wunde mit einem Glas Aquavit aus.

Er sah den feinen, dreieckigen Riß und beugte sich zum Verwundeten nieder.

»Hast du vorn noch so ein Loch?« fragte er.

Avram stemmte sich hoch, inspizierte seinen behaarten Oberkörper und schüttelte den Kopf.

»Nein«, antwortete er.

Der Wirt zündete sich eine Pfeife an, stieß zwei Rauchwolken aus und schloß befriedigt: »Dann steckt die Kugel also noch drin.«

»Na, worauf wartest du dann? Hol' sie raus«, befahl Avram.

Mein Vater hatte viel getrunken, aber doch nicht genug, um dem braven Mann zu erlauben, mit einer Schere – er griff gerade nach ihr – im Rücken seines Sohnes herumzustochern.

»Wir gehen schlafen«, meinte er. »Morgen kehren wir heim, da werden sie dich gesund pflegen.«

Avram schlief schlecht. Er fing an zu husten, und sobald er erwachte, trat ihm Schaum über die Lippen.

Die Reise wurde zur Qual. Bei jeder Bodenwelle schmerzte Avrams Wunde mehr. Trotz Kälte und einsetzendem Steppenwind rann ihm der Schweiß von der Stirn. Sie waren ohne Rast galoppiert, hatten dreimal die Pferde gewechselt und aus Vorsichtsgründen beschlossen, nachts zu Fuß nach Haus zu gehen. Mein unerwartetes Auftauchen hatte diesen Plan durchkreuzt.

Als ich zitternd ins Zimmer meines großen Bruders kam, saß er aufrecht im Bett und lächelte, seine Lippen hatten fast ihre frühere Farbe wiedergefunden. Ich war wahnsinnig glücklich.

Dann betrachtete ich das zylinderförmige, flache Stück Kupfer auf dem marmornen Nachttisch.

Der brave Serpajew hatte es geschafft, die Kugel aus dem Brustkorb meines Avram zu holen.

»Wenn du artig bist, Anna«, sagte mein Vater, »dann mach ich dir daraus einen Ring.«

Ich protestierte heftig, und als sie alle gegangen waren, schlug ich Avram vor, ihm etwas vorzulesen. Ich ahnte noch nicht, daß ich damit ein ganzes Jahr lang in ein wahres Räderwerk geriet.

Monatelang las ich ihm zwei Stunden pro Tag mit lauter Stimme das Wichtigste an russischer Literatur vor, von den Anfängen bis in unsere Zeit.

Einer tückischen Kosakenkugel verdanke ich es, daß ich kein ganz ungebildetetes junges Mädchen blieb. Dank Avrams Verwundung lernte ich Puschkin, Dostojewski und Anton Tschechow kennen.

VII

Eine unhaltbare Situation. Die Reisenden an unserer Tafel unterrichteten uns über Dinge, die die zaristischen Gazetten verschwiegen.

Städte brannten. Es schien, als sei die Stunde der großen Pogrome wiedergekommen. Wenn ich abends vom Hof heimkehrte, wunderte ich mich, daß am Horizont keine Feuersbrunst zu erkennen war.

Massaker hatte es gegeben, von Kriworog bis hin zu den Städten am Donetz.

In Elisabethgrad schlossen viele unserer Freunde ihre Läden und zogen hinunter zur Krim. Ich spürte dunkel, daß ein großer Exodus bevorstand, wenn ich meinen Vater reden hörte.

Ich dachte an die Furcht meiner Mutter vor den Flöhen der Muschiks und gewann den Eindruck, daß wir Juden zu Flöhen geworden waren, die im großen Muschik Rußland lebten; daß er angefangen hatte, sich zu schütteln, uns mit dem Daumennagel zu zerquetschen. Wir mußten also sehr weit wegspringen, um ihm zu entkommen.

Mein Vater blieb oft fort, seine Reisen wurden immer länger. Es braute sich etwas zusammen, ich wußte bloß nicht, was. Avrams Wunde verheilte nach und nach. Es ging ihm besser, er schlief nicht mehr wie früher beim Vorlesen ein, mit Schweißtropfen an der Oberlippe. Er richtete sich auf, begann wieder, ein wenig Geige zu spielen, und ich begleitete ihn gedämpft, in gemächlichem Rhythmus.

Frühjahr 1904.

Aus dieser Zeit besitze ich noch ein altes Foto: Wir sitzen im Salon um einen Teetisch. Meine Mutter verbeißt sich mühsam das Lachen, das in ihren Augen schimmert. Mein Vater, sehr würdig, sprengt fast seinen allzu engen Anzug, über dem quer eine Uhrkette baumelt. Janni und Boris haben gewackelt, daher sind sie sehr undeutlich. Ich sitze im Vordergrund rechts: Mein Kleid reicht mir bis zum Knöchel, und die Ärmel verlaufen spitz zum Handrücken, ich bin zugeknöpft bis an den Hals, mein Dutt steht sehr hoch über dem Kopf. Die Geige liegt mir auf den Knieen... Ich wollte unbedingt, daß sie mit mir fotografiert wurde. Ganz schwarze Augen habe ich. Ich bin hübsch und lächele in die Linse. In diesem Moment weiß ich noch nicht, daß ich in knapp einem Monat das Haus für immer verlassen werde, die Stätte, an der ich geboren wurde und glücklich bis zu diesem Tag lebte. Ich ahne nicht, daß ich das Haus niemals wiedersehen soll. Eine Seite meines Lebens wird umgeblättert.

In Papas Tasche liegen die Pässe bereit, er hat sie für teures Geld herstellen lassen. Ich heiße schon nicht mehr Anna Boronsky, sondern Anna Markowa.

Ein Magnesiumblitz. Max hat uns aufgenommen. Er taucht unter dem schwarzen Tuch auf, hustet in den bitteren, scharfen Rauch hinein, der uns den Atem nimmt, und geht das Fenster öffnen.

Er flucht wie ein Fuhrknecht, entdeckt Boris und Janni, die gewackelt haben, und stellt liebevoll seinen gigantischen Apparat weg, dessen Formen mich mehr als der Rest beeindrucken. Max fotografierte zu Beginn dieses 20. Jahrhunderts alles: den Weizen im Frühjahr, die Gesichter unserer alten Bauern. Er errichtete sein Stativ im Wald, lief stundenlang umher, bevor er die Birke fand, die er brauchte, den Sonnenstrahl auf dem letzten Schnee am Fuß der Baumstämme.

Er entwickelte seine Platten, indem er sie in Zauberbäder tauchte. Ich scharwenzelte um die Behälter herum, wagte nicht, mich zu nähern. Das war Maxens, des Hexers, Reich.

Was ist nur aus den Platten geworden? Es waren mehrere voll bärtiger Gesichter, in Pelze gehüllter Frauen, blühender Bäume. Auf vielen war ich drauf, an eine erinnere ich mich besonders gut: ein kleines Mädchen vor einem Papageienkäfig, größer als sie selbst. Sie schneidet eine verärgerte Fratze, weil Popkej nicht spricht...

Ende Juni fuhr Vater fort. Ein paar Tage später, als ich gerade Mama in der Küche half, sahen wir die ersten Flüchtlinge auf der Straße. Sie kamen aus Tschernigow an der Desna, an den Grenzen

Weißrußlands, und ich schauderte, als ich den Schrecken in ihren Blicken erkannte. Unter ihnen ein Junge in meinem Alter, mit langen, krausen, schwarzen Locken, einem zu großen Mantel und einem mit Stroh ausgestopften Hut. Das Stroh steckte darin, damit ihm das Ding nicht über die Augen rutschte. Der Sohn eines Rabbiners, das hatte ich in der ersten Sekunde raus. Er drückte einen Band, dick wie ein Wörterbuch, mit dem Arm an sich, den ein Davidstern zierte.

»Komm«, sagte er leise, »ich lehre dich die ganz geheimen Gebete.«

Ich folgte ihm aus der Küche, wo er gerade einen Topf Milch ausgetrunken hatte. In der Scheune legte er das Buch auf den Boden, wiegte sich mehrere Male hin und her, schloß die Augen, sprach ganz schnell ein Gebet in unbekannter Sprache, hob dann die Lider und versuchte, mich zu küssen.

Ich fiel nach hinten, aber dieser Rotzjunge mit dem Korkenzieherhaar und dem fliehenden Blick flößte mir keine Angst ein. Ich verpaßte ihm einen Fausthieb, der ihm die Luft wegnahm, und einen weiteren, der sein Nasenbein sofort blau anlaufen ließ.

Er erhob sich mühsam, aber mit Würde, wischte sich den Staub ab, steckte wieder Stroh in seinen Hut, drückte sein Buch unter den Arm und murmelte, indem er sich die Nase rieb: »Amen.«

Ich sah ihn verschwinden, hoch auf einem Fuhrwagen, mit dem Ausdruck tiefer Meditation. Seine Melone war das letzte, was hinter dem Horizont verschwand.

Ich berichtete Boris von meinem Abenteuer, der lachte laut, und das ganze Haus wußte Bescheid. Auch meine Mutter amüsierte das sehr. Am selben Abend rief sie uns in Avrams Zimmer zusammen.

»Meine Kinder«, sagte sie, »wir gehen fort.«

Ich wußte schon längere Zeit, daß wir bald dran sein würden. Die Juden verließen die Ukraine: Warum hätte es uns anders gehen sollen? Dennoch spürte ich plötzlich, wie die Mauern um uns Leben bekamen, sanfte, zarte Befestigungen, die mich beschützt hatten, vom ersten Atemzug an. Bei dem Gedanken, nun fern von ihnen leben zu müssen, fühlte ich mich nackt und wehrlos.

Eine schreckliche Stille. Jeder Quadratzentimeter dieses Hauses verkörperte ein Kapitel unserer Geschichte, unseres Lebens; unser Heim klang in unseren Liedern und unserer Musik. Plötzlich schien es uns unmöglich, daß das Haus ohne uns existieren könnte.

»Heute morgen bekam ich einen Brief von eurem Vater«, sprach meine Mutter weiter, »wir treffen uns mit ihm am Monatsende. Von nun an werden wir in Odessa leben.«

Odessa!

Die Stadt am Meer! Die vor Leben strotzenden Straßen, die Lichter, die Pferdeomnibusse und ihr Rollen auf dem Pflaster!

Im Nu sah ich das alles vor mir, und noch mehr. Die Bäuerin in mir gab sich dem Wirbel städtischer Frivolität hin. Lust, meiner Freude Ausdruck zu verleihen, bemächtigte sich jeder Faser meines Körpers.

»Und was sagt mein Vater über unser Haus?«

Avrams ernste Stimme hatte die Frage gestellt.

Meine Mutter senkte den Kopf, und die Wandlampe ließ den Schatten ihres Profils zittern.

»Wir werden es verkaufen. Er hat sich schon mit Domka in Verbindung gesetzt. Es sind nur noch ein paar Formalitäten zu regeln.«

Domka, der Hasenfuß!

Er würde also alles hier besitzen... Wenn man darüber nachdachte, war das gar nicht so schlimm. Die Wände gehörten ihm zwar, unser Land, dieser Fußboden, aber nie hätte er mehr als Steine und Balken. Den Rest würden wir mitnehmen, und niemand konnte uns daran hindern.

Ich drehe mich nicht um. Keine Macht der Welt bringt mich dazu. Wenn es doch passieren sollte, dann rolle ich vom Wagen mit den aufgehäuften Koffern, den Hutschachteln und der Nähmaschine, die wir nicht mehr rechtzeitig abschicken konnten. Dann werfe ich mich auf die Stufen meines Hauses. Keine Macht der Welt würde mich in diesem Fall wieder von dort losreißen.

Marthes Tränen laufen über meine Wangen, meine Hände.

Gegen den Himmel zeichnet sich Mutters Gesicht ab, bleich... An meiner Seite beißt Boris die Zähne zusammen, und ich sehe, wie er die Halsmuskeln anspannt.

Durch den Tränenschleier vor meinen Augen erkenne ich Domka. Er rennt, hält sich am Wagen fest.

»Das vergesse ich Ihnen nie, Frau Boronsky, nie...«

Er schnaubt, schluchzt vor Erregung. Er hat das Haus gekauft, die Möbel, die Bilder, hat bei jedem Stück gefeilscht, um einen Rabatt gekämpft; schließlich bekam er das Ganze zu einem Spottpreis. Aber zwei Seelen wohnen in Domkas Brust: der unsentimentale Händler und der kleine, sanfte, leicht erregte Mann. Letzterer weint über die Abreise seiner am Vorabend von ihm gerupften Nachbarn.

Aber zerfiel ich nicht auch in zwei junge Mädchen? Das eine sehnte sich nach Odessa, das andere hing am Haus seiner Kindheit.

Hinten liegen die Geigen in ihren Kästen, mit einer Plane überdeckt, mit Tragegurten versehen. Wie gern hätte ich jetzt meine Violine in der Hand gehalten! Mir scheint, dann würde ich die ergreifendste Musik komponieren, die jemals geschrieben wurde. Ich brächte die harten Steine von Kasakstan zum Weinen. Hört mich an, Menschen im heiligen Rußland, mich, Anna Boronsky, aus ihrem Dorf vertriebene Jüdin, rufe euch meinen Kummer und meinen Schmerz zu...

Domka reißt mich in seine Arme, und ich küsse seine guten, zitternden, wohlgenährten Hasenwangen.

Das Härteste bleibt noch zu tun.

»Passen Sie gut auf ihn auf, Iwan Iwanowitsch...«

Ich will mich nicht von meinem Papagei trennen. Domkas Umarmung läßt nach, und seine Finger berühren meine, die sich mit sinnloser Heftigkeit an den Käfig klammern.

Adieu, Popkej, mein schöner Vogel...

Avram schnauft fürchterlich, hebt die Peitsche.

Es ist soweit, wir fahren, ich kann mich jetzt umdrehen.

Domka läuft neben dem Wagen her, seine Tränen rinnen. Die unbewegliche Marthe vor dem Haus wird bereits kleiner. Ein letztes Mal erhellt die Sonne jede Fensterscheibe. Allein, mitten auf dem Weg, hebt ein Papagei seinen jämmerlichen Schnabel zum Himmel, und zum erstenmal in seinem Leben stößt er einen unartikulierten Schrei aus.

Boris drückt meine Schulter.

»Hast du gehört? Er hat gesprochen!«

Ich lache durch meine Tränen hindurch und merke nicht, daß das Dorf nach und nach verschwindet, daß wir bereits an den letzten Höfen vorbeifahren, und daß die Kindheit, meine Kindheit, gerade zu Ende geht.

Zweites Buch

I

Ich öffne mühsam ein Auge.

Die Decke knarrt über meinem Kopf, stöhnend tauche ich verzweifelt unter das Federbett, zur Achselhöhle meiner Mutter hin, die wohl schon wach ist.

Es ist halb sechs. Im oberen Stockwerk erhebt sich Seregin.

Die Bohlen krachen. Bestimmt läuft er auf Zehenspitzen, aber jede Vorsichtsmaßnahme erweist sich als sinnlos. In dieser alten Fotinstraße, wie im ganzen alten Viertel der Madlewenka, existiert keine Parkettlatte, die nicht verfault und von Würmern zerfressen wäre. An den Fenstern leuchten jetzt die Öllampen, die Männer machen sich fertig. In wenigen Minuten wird der Lärm ihrer Stiefel die Straße füllen. Dann rennen sie in die Oberstadt, zu den Hüttenwerken, deren hohe Schornsteine ihren Rauch in den schmutzigen Himmel spucken.

Zwei Arten von Schritten jetzt: die neue ist lässiger, trottender. Das ist Kolja, Seregins Sohn. Auch der arbeitet in der Fabrik. Vor drei Tagen, als er nachts heimkam, habe ich mit ihm geredet.

Ich fegte den Hausflur, und er sprang sozusagen wie ein Teufel aus der Schachtel: »Du spielst Geige, Anna Markowa, gestern habe ich dich gehört!«

Mich amüsiert seine Begeisterung. Komischer Kontrast zwischen diesem Kindergesicht, dem Kohlenstaub und seinem Arbeiterkittel. Kolja ist neun. Seit sechs Monaten arbeitet er in einer Eisenhütte.

Auf dem Flur lacht Kolja und zeigt mir seine vom Kohlenstaub durchsetzten Handflächen.

»Es lebe unser geliebter Zar Nikolaus II!«

Ich lache mit ihm, aber er beginnt sehr schnell zu husten und geht in seine Kammer hinauf, die er unter dem Dach mit seinem Vater teilt.

Ich drehe mich herum in der wohligen Wärme, verspüre Gewissensbisse, wenn ich daran denke, daß ich noch stundenlang im Bett faulenzen kann. Kolja dagegen läuft durch die nebligen Straßen von Odessa, am Bahndamm entlang, an den Getreidespeichern vorbei, bis hin zu den Toren der Hochöfen. Da erlebt er dann die Hölle, einen ganzen Tag lang.

Wenn ich aufstehe, arbeitet er schon seit Stunden vor dem roten Maul der Öfen, in dem der Stahl beim Schmelzen brüllt.

Das Hochsetzen meiner erwachenden Mutter schreckt mich aus dem Schlummer. Es ist nun heller Tag, ich war noch einmal tief eingeschlafen.

Sie zieht den Vorhang vom Guckloch weg, graues Licht fällt in die Küche. Wir schlafen auf einer Matratze, zu Füßen des bauchigen Herdes, der uns die ganze Nacht Wärme spendet. Die Wände haben eine grüne Farbe, die an Soldatenumhänge erinnert. In halber Höhe läuft ein dickes Ofenrohr im Zickzack durch das Zimmer, strömt wohltuende Wärme aus, bevor es durch ein Loch der Trennwand ins Nebenzimmer verschwindet.

Das Nebenzimmer dient als Eßzimmer und auch als Schlafzimmer.

Janni schläft auf dem Tisch, Max darunter, mein Vater und die anderen teilen sich die vier Ecken des Raumes. Boris und Avram haben sich die dritte Kammer ausgewählt, die als Waschhaus benutzt wird. Sie schlafen meistens in ihren Kleidern.

Um acht steigt der Lärm vom Hof hoch.

Wenn man sich aus dem Fenster beugt, erkennt man das Quadrat aus Pflastersteinen ganz unten. Rechts ist eine Druckerei. Durch die selbst bei Kälte stets geöffnete Tür hört man das Klicken einer alten, asthmatischen Presse. Mit einem ähnlichen Geräusch antwortet darauf die Nähmaschine von Theodoris – ich kann ihm bei der Arbeit zusehen. Er ähnelt dem Popen Gapon mit seinem Bart und den glattgekämmten Haaren, dem Mittelscheitel. Vor kaum einem Monat, am 22. Januar, hat Gapon das Volk zur Schlachtbank geführt, als er es mitzog zum Winterpalast, im Kugelhagel der Kosaken.

Aber Theodoris ist ein fröhlicher Gapon. Er macht mir ein Zeichen mit der Hand, die in einem Fausthandschuh steckt.

»Spiel', Anna, spiel' ein bißchen.«

»Ich hab' keine Zeit, Väterchen, muß einkaufen gehen...«

Er winkt und tritt wieder die Maschine an.

Ich trinke einen sehr starken Tee und hülle mich in meinen Schal. Dann gehe ich die wacklige Stiege hinunter und stehe auf der Straße.

Erwartet bloß nicht eine echte Beschreibung der Stadt in diesem fürchterlichen Jahr 1905 von mir.

Ich weiß nur noch, daß ich dauernd Lust zum Heulen verspürte: Ich schleiche durch farblose Straßen voll schwerer, wilder Männer, an der Grenze des jüdischen zum Arbeiterviertel. Über uns hängt Rauch, und nach Osten hin schließen die kegelförmigen Hügel der Schutthalden die Stadt ab. Wenn man auf einen von ihnen steigt oder die Georgische Straße hochgeht, die sich zwischen den hohen Ziegelmauern des Fabrikviertels schlängelt, hat man den ganzen Hafen zu Füßen. Oft gehe ich zu dem kleinen Platz mit dem Gras, das die Farbe der Eisenschlacke angenommen hat, staune, daß das Schwarze Meer genauso schwarz ist wie die großen Lagerhäuser, Docks und Hafenkais, daß die anlegenden Schiffe grau und verrostet wirken. Die Frachter transportieren ukrainisches Getreide, das damals die Welt ernähren half.

Mit Boris gingen wir manchmal zum Hafen. Der lag weit weg von der Madlewenka. Wir rannten zwischen Tauen und Säcken herum, umrundeten riesige Silos und sahen, wie die Kornladungen in den Schiffsbäuchen verschwanden.

Weiter abwärts schlug das Meer sanft an die Vordersteven... Grünliches Wasser, das einen schwindeln machte und einen grauen Schaum hinterließ, wie der an schlecht gewaschenen Badewannen.

Wie war er doch zerronnen, mein Traum von Odessa!

Wenn ich auch nur eine Sekunde gedacht hätte, daß wir den Rest unseres Lebens in dem Haus in der Fotinstraße zubringen würden, dann hätte ich mich wohl geradewegs ins Eiswasser des Hafens gestürzt.

Boris zog mich mit sich zur doppelten Mole am Hafeneingang. Ein merkwürdiges Völkchen an den düsteren Kais: Bettler, Krüppel, ehemalige Arbeiter aus Prodameta, frühere Bergleute vom Donetzbecken, Männer, die im Kaukasus gebohrt hatten, damit da das Öl spritzte, viele ehemalige Seeleute. Viele, fast alle, waren Unfallopfer: flüssiges Metall hatte ihr Fleisch zerfressen, ein Sturz von steilen Leitern, ein Sack Kohlen auf ihren Schultern hatte ihnen die Wirbelsäule gebrochen. Oder sie gerieten, zu alt, um eingestellt zu werden, eines Tages ins Elend. Mitten unter ihnen lauerten zerlumpte Männer mit gespitzten Ohren, Diebe, Herumtreiber und besonders Mitglieder der Ochrana, der schrecklichen, politischen Polizei.

Boris zeigte sie mir von weitem. Sie mischten sich unter die Gruppen, man erkannte sie daran, daß sie ihrer Umgebung immer Zigaretten anboten; sie lauerten auf die Schlüsselwörter, denen dann die Verhaftung folgte: »Potemkin«, »Trotzki«, »Sozialismus«, »Menschewiken«. Manchmal fand man einen dieser Männer im Laderaum eines Schiffes mit gebrochenem Genick, nach einem Sturz aus zwanzig Meter Höhe. Immerhin existierte eine polnische Terroristenorganisation in Odessa, spezialisiert auf die Jagd nach zaristischen Spionen.

Wir hatten Glück gehabt, diese Wohnung zu finden: Odessa war der letzte rettende Hafen. Aus Bessarabien und Weißrußland vertrieben, strömten alle Juden in die große Stadt.

Auf einem Pfeiler der Mole saß Boris und ließ die Beine über dem grauen Wasser baumeln. Ich wußte, daß er traurig war: als ungestümer Junge, ein Spielertyp voller Leben, wäre er gern an die Universität Kiew gegangen. Er liebte Bücher, kannte Tolstoi sehr gut und bewunderte Dostojewski, aber Student konnte er nie werden. Die neuen Gesetze untersagten ihm das: Ein Jude durfte weder eine große Stadt bewohnen noch studieren, es sei denn, er stand in allen Fächern auf eins. Unsere Zahl durfte 3 Prozent nicht übersteigen.

Ich wußte darauf keine Antwort. Der Seenebel legte einen dünnen Wasser-Salz-Schleier auf mein Gesicht... Wir müssen nach Hause.

Besser, wir kehren vor Einbruch der Nacht heim. Oft gibt es Kontrollen der Armee oder der Polizei, und man sagt, in den Kellern der Kasernen und Kommissariate gehen seltsame Dinge vor.

Wiederholt sind mein Vater und meine älteren Brüder nicht zu Hause, manchmal schlafen sie auswärts, dann habe ich Angst.

Was tun sie mitten in diesem Hexenkessel Odessa? Ich fürchte, daß Petja, der Hersteller unserer falschen Papiere, ihnen ein fürchterliches Abenteuer eingebrockt hat.

Petja wohnte in Riga und wurde doch von der Ochrana verhaftet. Man folterte ihn und schickte ihn nach Sibirien. Bevor sie die ausgedehnte Steppe des weißen Ödlands durchquert hatten, schaffte er es, zu fliehen. Die Soldaten verfolgten ihn vier Tage lang durch die Wilonskiberge und schlugen ihr Lager eines Nachts in einer Geländefalte auf, wo er sich hinter einer Felsöffnung versteckt hatte.

Acht Stunden verbrachte er weniger als 25 Zentimeter von der Nase des kommandierenden Hauptmanns entfernt in seiner Höhle.

Das erzählte uns Petja abends, gluckste leise, wenn er die furchtbare Nacht heraufbeschwor, als der Kosakenoffizier ihm seinen Wodka-Atem voll herüberschickte. »Er schnarchte so laut«, schloß Petja, »daß ich bei Tagesanbruch durch die eingeatmeten Dämpfe genauso besoffen war wie er!«

Die Männer lachten, und die Gespräche in unserem Eßzimmer lebten wieder auf. Petja holte Flugblätter aus allen Jackentaschen. Er trug überall welche bei sich, sogar im Hemd. Er erinnerte mich an einen Taschenspieler.

»Mehr als zwei Millionen Streikende, Kameraden«, verkündete er. »Das ist das Ende des Zaren, wenn die Jungs aus den Textilfabriken Sowjets bilden und mit uns marschieren. Dann brauchen wir nicht mehr zu zittern, nie mehr!«

Eines Abends, als wir alle beisammen saßen, kam Sergin, der Nachbar von oben, mit seinem Sohn Kolja herunter.

Selten nahm er an unseren Abenden teil. Ein guter Mann, der das ganze Leben den Rücken gebeugt hatte und revolutionäre Bewegungen nur schwer akzeptierte.

An diesem Abend kam er, als die Versammlung bereits begonnen hatte. Ich hockte auf meiner Matratze in der Küche und stopfte eins meiner Kleider; durch die halb geöffnete Tür bekam ich mit, was geschah.

Wortlos trat Sergin in den Kreis und bedeutete seinem Sohn, ihm zu folgen.

Ich sah Koljas Gesicht im Lampenschein, und die Nadel fiel mir aus den Händen.

Ein dunkler Fleck saß über dem aufgeplatzten Brauenbogen, und die Haut der Backenknochen schimmerte violett; der Schlag mußte mit unerhörter Brutalität geführt worden sein.

Sergin kreuzte seine zitternden Hände und murmelte tonlos: »Das war der Aufseher. Er hat zugeschlagen, weil Kolja den Blasebalg nicht schnell genug trat.«

Niemand sagte etwas. Nur mein Vater stellte Sergin einen Stuhl hin, in den er schwer hineinfiel.

»Petja«, fügte Sergin hinzu, »ich möchte wissen, wie ich mich nützlich machen kann.«

Petja lächelte, legte den Arm um die robusten Schultern des Neuankömmlings, und Avram ließ die Wodkaflasche kreisen.

Im Halbdunkel war Kolja zu mir gekommen, und ich fuhr ihm mit den Fingern sanft übers Gesicht.

»Tut's weh, Kolja?«

»Nein, Anna, jetzt nicht mehr. Spiel mir etwas vor.«

Ich holte meine Geige und spielte ganz leise ein paar Melodien. Danach erzählte Kolja von seinem Leben in der Fabrik.

»Was willst du später machen, Anna?«

Davon hatte ich keine Ahnung, seine Frage verwunderte mich. Die Dinge entwickelten sich zu schnell, als daß ich an die Zukunft denken konnte. Vielleicht gehörten wir morgen zu diesen endlosen Zügen auf den Straßen, die langsam das Land in Richtung Norden durchquerten, eskortiert von Soldaten, ebenso erschöpft wie die von ihnen Abgeführten.

Wir schwatzten lange, saßen im Schneidersitz, beleuchtet vom flackernden Schein der Flammen. Dann ging Kolja und sein Vater, auch Petja und ein paar andere, die wie er zum »Bund« gehörten. Ich erinnere mich an einen finnischen Riesen, der die Welt mit wenigen Sätzen neu erschuf, und dessen Augen dabei leuchteten wie zwei Sterne.

An diesem Abend, als alle aufgebrochen waren, rief mich mein Vater; die Familie drängte sich um den engen Tisch.

»Ich habe euch alle versammelt, um euch meine Pläne mitzuteilen. Avram weiß Bescheid, aber außer ihm und mir...«

Ich unterbrach ihn: »Ich weiß jedenfalls nichts.«

»Wenn Anna nichts davon weiß«, fuhr er fort, »dann haben wir das Geheimnis gut bewahrt.«

Sarkastisches Gelächter; ich öffnete den Mund zur Antwort, aber Papa redete schon weiter.

»Als wir das Land verließen, beabsichtigte ich nicht, mich für immer in dieser Stadt niederzulassen.«

Er zupfte mit den langen Fingern im Bart herum und warf einen angeekelten Blick durchs Zimmer: die alten Mauern, das im Zickzack laufende Ofenrohr, die schmutzstarrenden Möbel wirkten bei der schwachen Beleuchtung noch düsterer.

»Odessa«, sagte er, »ist nur eine Etappe.«

Ich drückte Boris' Arm zu meiner Linken und stieß einen Siegesschrei aus, der alle zum Lachen brachte.

»Aber wo gehen wir denn hin?« fragte Janni.

Mein Vater schaute ihn an, schüttelte den Kopf.

»Wir verlassen Rußland«, sagte er. »Ich habe die letzten Monate viel nachgedacht, eine andere Lösung gibt es nicht.«

Zerstreut leerte er sein Wodkaglas und stellte es auf den Tisch, zeichnete mit dem Boden des Gefäßes Kreise auf das Holz.

»Ich erkläre heute«, sagte er, jede Silbe betonend, »daß ein Jude, der in diesem Land bleibt, wahnsinnig ist. Wir gehen.«

»Aber wohin?« fragte Boris atemlos.

Mein Vater hob den Kopf, und ein Lächeln erhellte sein Gesicht. Langsam füllte er sein Glas, das von Avram, das von Max, und stellte die Flasche zurück.

Mit der majestätischen Geste eines Patriarchen erhob er sich wie für einen Trinkspruch, und seine Stimme vibrierte im Halbdunkel: »Nach Amerika.«

Avram und Max sind gestern aufgebrochen – mit einem Frachter in die Türkei. Einige Zeit bleiben sie noch in Konstantinopel, suchen dort Arbeit und eine Wohnung; sie schreiben uns, wenn wir nachkommen sollen. So haben wir's vereinbart.

Wir rücken vor wie eine Armee, schicken zunächst eine Vorhut aus, das Gros der Truppe folgt später. Gebe Gott, daß das klappt!

Ich spiele Pikett mit Isaak und Kolja. Wir benutzen trockene Bohnen, die Mama neben uns auf dem Küchentisch auslöst. Durch das Guckloch fällt Tageslicht, darin wirkt Mama traurig. Sie ist gealtert. Falten, die ich bei ihr nicht kannte, haben sich in den Augenwinkeln gebildet.

Der Ofen stöhnt, es ist Sonntag. In den Straßen fließt der geschmolzene Schnee, wir sind nicht zum Hafen gegangen. Ich passe auf, daß die Jungs nicht schummeln, aber meine Gedanken sind woanders.

Nach Amerika.

Oft habe ich sie reden hören von diesem Land. Ich weiß, es liegt auf der anderen Seite der Erde, ein riesiges Land. Die Leute dort amüsieren sich den ganzen Tag, und die Straßen haben Nummern. Das ist so ziemlich alles, aber mir genügt es. Ich weiß auch, daß ich dort nie mehr Angst haben müßte, daß ich den ganzen Tag Geige spielen könnte.

»Spielst du, oder träumst du?«

Isaak schaut mich verärgert an.

Ich werfe eine Karte auf gut Glück ab und döse weiter. Wenn nur Avram und Max bald etwas von sich hören lassen!

Kolja beugt sich vor, flüstert: »Niemand ahnt was, aber ich habe gehört, wie die Männer mit meinem Vater darüber redeten: Morgen kommt keiner zur Arbeit.«

Isaaks Augen glänzen. »Bist du sicher?«

»Ganz sicher. Der Sowjet hat Streik beschlossen.«

Mein Herz schlägt schneller; Mama fixiert den jubilierenden Kolja. Die bloße Aussicht, morgen nicht um fünf Uhr aufstehen und durch die eisigen Straßen laufen zu müssen, erfüllt ihn mit Freude. Aber was wird geschehen? In den Spinnereien hat die Armee auf die Arbeiter geschossen. Gießt die neue Aktion nicht Öl ins Feuer?

Mama sammelt ihre Bohnen ein.

»Ich frage mich, ob der Zar über all das Bescheid weiß«, murmelt sie.

»Der weiß alles«, sagt Isaak. »Aber er lacht darüber.«

In diesem Augenblick wurde mir bewußt, daß ein dumpfer, ferner Lärm immer mehr anschwoll.

Ich sprang auf, warf Karten und Bohnen durcheinander und stürzte, gefolgt von den Jungen, die Treppe hinunter.

Meine Mutter schrie, wir sollten aufpassen. Aber wir waren schon auf der Straße. Ich sah, wie eine Frau, ihr Kind im Arm, vorbeirannte und in einer niedrigen Tür verschwand. Als ich um die Ecke der Griechenstraße bog, knallte ein Schuß. Erschreckt drehte ich mich um, neben mir verhielten Kolja und Isaak, die in dem Straßengewirr außer Atem geraten waren.

Ganz nahe bei unserem Haus kniete ein Mann am Brunnenrand. Er trug eine schwarze Priestermütze und eine Korkenzieherfrisur wie der Oberidiot, der mich in unserer Scheune hatte küssen wollen.

Langsam wachte er aus seiner Meditation, hob die schweren Brauen, sah uns überrascht an.

»Flieht«, verkündete er. »Feuer und Schwert sind über der Stadt. Der Racheengel ist erschienen.«

»Beruhigen Sie sich«, sagte Isaak, »und berichten Sie uns lieber.«

Er leckte sich hastig die trockenen Lippen und stieß aus: »Die Kosaken stürmen das Ghetto.«

Isaak und ich schreckten zusammen. Also waren die Kosaken wieder da, hatten uns eingeholt – nie würden sie uns in Frieden lassen.

Schnell rannten wir durch schlammige Straßen nach Hause zurück. Mehr Gewehrschüsse fielen, dazwischen trockene Befehle. Ich sah Gestalten auf den leuchtenden Dächern der Häuser.

Über dem Lärm der Verfolgung, und während die Soldaten in das Ghetto eindrangen, läuteten die Glocken von Odessa, als verkündeten sie den Beginn der Apokalypse.

Vater kam mitten in der Nacht. Er war erschöpft, und seine Augen glänzten seltsam. Wir sprachen leise, aber ich war sicher, daß niemand im Haus schlief. Lichtschein drang durch die schlecht geschlossenen Fensterläden, ließ erraten, daß einige Nachbarn bereits wach waren. Vater zog einen Umschlag aus der Tasche und ließ ihn unter das Strahlenbündel der Lampe fallen.

»Was ist das?«

Er betrachtete mich und legte mir die Hand auf den Kopf.

»Schiffskarten für morgen.«

Meine Mutter griff zitternd nach Vaters Arm.

»Ja«, sagte er, »morgen geht's los, mit der *Drowna* in die Türkei.«

Atemlose Stille.

»Wir lassen alles hier zurück«, fuhr er fort. »Ihr nehmt jeder nur ein einziges Paket mit, das eure persönlichen Sachen enthält, so leicht wie möglich. Wir gehen sehr früh an Bord, damit wir wenigstens eine Kabine ergattern.«

»Warum?« fragt Boris. »Sind so viele Leute auf dem Schiff?«

»Ja«, antwortet Vater ernst. »Enorm viele. Weißt du, weshalb?«

»Nein.«

»Weil es das letzte Schiff sein wird.«

Mutter mischt sich ein: »Bist du da sicher?«

»Ganz sicher! Das Ghetto ist umstellt. Die restliche Stadt wird von der Truppe besetzt gehalten, die Jagd auf Juden und Streikende fängt schon an, morgen kann hier alles explodieren.« Er senkt den Kopf und fügt hinzu: »Petja ist ihnen gerade noch entkommen, aber sie haben seine Werkstatt und sein Material für die falschen Pässe entdeckt. Den ganzen Nachmittag über haben sie Männer im Hafen durchsucht. Wir haben keine Zeit mehr, auf Nachricht von Avram und Max zu warten. Sind wir erst in der Türkei, geben wir ihnen Bescheid. Es kommt jetzt darauf an, noch die Stadt zu verlassen.«

Er ließ den Blick über uns alle schweifen und meinte noch: »Und jetzt ist es Zeit, schlafen zu gehen.«

Natürlich tat ich nachts kein Auge zu. Einmal hörte ich Kolja im Schlaf stöhnen; eine Welle von Traurigkeit, schwärzer noch als die Nacht um mich herum, bemächtigte sich meiner.

Ich sah ihn nicht wieder.

Was ist aus ihm geworden, aus dem kleinen Lehrling in Odessa? Wurde er bei einem Aufruhr getötet? Hat er noch ein paar Jahre gelebt, zerfressen von der Silikose, er, der die schönsten Stunden seiner Kindheit damit verbrachte, einen riesigen Blasebalg zu treten, mitten im Lärm, im Strom des heißen Metalls. Ich hab's nie erfahren. Heute bleibt von ihm nur die ferne Erinnerung an ein braves, lächelndes Kind, das nachts stöhnte und gern meinem Geigenspiel lauschte.

Kolja ist wieder eingeschlafen. Ich halte die Augen im Dunkel offen, und manchmal erreicht mein Ohr ein ferner dumpfer Schuß aus der Unterstadt. Morgen werde ich erfahren, daß Menschen auf den großen Treppen getötet worden sind, jenen Treppen, wo schon die Juli-Massaker stattfanden, als der Matrosenaufstand ausbrach.

Wir müssen Odessa verlassen, diesen großen düsteren Hafen aus Asche und Blut – ich bin glücklich, fortzufahren, um so mehr, als wir auf eine lange, sehr lange Reise gehen... Wir müssen über die Meere fahren, durch Europa, über den Atlantik. Aber das nehmen wir alles auf uns, denn am anderen Ufer erwartet uns ein neues Land, sonnenbestrahlt, eine helle, lachende Stadt, deren Häuser in den Himmel wachsen.

II

»Laß nicht los! Laß bloß nicht los!«

Unter all den Köpfen erkenne ich das angestrengte Gesicht meines Vaters, der mich zieht, er reißt mir fast den Arm vom Körper. Mit der anderen Hand versuche ich, meine Geige zwischen Menschen und Gepäck freizukriegen.

Der Steg wird zusammenbrechen, er kann dem Ansturm der Leute nicht mehr widerstehen. Das Geländer sägt mir die Rippen durch. Mein Gott, das schaffe ich nie...

Das Geheul der Sirene durchschneidet die Luft, der Dampfstoß unserer *Drowna* steigt zum Himmel empor. Der riesige Schiffsrumpf liegt vor mir. Ein dicker Mensch stemmt sich gegen mich, drückt mir die Eisenkante seines Koffers zwischen die Schulterblätter, ich schreie, halte krampfhaft die Hand meines Vaters Marko Boronsky, aus dem Marko Markow wurde. Ich stoße an Hacken, stütze mich auf einen Kopf, einer drückt mir seinen Finger ins Auge, ich stoße kurz mit dem Geigenkasten zu, und plötzlich klafft eine Lücke.

Ein Pärchen vor mir bricht zusammen, der Strom wirft mich nach vorn, ich trete auf einen Rücken, gewinne einen Meter, zwei. Mein Vater packt mich an der Schulter und rammt wie ein Widder nach vorn. Geschrei – und mit einem Mal, ohne zu begreifen wie, bin ich an Bord der *Drowna*.

»Deine Mutter ist da vorn, geh zu ihr, sieh zu, wie du's anstellst.«

Noch ganz verdutzt schaue ich ihn an. »Wohin willst du?«

»Isaak ist irgendwo abgeblieben, ich suche ihn.«

Verängstigt drücke ich die Geige an mich; ich sehe, wie er von neuem in der Menge verschwindet, diesmal gegen den Strom.

Überall um mich herum Körbe, Hühner mit dem Kopf nach unten, an den Füßen zusammengebunden. Eine alte Frau mit einem Bild unter dem Arm, Koffer, umschnürte Gepäckberge. Ein Ziegenmaul in meiner Hand läßt mich zusammenfahren.

Wie soll ich nur in dieser Menge Mama finden? Die engen Stufen sind unbenutzbar. Die zuerst Angekommenen haben sich schon auf Deck niedergelegt, in Warmes gerollt, die Hände gekreuzt über kleinen Kästen, auf Wertgegenständen, in Leder- oder Leinensäcke gehüllt...

Auf der Brücke schreit ein Matrose in ein Megaphon, aber ich kann nicht verstehen, was er sagt.

»Anna!«

Mamas Ruf! Da steht sie, an die Reling gedrückt. Boris und die anderen sind bei ihr.

Nie halten wir diese Reise durch, auf dem Deck, bei Kälte und Wind. Ein feiner Nebel zieht bereits heran.

Zwei Frauen tragen ein Kinderbett über ihren Köpfen und rennen mich über den Haufen. Ich dränge wieder nach vorn. Im Bücken kann ich unten, zu meiner Linken, den Steg sehen und die Hafenkais, schwarz vor Menschen. Die kommen nicht alle rein. Wenn doch, dann sinkt das Schiff, noch bevor es die Anker gelichtet hat.

Ich sehe meinen Vater und Isaak: Sie kämpfen wie die Berserker. Unten am Abfahrtsschalter erheben sich Fäuste, eine Schlägerei ist ausgebrochen.

Zehn Jahre meines Lebens, damit das Schiff endlich abfährt! Mir gegenüber bringt Odessa einen Regenbogen zustande. Der Himmel hängt so tief, daß man die Spitzen der Kathedralentürme nicht erkennen kann. Über Madlewenka liegt violetter Rauch, läßt die graugrünen Glockentürme des orthodoxen Seminars verschwinden.

Die Schreie nehmen an Lautstärke zu. Die Soldaten, die ich an ihren Käppis erkenne, versuchen, den Laufsteg wegzuziehen, und die Menschentraube wogt hin und her. Die Bajonette leuchten im metallischen Schein der untergehenden Sonne. Boris' Brust schützt mich vor den heftigsten Stößen. Hinter uns brüllt ein Kind, in einen Schal verpackt. Ich sehe das kleine, zusammengekrampfte Gesicht, den weit geöffneten Mund, aus dem ein langer Aufschrei quillt.

Das »Ah« der Emigranten ertönt so laut, daß ich den Eindruck bekomme, unser Schiff selbst stößt diesen Ruf aus: der Steg ist weggezogen.

Papa und Isaak haben es noch geschafft, und das entreißt mir einen Stoßseufzer. Der Regen fällt stärker, er prasselt bereits auf das menschenstarrende Deck. Ich fröstle trotz meiner zwei Kleider, meiner beiden Jacken und meiner beiden Mäntel. Ich habe alles doppelt angezogen, um so viele Sachen wie möglich mitzuschleppen; es tat mir nur leid, daß ich nicht zwei Paar Stiefel, eines über das andere, anziehen konnte.

Ganz oben, zu unseren Köpfen, überprüft ein kahlgeschorener Matrose mit furchteinflößendem Schnurrbart die Rettungsboote, ein Grieche, der von einem Seil zum anderen springt wie ein Affe im Dschungel.

Sie drücken mich gegen die Reling. Boris hält stand.

»Nicht drängeln, zum Donnerwetter!«

Und plötzlich sah ich sie.

Der Körper wirbelt durch die Luft, streift eine Luke, prallt vom Schiff ab ins Wasser. Schaum spritzt in kaum einem Meter Entfernung auf, sinkt zurück wie in Zeitlupe. Verzweifelt starren meine Augen ins dunkle Wasser, ob der Körper wieder hochkommt.

»Das hat sie wohl nicht überlebt... Von dieser Höhe zu fallen!«

Plötzlich bewegt sich das Schiff. Auf der anderen Seite haben sie die Anker gelichtet, und ein neuer Ruck reißt mich weg von der Reling. Ich versuche, zwischen den Körpern hindurchzugleiten, aber das ist unmöglich. Ich erkenne nichts mehr. Ein plötzliches Zittern erschüttert den Eisenboden: Die Maschinen gehen auf volle Kraft.

Nie habe ich erfahren, ob diese Frau wieder aufgefischt wurde. Weinend falle ich gegen meine Mutter; ich kann nicht mehr, dieses Ablegen ist die Hölle. Schon zieht schwerer Ölgeruch übers Deck.

Ich schwöre mir, unter keinen Umständen unter Deck zu gehen. Ich ziehe es vor, in dieser Nacht im Freien an Kälte zu sterben. Neben den Maschinen muß der Gestank entsetzlich sein.

»Wann kommen wir an?«

Fatalistische Geste von Boris: »Etwa Ende des Monats...«

Ich lache leise, aber ich bewundere ihn, daß er in dieser Situation noch scherzen kann. Mir scheint das Schwarze Meer endlos, der alte Kahn schafft das nie.

»Hoffentlich irrst du dich, Boris«, murmelt Mama. »Ich muß euch etwas Schreckliches sagen: Ich hab' den Proviantkorb auf dem Kai zurückgelassen.«

Mein Vater zieht eine Grimasse, meine Brüder schneiden einen enttäuschten Flunsch. In ein paar Stunden wird daraus Verzweiflung werden. Was mich betrifft, ist mir das vollkommen gleichgültig: Ich habe den Eindruck, daß ich für den Rest meines Lebens keinen Bissen mehr herunterbekomme.

Es schlingert jetzt mehr. Aus dem Schornstein schießt Rauch und breitet sich aus, bestreicht den Himmel mit einer ekelhaft grauen Farbe.

Als die *Drowna* ablegte, sah ich zum erstenmal Tränen in den Augen meines Vaters: Wir verließen Rußland, und keiner von uns würde je zurückkehren.

Von allen festen Körpern ist der menschliche ohne Zweifel derjenige, der sich allen Verhältnissen am besten anpaßt. Nach einigen Stunden auf dem Schiff hatte das Stampfen die Reisenden beruhigt. Sie legten sich hin, und jetzt kann man sich beinahe leicht bewegen, indem man über die Körper hinwegsteigt.

Der Regen hat aufgehört. Seit die Küsten der Krim verschwunden sind, ist der Wind schwächer geworden, und die *Drowna* wirkt fast unbeweglich. Trotz der Rauchströme, die hinter uns wogen, eine schwere Fahne bilden, sieht es so aus, als kämpften wir uns nur zentimeterweise voran.

Die Nacht fällt sanft auf das Meer. Über meinem Kopf, im Gewirr der Wanten und Taue, funkeln die Sterne.

»Anna.«

Jannis Hand an meiner Schulter reißt mich aus meiner Träumerei. Ich stemme mich auf einem Ellbogen hoch.

»Was gibt's?«

Die Lippen meines Bruders streifen mein Ohr: »Komm und nimm deine Geige mit.«

Verdutzt und leicht schläfrig folge ich Jannis Gestalt, der im Dunkel lässig die zusammengeballten Gruppen übersteigt. Er verschwindet hinter einem Belüfterkopf, ich verliere ihn aus dem Blickfeld, dann erkenne ich ihn wieder; unter dem gelben Licht einer Lampe im Laufgang gibt er mir ein Zeichen.

»Beeil' dich.«

Was will er bloß von mir?

Wir steigen schrottreife Stufen hinauf, und plötzlich liegt das Meer vor meinen Augen.

Auf der höchsten Brücke, unter dem Flimmerlicht des Mondes, singt eine Frau.

Um sie herum lagern Matrosen und Auswanderer. Isaak ist da, kriegt den Mund nicht zu. Und Boris auch. Sie umstehen eine Frau mit sehr langen und sehr schwarzen Haaren. Sie lächelt mich an und macht Platz, damit ich in den Kreis hineinpasse.

Die Frau singt eine kaukasische Melodie – ausgezeichnet. Das Lied habe ich ganz am Anfang gespielt, als ich lernte, einen Geigenbogen zu gebrauchen.

Sie hält ein und wendet sich mir zu. Ihre Zähne blitzen in dem silbernen Licht. Wenn sie spricht, dann verblüfft mich der Kontrast zwischen ihrer spitzen, fast näselnden Singstimme und ihrer etwas rauhen Sprechstimme.

»Kannst du mich begleiten?«

»Ich will's versuchen.«

Aller Augen sind auf mich gerichtet, während ich rasch nachstimme.

Hinter mir brüllt einer: »Spiel uns ›Groß-Iwan geht auf den Markt…‹«

Gelächter, denn das ist eine sehr simple Melodie mit nur vier Noten, ähnlich wie ›Au Clair de la Lune‹. Ich spüre, wie ich wütend werde. Diese Idioten lassen mich kommen, und dann machen sie sich über mich lustig. Ich muß ihnen zeigen, was ich kann.

Ohne Ankündigung klemme ich mir das Instrument unters Kinn, packe den Bogen und los!

Ohne Orchester stürzt sich die große, virtuose Solistin Anna Markowa, geborene Boronsky, auf das Concerto von Mendelssohn.

Seltsam, diese Musik habe ich seitdem oft gespielt: in einem Zimmer in Istanbul, in den Bierkneipen von Budapest, im Wiener Prater, in Paris. Aber ich glaube, so gut wie an diesem Abend habe ich's nie wieder hingekriegt, auf diesem schaukelnden Kahn mitten im Schwarzen Meer, umgeben von Gepäckballen, Auswanderern, unter dem großen, schweigenden, kalten, reinen Himmel.

Bei den ersten Tönen verschwimmen die Formen um mich, die Gesichter verschwinden, ich stehe allein da im langem Kleid, von Scheinwerfern angestrahlt. Vor mir der Abgrund, der Riesensaal des großen kaiserlichen Theaters in Moskau ist zum Brechen voll. Im Halbdunkel ahne ich das Knistern der Stoffe, der gestärkten Hemdbrüste, das Glitzern der Edelsteine und der Epauletten.

Die Zarenfamilie ist vollzählig in den Logen versammelt, und mein Bogen fliegt, mein Arm ebenfalls, wie von selbst: perfekte Technik, schnell und ausdrucksvoll zugleich. Die Noten fließen, bilden Kurven, schweben, rollen sich ein um mich. Ich stehe mitten in der Musik, Quelle und Mündung eines tönenden Flusses, der mich hochhebt und der aus mir strömt, ein friedlicher, majestätischer Fluß. Er schwillt an, wird zum reißenden Strom, überschwemmt die Städte, erfüllt die ganze Welt, um gleich darauf zwischen beschaulichen Ufern zu promenieren. Er wird wieder schneller, wirbelt und endet schließlich in einem Knall regenbogenfarbener Blasen.

Fertig.

Das Deck, die Passagiere, der sich im Meer spiegelnde Mond sind wieder gegenwärtig. Alle schweigen, dann klatscht die Brünette neben Boris in die Hände – wie ein Signal. Beifall prasselt. Die Matrosen schreien. Einer packt meine Hand, schüttelt sie heftig.

Da erst merke ich, daß zahlreiche Reisende herangekommen sind und mich umringen. Die Musik hat sie angelockt. Überall stehen sie jetzt, an der Reling zusammengedrängt, auf den Bergen von Gepäck...

Die Sängerin küßt mich.

»Kennst du ›Marias Traum‹?«

Eine Zigeunerweise, die viel Erfolg hat. Alle Orchester spielen sie in den Cafés und Cabaretts von Petersburg, erzählt man sich.

»Klar kenne ich das.«

Ich entreiße meiner Geige Schluchzer, die Saiten weinen, seufzen, dann zieht der Rhythmus an. Alle klatschen in die Hände, schneller, immer schneller. Die Sängerin – sie heißt Elena – ist aufgestanden, dreht sich in rasendem Tempo um sich selbst, und alles endet plötzlich im Beifallsdelirium der Zuschauer.

Die Begeisterung erreicht ihren Höhepunkt. Ich glaube, das wird noch die ganze Nacht dauern.

Isaak kriecht zu mir und reicht mir augenzwinkernd Brot.

»Mit deiner Geige wirst du nie an Hunger sterben.«

Ich lache, denn er wiederholt nur einen Satz meines Vaters. Ich glaube langsam, daß der recht hat. Dicht neben mir lächelt mich ein junger Matrose an – wohl der Schiffsjunge. Seine Haare sind sehr blond, sehr lockig, und seine blauen Augen glänzen.

»Wollen Sie Marmelade dazu?«

Ich schaue ihn an, lächle zurück.

»Sehr gern.«

Er entfernt sich im Dunkeln, und unterdessen vertritt mich Janni, spielt auf zwei Saiten eine böhmische Mazurka, dann den Csardas von Szatman.

Elena singt. Ein dreckstarrender Matrose taucht auf, mit einem Taschentuch voller Schmieröl um den Hals. Er bläst in eine Harmonika, und ich stürze mich wieder hinein ins Orchester. Diesmal wird es ein anderer Csardas, der in d-moll von Janos Biakri. Da stehen plötzlich Wodkaflaschen, man weiß nicht, woher sie kamen. Über den Köpfen werden sie gekippt, und die klare Flüssigkeit glitzert im Mondlicht, gurgelt durch die Kehlen.

Mit einer Hand halte ich die Geige und beiße in eine riesige Marmeladenstulle.

»Ich hab' Ihnen einen Apfel mitgebracht.«

Mein Bewunderer überreicht ihn mir mit einem strahlenden Lächeln. Ich bedanke mich, und weiter geht's mit dem Tanz Udvarhek von Laszlo Laytha.

Nie endet diese Nacht.

Scheinbar unbeweglich liegt die *Drowna* auf den Wogen. Ihre Spur im Meer erkennt man kaum. Rußland ist lange verschwunden, und offenbar berauscht sich jetzt das ganze Schiff an Musik, Tanz und Gesängen. Ich sehe Isaak und Janni laut lachen. Matrosen tanzen. Auch mein Vater ist da und applaudiert wie ein Irrer. Boris sehe ich nicht mehr. Ich spüre die blauen Augen des Schiffsjungen unablässig an mir kleben, ich bin glücklich, wie betrunken, mitten im fröhlichen Fest.

Gregori hat mir Leckereien gebracht.

Gregori heißt nämlich der Schiffsjunge.

Ich beiße mit Genuß in den weichen, zuckrigen Teig. Der Zucker spritzt beim geringsten Hauch gleich weg, wie Mehl. Elena singt sanft. Auch diese Melodie kenne ich, ein Volkslied von einem lahmen Pferd.

Langsam zieht mehr Ruhe ein. Einige schlafen schon unter ihren Decken. Seeleute haben ihre Wache angetreten, Pfeifenrauch von einem der Dagebliebenen steigt kerzengerade in die klare Luft, ein Hund schnüffelt zwischen den Körpern herum.

Gregori stammt aus Kertsch, einem Hafen am Asowschen Meer, ist sechzehn Jahre alt. Er hat seine Mutter nicht gekannt und fährt schon seit zwei Jahren auf der *Drowna.*

»Liebst du das Meer?«

Er lacht und schüttelt seine Locken.

»Nicht besonders. Ich hab' ein bißchen Angst davor und werde bei Sturm noch seekrank, aber das macht nichts. Wenn ich genug Geld habe, heuere ich hier ab und gehe nach Amerika.«

Seine Augen gleichen jetzt richtigen Sternen.

»Ich will auch nach Amerika. Nach New York!«

Ich kann nicht verhindern, daß meine Stimme siegreich klingt. Die

Sterne in Gregoris Pupillen sind erloschen, von den Lidern mit einem Schleier überzogen. Ich spüre auf einmal seine Traurigkeit und versuche, mich zu korrigieren: »Vielleicht sehen wir uns drüben wieder…«

Er schaut mich ernst an und lächelt brav.

»Vielleicht, Anna, vielleicht. Aus dir wird noch eine große Musikerin.«

»Und aus dir ein großer Kapitän.«

Er lächelt wieder, wir schwatzen und flüstern.

Jetzt schlafen sie alle. Ich habe den Eindruck, daß Gregori und ich die einzigen Wachenden auf diesem Riesenwasser sind, das wir überqueren. Er erzählt mir von Istanbul, den goldenen Kirchen, den Moscheen, den Lagerhäusern voller Trauben aus Smyrna, dem dikken Kaffee in den kleinen Läden am Bosporus, vom Ablegen der großen Schiffe, die durch die Dardanellen fahren, den sonnenbestrahlten Meeren entgegen, entlang den afrikanischen Küsten, vorbei an weißen Städten, Spanien, Gibraltar, der Ozean…

Gregori redet und redet. Diese Herbstnacht auf dem Schwarzen Meer ist unerklärlich sanft, kaum eine frische Brise, die durch meine Haare streicht… Morgen wird es wohl nie werden.

Eine Glocke in der Ferne, wie von jenseits des Horizonts.

»Ich muß gehen«, sagt Gregori. »Mein Dienst.«

Ich betrachte ihn. Wie schön er ist, mein kleiner Matrose von der *Drowna*, wie schön und traurig zugleich. Ich bin fast fünfzehn und möchte hoffen, nicht aufhören zu träumen, aber vielleicht habe ich schon zu viel erlebt. Ich weiß, ich sehe Gregori nicht wieder. Diese Mondnacht ist unsere erste und letzte.

Wir sind aufgestanden und stehen uns mit hängenden Armen gegenüber. Brüsk reicht er mir die Hand.

»Adieu, Anna, danke für die Musik.«

»Adieu, Gregori, danke für die Marmelade.«

Mit einer Geste bedeutet er mir, daß das nicht der Rede wert sei, und wendet sich ruckartig ab.

Zum Teufel mit der guten Erziehung.

»Gregori!«

Mit einem Satz habe ich ihn gepackt. Ich stelle mich auf die Zehenspitzen, werfe ihm die Arme um den Hals und schließe die Augen. Weiter will ich nicht gehen.

Wenn dieser Junge nicht verblödet ist, dann weiß er, was er jetzt tun muß, sonst könnte man an der Heiligen Russischen Handelsmarine verzweifeln.

Seine Lippen gleiten über meine Wange, aber ich muß die Sache noch durch eine leichte Drehung erleichtern. Der erste Männermund berührt meinen. Da hab' ich aber Glück gehabt, mein erster Kuß fand nicht in einem banalen Rahmen statt: das Meer, die Sterne, die blitzende Befeuerung... Das Schicksal zeigt sich aufmerksam mir gegenüber.

Im Laufgang entfernt sich bereits Gregoris Gestalt. Ich lehne betäubt an der Reling, mit klopfendem Herzen, bin mir der Bedeutung des Augenblicks bewußt, bin gleichzeitig glücklich und traurig.

Langsam gehe ich zurück zu unserem Platz auf dem Vorderschiff.

Lange noch halte ich die Augen offen, neben meiner Mutter ausgestreckt, während mein Vater ein paar Meter weiter schnarcht. Ich schlafe erst ein, als im Osten ein leichter Schimmer das Meer überzieht und die Schläfer sich noch tiefer unter ihre Decken kauern, weil die plötzliche Frische des nahenden Morgens sie packt.

Der anbrechende Tag gießt graues Licht über die Gesichter. Die Leute drücken sich unter den zu leichten Decken fröstelnd zusammen. Mama schläft in ihren Umhang gehüllt, der ihr Gesicht bis zum Haaransatz bedeckt. Ich mache Gymnastik mit den Zehen, damit sie sich erwärmen, und spüre, daß mein Mantel feucht ist. Ich kann nicht wieder einschlafen, fühle mich ganz schmierig, als hätten sich Tonnen von Dreck über mir angehäuft. Mein Rücken ist ein einziger Muskelkater. Ein Zwischendeck ist eben kein idealer Erholungsort.

Meine Mutter stöhnt, dreht sich um und scheint wieder einzuschlafen. Ich erhebe mich geräuschlos, schwanke auf tauben Beinen, steige über meine Nachbarn hinweg bis zur Reling.

Das Kielwasser ist immer noch dasselbe, die *Drowna* fährt nicht schneller.

Ich hätte gern ein wenig Wasser zum Waschen. Wahrscheinlich gibt es Waschgelegenheiten in den Kabinen.

Schwierig ist es nur, dort hinzukommen.

Die Treppe beginnt gerade unter meinen Füßen. Zwei Männer, die leise redend auf den Stufen sitzen, machen mir Platz.

Ein dumpfer, unangenehmer Geruch hängt in der Luft. Hier gibt es viele Kinder, eins weint lautlos in den Armen seiner Mutter, die es sanft wiegt. Sie sitzt auf einem Haufen Säcke.

Die Eisentür dreht sich in rostigen Angeln. Kärglich, aber es reicht aus: Ein Wasserhahn tropft in ein verzinktes Becken, und eine kaputte, dreieckige Spiegelscheibe hängt an der Wand.

Die eisige Flüssigkeit läßt mich frösteln, nimmt mir die Luft weg. Ich forme eine Muschel mit den Händen, das Wasser läuft in sie hinein... Im Spiegel betrachte ich meine Lippen und denke an Gregori. Dann trockne ich mich mit meinem Taschentuch ab.

In der Ecke liegt ein Pärchen.

Die Frau kenne ich.

Diese langen, schwarzen, aufgelösten Haare, die langen Wimpern... Kein Zweifel, es ist das Mädchen, das gestern abend neben Boris saß, das mir Platz machte und begeistert Beifall klatschte: die schöne Elena.

Einen Augenblick schaue ich zu, wie sie schläft, und will weiter.

Plötzlich durchzuckt mich ein Gedanke.

Ich gehe zurück und kniee mich neben ihr hin.

Vorsichtig hebe ich mit den Fingerspitzen die Decke an. Auf Elenas Brust ruht ein Kopf, ich ahnte es, aber einen Schock bekomme ich doch: Das ist Boris – verdammter Boris!

Klar, daß ich wütend bin. Am liebsten möchte ich ihm ein paar runterhauen wie damals, als wir noch klein waren.

Damals warf diese Rotznase meine Puppen aus dem Fenster und versuchte, Popkej die Federn auszureißen. Jetzt schläft er mit Frauen!

Er öffnet ein Auge, schaut mich an. Seine Pupille vergrößert sich vor Überraschung. Er wälzt sich unter der Decke herum, vollführt eine komplizierte Gymnastik, mit dem Ziel – so nehme ich jedenfalls an –, seine Hose wieder zurechtzuziehen.

»Was treibst du denn hier?« murmelt er.

Ich fahre zusammen. »Du könntest wenigstens höflich sein.«

Er lacht leise und schließt seinen Gürtel.

»Bezahlt dich die Ochrana, damit du mich überwachst?«

Ich will ihm gerade gehörig die Meinung sagen, da wird mir die Dummheit meines Benehmens klar. Mein Gott, ich bin eifersüchtig auf meinen Bruder! Nichts normaler als das, was hier passiert ist. Boris, schön, jung, verführerisch... Wo bieten sich bessere Gelegenheiten für eine Liebesnacht als auf diesem Schiff, bei dieser Reise zwischen zwei Welten?

Boris ist aufgestanden und lächelt wie damals. Die Matrosen aus Istanbul werden wohl bald ihre Ehefrauen überwachen müssen.

Er packt mich an den Schultern, beugt sich über mich.

»Und der kleine Schiffsjunge?« tuschelt er. »Der hat dich doch mit Süßigkeiten vollgestopft, oder?«

Plötzlich glühen mir beide Wangen.

Boris lacht und drückt mich fester an sich.

»Die Istanbuler Frauen müssen auf ihre Männer gut aufpassen«, meint er.

Jetzt bin ich dran mit Lachen.

Elena ist aufgewacht, schaut uns verständnislos an, da bricht über unseren Köpfen ein gewaltiger Lärm los. Ein unrasierter Mann stürzt die Treppe herunter, sein Schrei explodiert, reißt die Passagiere hoch.

»Istanbul!«

Die Sonne hat das Deck mit rosa Farbe übergossen. Die reine Luft eines ganz frischen Morgens umfängt uns.

Und hinten am Horizont erraten wir eine schwarze Linie: die Türkei.

Drittes Buch

I

Rasch steigen wir die steilen Gassen zu den Ufern des Goldenen Horns hinab.

Marko Markow bahnt mir einen Weg durch die dichte Menge, die zum Großen Basar oder von dort wieder zurückstrebt. Vater hat sich den Bart gekämmt, und seine gestärkten Manschetten blitzen in der Sonne.

»Beeil' dich, Anna, wir verpassen sonst unsere Verabredung.«

Ich renne, um auf seiner Höhe zu bleiben. Meine Nasenlöcher weiten sich, tief atme ich den Geruch von Pfeffer und Zimt ein, der einem entgegenschlägt, sowie man sich den Gewürzläden nähert.

»Achtung!«

Ich habe gerade noch Zeit, mich gegen ein Wagenrad zu drücken, um einen zerlumpten Jungen mit aufgelöstem Turban vorbeizulassen. Er schleppt einen Thunfisch auf den Schultern – vierzig Kilo schwerer als er selbst.

Das gewaltige Maul, die spitzen Zähne, streifen mein Gesicht. Kinder verfolgen schreiend den armen Träger, der auf mageren braunen Beinen schwankt. In einer Mauerecke hocken Türken auf dem Boden, um ihre Teetassen und Rakiflaschen herum. Sie diskutieren heftig.

Jetzt verdrängt der Geruch von Kisch-Kebab und spanischem Pfeffer den der gewohnten Gewürze. Wie jedesmal läuft mir das Wasser im Mund zusammen.

Eins ist sicher: Das Viertel Rustem Pascha Djanni erfüllt mich mit Freude. Bei jeder Gelegenheit, mit Boris, Papa oder einem der anderen, renne ich hinunter. Ganze Tage könnte ich mit Spaziergängen in der duftenden Frische arabischer Märkte verbringen, inmitten von kupfernen Fleischbänken, Säcken voller Weintrauben aus Smyrna, Bergen von Kürbissen, Melonen, Bananen... Durch die Ritzen der Stände fällt gelbes Sonnenlicht, läßt die Mandarinen orangefarben und die Granatäpfel blutig-rot leuchten.

Nach den Obstverkäufern kommen die Buden, in denen man für ein paar Piaster Weißkäse mit silbernem Löffel essen kann.

»Papa... Papa...«

Er bleibt seufzend stehen, reicht dem bemützten Riesen ein Geldstück. Der taucht seine Kelle in den weißen, fettigen Brei und gibt mir einen Teller, voll bis zum Rand.

Mein Vater schaut mir ungeduldig zu, wie ich das Zeug rasch hinunterschlinge. Dunkeläugige Männer bleiben stehen, starren mich an. Damen gehören hier zu den Seltenheiten. Ältere, schwarzverschleierte Frauen trifft man wohl, schnell laufende Bäuerinnen, schwere Körbe auf dem Kopf balancierend; doch es wirkt ungewöhnlich, wenn sich ein junges Mädchen um drei Uhr nachmittags schamlos vollstopft. Ich bin nun mal naschhaft, und diese Sahne ist so lecker. Vater weiß das nur zu gut. Er heckt komplizierte Wege aus, um das Marktviertel zu meiden, aber noch findet er sich hier nicht gut zurecht. So kommen wir immer überraschend zum Markt, zu meiner großen Freude.

»Reichts jetzt? Bist du bald fertig?«

Er schaut auf seine fast kugelrunde Uhr, die ihm die Westentasche ausbeult.

Rasch schlinge ich die letzten Löffel herunter, ersticke fast, bedaure es, den Teller nicht ablecken zu können, und schon laufen wir wieder durch das Gewimmel.

Es ist nicht einfach, durch die Gassen von Istanbul zu gehen. Man muß nach oben sehen, um tiefhängende Balken zu meiden, trocknende Wäsche. Man muß nach unten sehen, weil es da so abstoßend dreckig ist: Bananenschalen, Hundedreck, Obstreste. Man muß sich genau umschauen, um nicht einem dieser majestätischen, unter ihrem Kaftan dickbauchigen Türken gegen die gewaltige Wampe zu rennen. Die Typen spazieren herum, als wären sie die letzten Kaiser von Byzanz, steigen mit gerümpfter Nase über die Abfälle und Exkremente hinweg, die in der Sonne des Orients verwesen.

Ja, Istanbul ist gleichzeitig die schmutzigste und die herrlichste Stadt der Welt. Fünf Monate bin ich schon da und habe dieses Gewimmel, diese Gerüche, diese Schreie noch nicht satt. Fünf Monate!

Meine Brüder verdienen ihren Lebensunterhalt. Sie spielen Volkslieder für jüdische Familien. Das drückt bei den Heimwehkranken auf die Tränendrüsen.

Mein Vater hat ein paar alte Freunde wiedergetroffen, durch sie lernte er Geschäftsleute kennen. Wenn ich richtig verstanden habe, bringt er Käufer zu den Verkäufern und umgekehrt. Nach dem Abschluß kriegt er Prozente von beiden Seiten. Dabei verdient er wohl nicht viel, aber offenbar amüsiert es ihn sehr, und das ist die Hauptsache. Jetzt rennt er einem griechischen Juwelenhändler nach, der sich für Smaragde interessiert. Er bringt ihn mit einem Zyprioten zusammen, der Amethyste loswerden will. Das Gefeilsche auf dem Trödelmarkt wird Stunden dauern und mit Tränen der Rührung oder im Zorn enden. Auf jeden Fall kehrt Marko Markow dann erschöpft, doch glücklich heim.

»Rühr' dich nicht weg von hier: Sowie ich fertig bin, komme ich wieder.«

Ich nicke, sehe ihn auf der Suche nach seinem Griechen die Straße hinunterrennen, wende mich nach rechts, und wie jedes Mal überrascht mich die plötzliche Stille. Sie fällt auf einen herunter wie ein Deckel.

Ich stehe in den Gärten der Nurosmanje.

Alle Städte der Welt – viele davon kenne ich – haben eine Zeit, die besser als andere zu ihnen paßt. In Istanbul sind das die sehnsüchtigen Spätnachmittage.

Nur ein Wasserstrahl aus den Fontänen hier und dort stört die Stille. Dahinter ahnt man fernen Hafenlärm. Durch die Mauerbögen sehe ich das Marmarameer, von den Inseln der Fürsten begrenzt.

Der Gesang des Muezzin erschallt über meinem Kopf. Gleichzeitig erscheint Nisa Oggus, geht mir entgegen.

Nisa, meine Freundin, wohnt drei Häuser weiter, ist achtzehn. Ich mag sie. Sehr schön ist sie, und seit ein paar Tagen strahlt sie ganz besonders. Nur das Glück kann einen so gut aussehen lassen.

Verständlich, denn ihre Verlobung rückt näher. Sie liebt Erim, den ich noch nie gesehen habe.

Wir küssen uns, setzen uns auf die Steintreppen, schwatzen. Eine möchte mehr reden als die andere. Nisa lacht und versichert mir, daß sie das ganze Leben mit mir böse sein wird, wenn ich zu ihrer Hochzeit nicht Geige spiele. Natürlich komme ich mit meinen Brüdern hin.

Nisas Geschichte ist seltsam. Vor vier Monaten rief ihr Vater die

Familie zusammen, fuhr sich mit den Fingern durch den großen Patriarchenbart und sagte: »Nisa, du bist alt genug, um zu heiraten.«

Nisa wurde knallrot und fiel fast in Ohnmacht, während ihre kleinen Schwestern auf dem Flur kicherten, während sie an der Tür lauschten.

»Nisa«, sagte der Vater, »kennst du einen anständigen Jungen, der dich heiraten möchte?«

»Nein«, antwortete Nisa.

»Also gut«, beschloß der Vater, »dann müssen wir einen finden. Ich kümmere mich morgen darum.«

Nach dieser wohlüberlegten Bemerkung rieb er sich die Handflächen, scheuerte sich den Rücken an der Sessellehne und fügte hinzu: »Das hätten wir erst einmal.«

Nisa konnte nachts nicht schlafen; sie war entschlossen, lieber den Bosporus zu durchschwimmen als einen von Vaters Freunden zu heiraten, einen von diesen düsteren, immer schwarz gekleideten Typen, die die Nase ewig in ihre Geschäftsbücher steckten.

Aber Nisas lebenserfahrener Papa wandte sich an einen *Schatschun*, einen Heiratsvermittler. Den kannte ich gut, Salomon Bajek, ein winziges Männchen mit unruhig huschenden Augen. Er bewegte sich so rasch, daß man ihn nie da wiederfand, wo man ihn gerade verlassen hatte. Auch zerbrach er regelmäßig seine Teetasse, wenn er zu uns kam.

Salomon präsentierte der Familie Oggus einen sehr reichen, dreiundfünfzigjährigen, hundertfünf Kilo schweren Fischereiunternehmer, der Nisa schließlich dadurch eroberte, daß er ihr erzählte – übrigens seine schönste Erinnerung –, er hätte eines Tages vierzehn Leoparden in der anatolischen Hochebene zur Strecke gebracht.

Er schilderte das Gemetzel im Detail und trank dabei ein halbes Faß Raki. Dann warf er sich vor Nisas Mutter auf die Knie, nannte das Mädchen »meine kleine zukünftige Verlobte«. Anschließend brach er auf dem Teppich zusammen und heulte Riesentränen, schwor, daß er nächstes Jahr in Jerusalem sein werde...

Der Vermittler brachte ihn schließlich in einer Kutsche unter, kehrte aber selbst zu den Oggus' zurück. Er zog den Vater in eine Ecke und flüsterte vertraulich zwinkernd mit ihm.

»Nach meiner Erfahrung wäre diese Heirat, falls sie zustandekommt, nicht die glücklichste für Ihr Fräulein Tochter...«

Neue Kontakte. Zwei Wochen später präsentierte er den Oggus' Erim und dessen Mutter.

Erim zählte zweiundzwanzig Lenze, verfügte über weiße Zähne, schwarze Haare, Samtaugen, rote Lippen, eine bezaubernde Stimme und einen beredten Blick.

Kurz und gut, Salomon Bajek hatte ein seltenes Kleinod ausfindig gemacht.

Außerdem übte Erim einen Beruf aus: Er war Ladenjunge in einem Stoffgeschäft hinter der Blauen Moschee, bald würde er Chefbote sein. Eine wunderbare Zukunft also, Nisa trällerte von morgens bis abends.

Ich bin hier glücklich. Was für ein Unterschied zu unserer Dachwohnung in Odessa! Ein geräumiges Haus, ein Innenhof mit vergitterten Fenstern. Ich fühle mich wie die Favoritin in einem Harem.

Viele Juden gibt es in Istanbul, aber sie sind so ganz anders als die russischen: fröhlich, streitsüchtig, laden sie meine Brüder zu endlosen Festen ein.

Und dann habe ich Nisa, meine erste Freundin. Gleich am Anfang beichtete ich ihr mein großes Liebesabenteuer auf der *Drowna*. Ich erfand noch ein bißchen dazu, und Nisa glaubte danach wohl, daß der junge Matrose mein schwaches Herz über die Weltmeere entführte.

Kein Schatten am Horizont, und außerdem stellte Istanbul ja nur eine Etappe dar, ein buntscheckiges Fest, einen fröhlichen Halt vor dem großen Sprung nach Amerika. Ich versuche, ein wenig Englisch zu lernen.

Wie die in ihre Serails eingeschlossenen, orientalischen Frauen führte ich zu dieser Zeit ein Tagebuch, versteckt zwischen zwei Matratzen. Dort hinein schrieb ich Lieder, Erzählungen, Novellen, in denen stets eine schöne russische Emigrantin in den Armen eines blonden, melancholischen Kapitäns lag. Ich gab mir dreißig Jahre, einen Lilienteint, und aus dem Schiffsjungen machte ich den Chef an Bord. Nach wahnsinnig zärtlichen und dramatischen Nächten stach der Kapitän wieder in See, und sie sah ihn in der Ferne entschwinden. Ein herrlicher Mann, in tadelloser Uniform, stand er auf der Kommandobrücke, während sie ihm vom Gipfel des Goldenen Horns mit einem Schleier nachwinkte. Ich spürte, wie mein Herz brach, wie mir die Tränen kamen, und mußte mich einfach auf einen Joghurt-Teller stürzen, um meine Lebensfreude wiederzufinden.

Trotz meiner romantischen Krisen amüsierte ich mich grenzenlos; auch Nisas Hochzeit brachte viel Bewegung in mein Leben.

Ich muß allerdings bekennen, daß noch allerhand dazwischenkam.

Während Nisa, Erim und ich vor Ungeduld fieberten, kehrte Erims Vater von Trapezunt zurück, wo er Steuern eingetrieben hatte.

Sein erster Weg führte ihn zu Familie Oggus. Er verneigte sich vor der Mutter, grüßte das Mädchen, setzte sich, trank einen Schluck Santorinwein und fragte mit Stentorstimme nach der Höhe der Mitgift. Die Frauen wichen aus. Nisa rann der Schweiß von den Schläfen. Sie erwartete auf dem Flur das Resultat des heftigen Streites, dessen Lärm durch die Trennwände drang. Man ließ Salomon, den Vermittler, rufen, und schließlich setzte man den Vertrag auf – mit einer Summe, die wohl ziemlich rund aussah.

Ich erinnere mich genau an den Verlobungstag, den logischen Endpunkt all dieser Verhandlungen und Besuche.

Uns hatte man als Freunde eingeladen, und stundenlang versuchte ich meinen Haarknoten festzuhalten, der sich dauernd löste.

Gleich bei meinem Eintreffen fand ich Nisa restlos entnervt vor. Sie führte mich in ein kleines Zimmer, ließ sich so verzweifelt auf einen gepolsterten Hocker fallen, daß ich Angst bekam. Dann erklärte sie mir den Grund ihrer Aufregung: »Papa hat kein Geld.«

Krachend fiel ich auf den zweiten Hocker.

Silam Effendi, Erims Vater, war wegen seiner Raffgier im ganzen Reich der Hohen Pforte berühmt. Mir wurde klar, daß er die Heirat ohne Mitgift nie gestatten würde.

»Hat er wirklich keinen roten Heller?«

Nisa fing an zu weinen.

»Nur die Hälfte, aber das reicht nicht.«

Anschließend erfuhr ich, daß Nisas Vater die Summe in zwei Nächten beim Spiel durchgebracht hatte. Ich grübelte noch vergeblich über einer Lösung, als die donnernde Stimme Silam Effendis zu uns drang, gefolgt von der schrillen des völlig geknickten, unglücklichen Vermittlers.

Ich überließ die halb ohnmächtige Nisa ihrer Mutter, die der Tochter geschliffene Riechfläschchen unter die Nase hielt und ihr mit allen Düften Arabiens zusetzte. Ohne das geringste schlechte Gewissen trat ich ans Schlüsselloch und spähte in den Empfangssaal.

Mein Vater trank Wodka. Erims Vater saß da und ähnelte bereits einer Registrierkasse. Nisas Papa trank mit gespielter Nonchalance. Der Vermittler – schnell wie nie – sauste von einer Ecke des Zimmers in die andere.

»Salomon Bajek«, sagte Silam Effendi, »Sie sollten sich hinsetzen...«

»Das stimmt«, griff Herr Oggus ein. »Setzen Sie sich, und erzählen Sie uns ein paar Schwänke.«

Ich sah, wie Silam Effendi die buschigen Brauen runzelte.

»Entschuldigen Sie, Oggus Bey, aber wir müssen wichtige Dinge besprechen und...«

Oggus rang die Hände, fuhrwerkte sich im Bart herum. Ein Wikkelkind hätte kapiert, daß er zehn Jahre seines Lebens dafür gegeben hätte, sich anderswo zu befinden.

»Trinken wir ein bißchen, Effendi, entspannen wir uns, wir haben viel Zeit...«

Salomon wirbelte herum wie ein Angestochener.

»Die Heirat von zwei Liebenden ist eine so rührende Sache«, schrillte er, »daß ich jedesmal nur schwer die Ruhe bewahren kann.«

»Eben«, unterbrach Erims Vater. »Dazu muß ich sagen...«

»Ein bißchen Raki«, schlug Oggus vor. »Er ist mild und alt.«

Silam Effendi ließ sich sein Glas füllen, rührte es aber nicht an, sondern nahm das Problem direkt in Angriff: »Ich bin hochbefriedigt über die Verbindung unserer beiden Familien...«

Nisas Vater überschlug sich in Höflichkeiten, aber der andere fuhr unbeirrt fort: »Und daher ist es an der Zeit, daß wir diese Angelegenheit rasch regeln. Sie sind doch meiner Meinung, nehme ich an?«

Oggus hustete zum Steinerweichen.

»Aber natürlich, natürlich.«

Tödliche Stille, gefolgt von zweifachem Räuspern.

»Wir hatten eine Summe festgelegt, nämlich...«

Oggus schlug sich dreimal heftig mit der Handfläche vor die Stirn.

»Aber ja«, rief er aus. »Wo hatte ich bloß meinen Kopf?«

Er rang sich ein Lachen ab, das mir beim Zusehen genauso weh tat wie beim Zuhören, und ging zum Sekretär, als schleife er an jedem Fuß eine Dreißig-Kilo-Kugel mit. Dort holte er ein Bündel Scheine aus einer Schublade, die er, dem Brauch gemäß, an den Vermittler weitergab. Der wog das Ganze in der Hand, kniff die Nase zusammen, wackelte mit den Ohren, schürzte die Lippen, zwinkerte mit den Augen und legte das Päckchen respektvoll vor Nisas zukünftigen Schwiegervater hin.

Silam beäugte es mit Kennermiene, machte sich aber nicht einmal die Mühe, es anzurühren.

»Da fehlt etwas«, meinte er.

Dieser Mann mußte fähig sein, das Fehlen eines kleinen Kurus in einem Sack mit dreitausend türkischen Pfund zu ahnen.

Ich betrachtete Oggus. Der klammerte sich so verzweifelt an seinen Bart, als wäre er ein Floß auf wildem Meer. Schließlich senkte er demütig den Kopf.

»Das stimmt, Effendi, es fehlt die Hälfte.«

Salomons Augen wanderten hin und her, von einem zum anderen.

Schwerfällig hievte Silam Effendi sich hoch.

»In diesem Fall«, betonte er, »bleibt mir nur übrig, mich zurückzuziehen.«

Ich dachte, alles sei verloren, und wollte schnell weglaufen, damit man mich nicht überraschte; da ergriff mein Vater zum erstenmal das Wort.

»Als Freund«, äußerte er, »erlaube ich mir, Ihnen, Silam Effendi zu sagen, daß Sie mit dem Glück der beiden jungen Leute das beste Geschäft machen.«

Der Angesprochene wollte ihn unterbrechen, aber man hielt Marko Markow beim Reden ebensowenig auf wie beim Bleistockschwingen gegen antisemitische Muschiks. Er sprach vom Wechsel der Sitten und Gebräuche, von der Teuerung, von den Kreditmöglichkeiten, von Nisas Schönheit, Erims Enttäuschung, seiner Verzweiflung, seinem wahrscheinlichen Freitod, von zwei ruinierten Leben, von ihrem Elend... Und all das wegen ein paar armseliger Papierfetzen... Kurz, Papa war großartig. Ein Stier hätte sich von ihm überreden lassen. Als er atemlos einhielt, erhob sich Silam.

»Ich ziehe mich zurück«, wiederholte er.

Der unglückselige Vermittler stöhnte auf – ein braver Mann, dem ein Auftrag durch die Lappen ging.

»Eine Mizwa, Effendi, eine kleine gute Tat!«

Silam streifte die Handschuhe über, wandte sich zur Tür.

Ich sah, wie mein Vater aufsprang, sein Brustkorb schien auf das Doppelte angewachsen. Ich begriff, daß er seinen letzten Trumpf ausspielen würde.

»Wenn Sie die ganze Summe vor sich sehen, wird dann geheiratet?«

Silam blieb ruckartig stehen.

»Ja«, bekräftigte er laut.

Mein Vater nahm das Bündel, lief durchs Zimmer zu einer alten, bücherbeladenen Kommode, rückte zwei Statuetten beiseite, noch eine falsche etruskische Vase, und legte dann die Scheine auf den Marmor.

Hinter der Kommode befand sich ein großer Spiegel.

Zwei Haufen Geldscheine lagen nun dort, ein wirklicher und sein Spiegelbild.

Silam Effendi fuhr herum. Er öffnete den Mund, und ich dachte schon, er würde losbrüllen.

Doch langsam änderte sich sein Gesichtsausdruck, und zum erstenmal hatte ich den Eindruck, daß dieser Mann fähig war zu lachen.

Er wandte sich an meinen Vater und kniff die Augen zusammen.

»Sie sind ein Geschäftsmann, Marko Bey«, sagte er sanft. »Sie verfügen über Sinn für Illusionen.«

Oggus und dem Vermittler trat ein Hoffnungsschimmer in die Augen. Alle hingen an den Lippen von Erims Vater.

»Mein Wort gilt«, sagte der. »Die Heirat findet statt.«

Salomon stieß den Schrei eines im Frühling aufflatternden Vogels aus, und Silam wandte sich ihm zu.

»Um euch aber zu beweisen, daß auch ich mich in Geschäften auskenne, daß ich von Zeit zu Zeit eine gute Tat vollbringe, fordere ich Salomon Bajek auf, seine Provision von der im Spiegel liegenden Hälfte zu nehmen. Er soll sich nicht beklagen, denn sie ist die Hälfte der Liebe.«

Alle lachten – bis auf Salomon.

So spielte ich dann eine ganze Nacht lang zu Nisas Hochzeit Geige.

Viele Jahre später bekam ich in Wien einen Brief von ihr. Sie war glücklich, gestand, daß sie stark zugenommen und bereits sieben Kinder in die Welt gesetzt hatte. Ich nehme an, daß ihnen weitere folgten, und daß sie auch als alte Stambuler Dame sich noch an die kleine russische Jüdin erinnert, von der sie fast jeden Tag in den ruhigen Gärten der Moschee Nurosmanje erwartet wurde; mit der sie über ihren schönen Erim redete, während es schon dunkelte und die Lampen die Keramik der ottomanischen Moschee zum Funkeln brachten.

Ich werde ständig hübscher.

Das erscheint mir unbestreitbar, wenn ich in den Taschenspiegel schaue – ein Geschenk von Boris zu meinem letzten Geburtstag, aufgestöbert in einem Winkel des Großen Basars.

Ich habe Verehrer, besonders Ephraim Tamburis. Seine dürre Gestalt flattert bloß so, wenn er mich sieht. Während der beiden Hochzeitstage von Nisa und Erim hat er mich nicht aus den Augen gelassen. Er rannte durch die ganze Stadt, um mir eine Geigensaite zu besorgen.

Das stimmt mich ein wenig traurig, denn dieses lange, bleiche, picklige, stotternde Elend wird sich mir niemals erklären. Ich habs satt, ihn um mich herumstreunen zu sehen, und fordere ihn auf: »Ephraim, machen Sie mir den Hof.«

Ich dachte, er würde wie vom Schlag gefällt zu Boden stürzen. Da goß ich ihm ein Glas Wasser ein. Besser gesagt, ich nahm an, es sei Wasser. Er tranks auf einen Schluck – und schlug lang hin: Dieser Junge verträgt einfach keinen Wodka pur.

Ohne es zu wollen, war ich Ephraim damit los. Erims jüngerer Bruder lockte mich zwischen zwei Walzern in den anderen Flügel des Hauses, um mir Edelsteine aus Damaskus zu zeigen, die er als sehr wertvoll bezeichnete.

In einer Art dunklem Boudoir angelangt, stürzte er sich auf mich, stieß mir seine Nase in den Hals, fesselte mich mit einem Griff, den er wohl diesen halbnackten türkischen Ringern abgeguckt hatte, die mit glattrasiertem Schädel an öffentlichen Plätzen kämpften. So fielen wir auf ein Sofa.

Mir tat es ein paar Sekunden später sehr leid, ihm eine so große Beule beigebracht zu haben. Seine Stirn lief ganz blau an; es war wohl auch Unrecht, ihn mit dem Eisenabsatz meines Schuhs zu treten. Aber er hatte es ja darauf ankommen lassen!

Die Tage gehen dahin. Nisa und Erim sind verreist. Sie bewohnen ein kleines Haus in der Nähe von Rumeli Hisor, dicht an den Schloßmauern. Da ich nun keine Freundin mehr habe, begleite ich meinen Vater öfter zu seinen endlosen Verhandlungen.

Morgens übe ich mit Janni, Isaak oder Boris Geige. Meine beiden großen Brüder sind sehr beschäftigt. Immer häufiger reden sie von Pässen oder Visa, aber das beunruhigt mich nicht sehr: Einen Monat muß ich noch üben, vielleicht ein bißchen weniger, dann bin ich reif für einen guten Platz im Orchester. Ich werde nie Hungers sterben, so lange die Menschheit sich für Musik begeistert.

Drei Uhr. Istanbul wirkt grau und rosa an diesem Nachmittag. Es hat ein bißchen geregnet, aber eine bleiche Sonne färbt Dächer und Fassaden. Im Hafen glitzern sanft die silbernen Intarsien am Bug der Boote. Hart wird der Abschied werden, denn ich liebe den Orient, das süße Leben.

»Anna!«

Vaters laute Stimme unterbricht meine Träumerei.

»Kommst du? Ich gehe zu Asim Hodscha.«

Ich schnappe mir meinen Umhang, stoße die Pantoffeln unters Bett, fahre hinein in die Stiefel. Diese Mode schafft einen, ich habe dreißig Pickel an jedem Bein.

Marko wird ungeduldig, aber schon bin ich da. Um ihn wieder zu versöhnen, hake ich ihn unter, und weg sind wir – quer durch die Menge zu den Stufen in die Unterstadt.

Habe ich genug ausgeführt, was Marko mir bedeutete? Viele Jahre sind vergangen, aber ich stelle mir mühelos sein Gesicht vor, das breite Lächeln, das er für mich bereithielt. Er schien mir groß, schön, stark, zärtlich... Was bleibt da noch zu sagen? Ich bewunderte ihn grenzenlos, mit ihm konnte mir nichts passieren, und wir stritten uns nie. Er lachte gern, trank, prügelte sich und sang falsch. Er liebte das Leben, und in diesem Leben zählte ich sicher viel. Ich weiß, daß er mir enorm viel gab und nie habe ich einen Mann so geliebt wie meinen Vater Marko Boronsky.

Er reibt sich die Hände, während er mit Riesenschritten hinabsteigt. Ich komme kaum mit.

»Ich hab' einen Käufer«, sagt er. »Wenn ich dieses Geschäft zustandebringe, kriegst du Joghurt bis ans Ende deiner Tage – du kannst sogar drin baden.«

Während er sich einen Weg zwischen den Lastträgern hindurch bahnt, den Bettlern, zerlumpten Kindern, den Trödlern, Handwagen und eiligen Fußgängern, hält er mich mit ein paar hastigen Sätzen auf dem laufenden: Asim Hodscha hat eine Ladung kaukasischer Teppiche erhalten, auch persische, sogar chinesische, ganz alte sind dabei, aus dem sechzehnten oder siebzehnten Jahrhundert. Er hat meinen Vater beauftragt, einen Käufer aufzutreiben, und heute morgen, im Hafen, fand Marko den seltenen Vogel: einen französischen Kaufmann aus Marseille, sehr interessiert, namens François Cartoufle.

In der riesigen Hotelhalle des *Achmed* werde ich plötzlich schüchtern. Die Frauen sind gepudert, riechen ungewöhnlich gut, auch noch lange, nachdem sie schon weg sind. Ihre Frisur rührt sich keinen Millimeter vom Platz. Die Männer halten sich sehr gerade. Ordenverbrämte Militärs tragen Korsetts, in denen sie sich nicht bükken können. Brauchen sie auch nicht, denn wenn sie achtlos ihre Zigarettenspitze fallen lassen oder eine ihrer Auszeichnungen, stürzen zwanzig Lakaien hin.

An der Bar lächelt breit ein Mann, als wir eintreten, drückt Vater begeistert die Hand.

Cartoufle.

Ganz in Weiß, von Kopf bis Fuß, nur ein einziger roter Fleck: der Rubin auf der breiten Krawatte. Dazu Gamaschen wie Schnee.

Papa übersetzt mir die Komplimente, mit denen der Franzose

mich überhäuft, und wir steigen in die Kalesche. Asim Hodscha wohnt am anderen Ende der Stadt, hinter der Hagia Sophia.

Sein Geschäft ist riesig, schwanger vom erstickenden Wollteppichgeruch aus drei Etagen. Überall Teppiche am Boden, an den Wänden, aufgehäuft, eingerollt, und natürlich redet man über alles, nur nicht übers Geschäft.

Wir trinken Pfefferminztee. Asim bietet englische Zigaretten an, eine Dienerin bringt Tabletts mit Feigen, getrockneten Weintrauben, Wassermelonenkernen, gesalzenen Fischen – ich hole mir eine Magenverstimmung von den Leckereien. Eine gute halbe Stunde lang beglückwünschen sich Käufer und Verkäufer gegenseitig zu ihrem guten Aussehen, fragen nach der Gesundheit, der ihrer Kinder. Hodscha hat vierzehn Kinder und vergißt keinen, vom Ältesten, dem Großkaufmann am Ufer des Euphrat, bis zum Kleinsten, der gerade seinen zweiten Zahn bekommen hat.

Nach reichlichem Essen und Trinken, als ich schon annehme, daß der Besuch nun zu Ende geht, kommen wir wie zufällig auf Teppiche zu sprechen.

Cartoufle prüft, offenbar total uninteressiert, die herrliche Ware. Ich verstehe nichts davon, aber ihre Schönheit entzückt mich: wunderbare Farben – und inmitten der hell leuchtenden Töne kaukasischer Stücke der bläuliche, zarte Pastellglanz aus Tientsin. Die Zeit der Höflichkeiten ist vorüber. Die Gegner werfen mit Zahlen um sich, heben die Arme zum Himmel, wollen sich fast erwürgen, stampfen mit dem Fuß auf, laufen hinaus und kommen wieder. Asim zitiert den Koran, beschwört Mohammed, deklamiert Verse, und der Franzose, die Hand am Herzen, wird sicher gleich tot umfallen.

Das Geschäft kommt bestimmt nie zustande. Da haben wir's, die Sache ist verpatzt, so schnell bade ich nicht in Joghurt.

Plötzlich deutet mein Vater mit dem Zeigefinger auf Asim Hodscha.

»Du hast unrecht, ein solch vernünftiges Angebot zurückzuweisen. Wenn wir die Schwelle deines Ladens überschritten haben, dann stell' dir mal vor, du hättest die Ware gerade zu dem Preis gekauft, den wir dir jetzt anbieten. Hättest du das gemacht?«

Der Hodscha verharrt ein paar Sekunden sprachlos, seine grauen Zellen arbeiten, suchen die Falle in Papas Vorschlag.

»Ich bin ein alter Kaufmann«, murmelt er schließlich. »Ich habe in meinem Leben viele Dinge gehört, aber an so was habe ich nie gedacht. Die Sache ist perfekt.«

Die Teppiche werden in die Kalesche gewuchtet, Papas Kommission wird kassiert, und dann geht es wieder auf den Markt, wo ich einen Haufen Geschenke kaufe: bestickte Halstücher für meine Mutter, Schnurrbartwichse für Avram, ein Feuerzeug für Boris, Krawatten für Max. Mein Vater lacht über meinen Eifer. Er selbst nimmt Raki mit, französischen Wein, Kuchen. Die Arme vollbeladen, beugt er sich zu mir: »Kaufst du denn nichts für dich, Anna?«

Daran hatte ich nicht gedacht; der Gedanke war mir gar nicht gekommen.

Ich antworte, daß ich nichts benötige. Aber er führt mich in einen Stoffladen und schenkt mir herrlichen Kattun für ein Sommerkleid – das ich niemals tragen sollte.

Bei der fröhlichen Heimkehr hatten wir beide keine Ahnung, daß wir vier Tage später Istanbul verlassen würden.

Unsere Visa waren abgelaufen, und die türkischen Behörden blieben erbarmungslos: keine Verlängerung. Und von Erneuerung war natürlich keine Rede.

II

Wieder packten wir die Koffer.

Dieser Abschied löste bei mir gewiß nicht den gleichen Schmerz aus wie der von meinem Heimatdorf. Er gestaltete sich auch nicht so überstürzt und dramatisch. Mein Herz streunte noch ein bißchen am Goldenen Horn herum, und in den letzten Tagen vor der Abreise folgte mein Blick melancholisch den Ufern des Bosporus, auf die feiner Regen niederfiel: die Tränen des Abschieds.

Ich war damals ziemlich jung, sehr sorglos, aber ich wußte, daß ich nie zurückkehren würde in diese lebhafte, farbige Umgebung. Selbst wenn New York mir verkehrsreiche Straßen und Avenuen bieten sollte – diesen Glanz der Kirchen und Kuppeln, dieses schillernde, lärmende Elend der Altstadtgassen würde ich nie wieder antreffen. Elend kann sich auch den Mantel des Pittoresken umhängen.

Es ist kein Spaß, eine junge Emigrantin zu sein. Ich beneidete die anderen Mädchen meines Alters, sie lebten in ihrem Land und verließen es nie.

Sicher gab ich mir Mühe, vor meiner Familie die gewohnte Anna zu bleiben. Ich sang, brachte sie zum Lachen, täuschte Begeisterung vor für die Abreise. Ich mischte türkische Flüche in mein Geschwätz. Diese Ausdrücke hatte ich beim Streunen durch Viertel der Fischer und Matrosen aufgeschnappt. Doch ich fühlte mich nicht so glücklich, wie ich aussah.

Ich fragte mich, ob ich eines Tages irgendwo bleiben würde, in einem Haus für den Rest meines Lebens, ohne den Zwang, es wieder verlassen zu müssen.

Die letzten Tage wurden mir trotz des Trubels, trotz des Packens lang. Der Weg sollte uns nach Westen führen, hinein nach Europa, in mir völlig unbekannte Länder.

Ephraim kam, um uns auf Wiedersehen zu sagen. Mein unglückseliger Verehrer befand sich in jammervollem Zustand: eine Hopfenstange. Sein Blick ähnelte dem eines gebratenen Schellfisches. Er schaute mich so verzweifelt an, daß es mich gleichzeitig rührte und ärgerte. Um die aufsteigende Traurigkeit zu verjagen, spielte ich ihm eine wilde Mazurka, und vor der Trennung kletterte ich auf eine kleine Bank und küßte ihn leidenschaftlich, um ihm eine Erinnerung zu schenken.

Das Schicksal stellte mir offenbar allzu schüchterne Männer in den Weg, die so etwas von selbst nicht taten. Es ging mir langsam auf die Nerven, daß mir keine frecheren Jungen begegneten.

Ephraim stand da wie versteinert. Die Arme hingen ihm immer noch herunter, die Augen traten ihm aus den Höhlen, als ich ging. Manchmal habe ich mich seither gefragt, ob er nicht erstarrt ist, von der Überraschung für die Ewigkeit konserviert.

Ich besuchte Nisa, schluchzte herzzerreißend auf ihrem Schoß. Salomon, der Vermittler, verabschiedete sich. Er drückte mir lange die Hände und vertraute mir mit klagender Stimme an, daß er mir einen Ausnahmegatten beschafft hätte, wäre ich noch ein bißchen in Istanbul geblieben. Mit dem hätte ich das perfekte Glück erlebt. Er fügte sogar hinzu, ich sei so hübsch und sympathisch, daß er nicht mal einen halben Piaster gefordert hätte, um die Sache zu arrangieren.

Ich bedankte mich und bedauerte tief, daß ich nicht von seiner sorgsamen Hand verheiratet werden konnte. Aber im Leben ginge es eben so zu, man bekäme nicht immer, was man sich wünsche. Das wurde unser Abschied. Aus – vorbei.

Ein letztes Mal sah ich die Nacht auf Istanbul niedersinken, sah, wie sie langsam die alte Kirche von Sankt Irene umhüllte, und gab mir selbst zwei schallende Ohrfeigen, denn ich spürte wieder einmal, wie mir die Tränen über die Wangen kullerten. Seit einiger Zeit verwandelte ich mich fast in einen Springbrunnen. Aber dann überraschte ich mich dabei, wie ich mich aus dem Fenster beugte, um in unserem Hausflur ein eng umschlungenes Pärchen zu entdecken. Ich vernahm Klagen, Schnaufen und Tuscheln. Aufmerksam sah ich mir das an, bis ich begriff, daß es Boris war. Das Mädchen kannte ich nicht, es war wohl eine seiner zahlreichen Eroberungen.

Da sie genau unter mir standen, dachte ich einen Augenblick daran, ihnen mit Hilfe meiner Gießkanne eine Erfrischung zu verabreichen. Aber ich hatte Bedenken. Schließlich waren das ihre letzten Augenblicke, vielleicht liebten sich die beiden, und einen Moment beneidete ich sie.

Als ich am nächsten Tag allein mit Boris war, fragte ich ihn: »Bedauerst du den Abschied nicht ein bißchen?«

Er pfiff fröhlich und strich seine Bartspitzen gerade.

»Nein«, antwortete er ganz selbstverständlich, »warum denn?«

Ich ließ es darauf ankommen und fragte weiter: »Die kleine Dame von gestern abend sah aber so aus, als bedauerte sie...«

Er schaute mich böse an.

»Spionierst du mir nach?«

Sorgfältig stellte er seine Bartbinde weg, klopfte mir freundschaftlich auf die Schulter und entfernte sich. »Meine Süße, Frauen gibt es überall.«

Ich seufzte. Das war wenigstens ein Typ, den seine Freundinnen nicht mit Gewalt küssen mußten.

Die letzte Mahlzeit nahmen wir stehend ein. Ich wusch mit meiner Mutter ab, stellte die Teller auf die Anrichte zurück, wobei uns die Besitzerin, eine abgezehrte Dame aus dem Libanon, argwöhnisch beobachtete. Sie belauerte jede unserer Gesten aus Angst, wir könnten ihre Löffelchen mitgehen lassen.

Im Zug machte ich es mir bequem und schloß die Augen, einen großen Proviantkorb auf den Knien. Als der Transport sich auf unser nächstes Etappenziel – Budapest – in Bewegung setzte, biß ich in einen Apfel.

Viertes Buch

I

Mathias Renfeld legt seinen Stab nieder und knickt unter Beifallsstürmen zusammen. Die grauen Haare fallen ihm in die Stirn, er streicht sie nervös zurück, bevor er sich wieder verneigt. Hinter ihm haben sich die Musiker von den Plätzen erhoben und verbeugen sich ihrerseits.

Nun sind wir dran.

Wie jedes Mal höre ich mein Herz klopfen. In den drei Monaten müßte mir das Lampenfieber vergangen sein, aber es ist stärker als ich. Janni tritt von einem Fuß auf den anderen, die bauschigen, roten Ärmel zittern, und trotz der fast jeden Abend eifrig applizierten Pomade steht ihm ein Haarbüschel mitten auf dem Schädel ab. Nach ein paar Takten wird er wie ein Federbusch aussehen. Das bringt mich jedes Mal zum Lachen.

Volles Haus wie jeden Abend. Im Augenblick von den Lichtern angestrahlt, glänzen die goldenen und vergoldeten Verzierungen, die Statuen, in allen Farben. Wer hätte das gedacht, daß die kleine Bäuerin aus Kesat vor einem solchen Auditorium spielen würde?

Das gesamte Großbürgertum der Stadt ist da. Ehepaare haben ihre Barockvillen am Donauufer verlassen, um fast schwarzen, tintendicken Tokajer zu trinken, von dem mir ein einziger Tropfen schon einen Schwips verursacht.

Boris bohrt mir seinen Geigenbogen in die Rippen und weist durch eine Lücke des scharlachroten Vorhangs auf einen dicken, allein am Tisch sitzenden Mann, dicht vor der Bühne.

»Heute abend kriegst du wieder Rosen«, flüstert Isaak.

Das ist seit vierzehn Tagen der übliche Scherz.

Der Mann heißt Szolnok und besitzt riesige, reiche Ländereien zwischen dem Plattensee und der jugoslawischen Grenze. Ein ganzes Volk von Bauern arbeitet für i hn, er ist einer der wichtigsten Weizenlieferanten der Monarchie.

Und von dieser wichtigen Persönlichkeit bekommt die kleine Zigeunergeigerin Anna Markowa jeden Abend einen Strauß voll seidiger Rosen, die so heftig duften, daß ich besagten Szolnok verdächtige, sie mit einem Wässerchen vom Friseur anzufeuchten, bevor er sie abschickt.

Ich weiß, er läßt mich nicht aus den Augen, während ich spiele. Natürlich bemühe ich mich, ihn nicht anzusehen, aber der weiße, die Haare genau in der Schädelmitte teilende Scheitel fasziniert mich nun einmal.

Renfeld kommt uns mit schweißperlender Stirn entgegen, während man im Saal noch applaudiert.

»Nach der Ansage seid ihr dran, Kinder.«

Seine Augen lächeln mich an. Ich mag ihn, den Mathias Renfeld, er ist wohl der beste Musiker, den ich kenne. Er spielt jedes Instrument, und bei den Proben wird er nie wütend.

Magyarisch-operettenhaft gekleidet, weiß und silbern, tritt der Ansager in den Lichtkreis des Scheinwerfers.

»Und nun...«

Er läßt das Publikum lechzen, verzieht, schlau die Miene, hebt den Arm in meine Richtung. Meine Knie geben nach.

Plötzlich knallen die Worte:

»Anna und ihr Orchester!«

Boris gibt mir einen Stoß, wir treten ins Licht, meine Lippen sind verkrampft, hinter meinem Lächeln verbirgt sich die nackte Angst.

Zur Linken höre ich, daß mein Getreidehändler wie ein Irrer klatscht.

Zitternd tuschelt Boris: »Eins, zwei, drei... Los!«

Schon eilen meine Finger mit dem Bogen: der Csárdás von Milosvick. Janni an der Flöte, Isaak am Tamburin, Boris und ich mit der Geige.

Ich mag diese Melodie rasend gern, ihren wirbelnden, rauschhaften Rhythmus. Ich sehe Heere schwarzer Pferde in vollem Galopp über die Puszta laufen, die große ungarische Ebene. Dann folgt der klare, brutale Einschnitt und das langsame, traurige, herbe Flötentremolo über der plötzlichen Stille. Es erhebt sich wie die bittere Klage einer verlorenen Seele im Nebel. Ich begleite es langsam, die

Noten fallen einzeln herunter wie Tränen. Und danach zieht das Tempo an. Es scheint, als ob die arme, dünne Stimme wieder Mut schöpft, zu tanzen beginnt, sich schneller und schneller dreht. Auf zu einem wilden Ritt! Janni schlägt mit der flachen Hand den Takt. Dann auf einen Schlag – Schluß! Donnernder Applaus. Schweiß rinnt mir den Rücken hinunter. Ich spüre keine Angst mehr, mein Lächeln ist echt, ich bin berauscht von dem Genuß, den wir gerade bereitet haben.

Ganz klar, ich fühle mich wirklich wohl als Star. Leider bin ich noch lange keiner, aber ich meine, daß ich dem Ziel jeden Abend näherkomme.

Anna und ihr Orchester! Anna und ihr Orchester!

Die Idee stammt von Renfeld. Er dirigiert drei Kapellen, mit denen er durch die großen Musikcafés der Stadt und ins Thermalbad zieht – er hat sogar die fünfte Symphonie vor der königlichen Familie gespielt. Neben seinem Maestrotalent erweist er sich noch als glänzender Geschäftsmann. Ich denke, heute würde man ihn Public-Relations-Mann und Promoter nennen.

»Frauen im Orchester sind selten«, hat er erklärt. »Also geben wir der Kapelle den Namen einer Frau.«

Das wollte ich nicht annehmen, aber alle waren gegen mich, und so kam die Sache zustande.

Gestern war ich über die Brücke zwischen den beiden Stadtteilen gegangen. Eine junge Frau rannte mir nach, fragte mich, ob ich Anna sei, und beglückwünschte mich dann. Ich wurde wohl rot vor Stolz. Mathias hat schon prächtige Ideen!

Wie sich die Ereignisse seit Istanbul überstürzten...

Erst die endlose Reise, die Wälder, die riesigen Ebenen, grau, flach, demoralisierend..., alle fünfzig Kilometer ein paar niedrige Bauernhäuser. Keine Menschenseele, bloß bei Novi Sad ein Kind auf einem Ochsenkarren. Es schaute uns an, als wir vorbeifuhren, unbeweglich, verloren im hohen Steppengras, wie ein Boot auf dem Meer. Dann der gewaltige Fluß, seine kahlen Uferböschungen: die Donau, das fließende Symbol der Ewigkeit und Trauer.

Mich fröstelte hinter der Scheibe, während es über Mitteleuropa regnete.

Plötzlich, übergangslos, war Budapest da, die riesige Hauptstadt, in der sich Ungarns Leben konzentriert. Das Königsschloß, die Kirchen, Paläste, die Fischerburg und am Bahnhof das Gedränge der Fiaker und Pferdeomnibusse, der nette Renfeld zum Empfang. Er küßte erst Mutter die Hand, anschließend mir. Wir aßen in seiner geräumigen Wohnung in der Sigismundstraße, hinter der Akademie. Dabei drückte ich ständig meinen Proviantbeutel an mich, obwohl er leer war. Halbtot vor Müdigkeit, schaute ich der Ehefrau des Dirigenten zu, Irene Renfeld: ein herrliches, wohlgerundetes Geschöpf mit tiefer Altstimme. Ich schlummerte ein, als sie gerade meinem Vater berichtete, sie hätte in London und Mailand die Norma gesungen.

Man trug mich in ein Zimmer mit porträtüberladenen Wänden: alles ziemlich seriöse Herren mit steifen Kragen. Ich erfuhr später, daß es sich um Komponisten handelte. Ihre strengen Gesichter, ihre Haltung verleideten mir fast die Musik.

Am nächsten Tag nahm ich überrascht zur Kenntnis, daß dieses Haus das unsere sein würde.

Ein seltsamer Mensch, der Mathias Renfeld. Viele Leute scharwenzelten um ihn herum. Sie schliefen dort, reisten wieder ab, eine richtige Familienpension – heute würde man so etwas als Wohngemeinschaft bezeichnen. Er hörte sich unsere Leute, einen nach dem anderen, drei Minuten an, schüttelte seinen Haarschopf und erklärte:

»Max und Avram, ich brauche zwei zweite Geigen fürs Kasino, ihr anderen bildet eine Gruppe, die zwischen den großen Nummern eingesetzt wird.«

Leichte Enttäuschung, aber mein Orchester war geboren.

Renfeld hatte vierzig Jahre auf dem Buckel und wirkte noch sehr attraktiv. Man sagte, daß ihn die Damen mit den kleinen, dichten Schleiern und den betörenden Stimmen bis in seine Loge verfolgten. Das erschütterte ihn nicht. Er fragte, ob das Konzert ihnen gefallen hätte, und ermutigte sie, sich mit Harmonielehre und Kontrapunkt zu beschäftigen. Dann kehrte er heim zu seiner Opernsängerin, die ich als unangenehm empfand, von ihrer äußeren Erscheinung her, die er aber offenbar anbetete.

Ich war anders glücklich als in Istanbul. Hier wirbelte alles: die Musik, die mondänen Verpflichtungen. Dauernd wechselte ich Kleider und Bühnenkostüme. Ich wurde zur Dame von Welt, und das war nur normal. Man schenkte mir Rosen und lud mich manchmal mit meinen Brüdern zu Champagner ein. Eines Abends trank ich ein paar Gläser zu viel, während ich eifrig mit einem schmachtenden Leutnant diskutierte, der meine Hände in den seinen hielt und mir von einem Säbelduell berichtete. Auf einmal saß ich mit gelösten Haaren auf Boris' Rücken und sang wie eine Irre: ›Wenn Petja auf den Markt geht‹. Ich wollte wohl auch einen Kosakentanz hinlegen, fiel aber erschöpft um. Am nächsten Tag hatte ich fürchterliche Migräne und Angst, daß Mathias von meinem schlechten Benehmen erfahren könnte. Aber er lachte nur gewaltig darüber und ärgerte sich überhaupt nicht.

Der schmachtende Leutnant heißt Milos. Heute besuchte er uns wieder und bat um die Erlaubnis, mich auszuführen.

Schon an der Straßenecke knallte er die Hacken zusammen.

»In zwei Jahren bin ich Hauptmann. Als ältester Sohn erbe ich dreihundert Hektar Land. Ich kaufe Ihnen ein Haus in der Hauptstadt, Sie bekommen Dienstboten und werden meine Frau.«

Ich betrachte ihn verdutzt.

»Aber,Milos, ich kenne Sie doch erst seit gestern abend!«

»Mein Vater, General Czabor, hat mir beigebracht, niemals zu zögern.«

»Milos...«

»Wollen Sie meine Frau werden?«

»Aber...«

»Ja oder nein?«

»Es ist mir unmöglich, mich...«

»Ja oder nein?«

Ich hole tief Luft. »Nein!«

Milos beißt die Zähne zusammen, seine Augen werden schmal. Er ähnelt einer Katze, der die Haare zu Berge stehen.

»Also lieben Sie einen anderen!«

»Absolut nicht, ich...«

»Sein Name?«

»Was für ein Name?«

»*Sein* Name!«

Ich werde lauter: »Mit welchem Recht...«

Er fängt an zu brüllen. Auf der anderen Straßenseite bleibt eine Frau stehen und starrt uns an.

»Leutnant Milos Czabor macht sich nicht lächerlich. Ich fordere...«

Auf einmal schreie ich los: »Sie haben gar nichts zu fordern! Sie haben eine halbe Stunde Ihres Lebens mit mir verplaudert, und jetzt werden Sie mich in Ruhe lassen.«

Der Leutnant explodiert buchstäblich. Er wird so rot wie eine Ziegelmauer, bestimmt zieht er gleich den Degen und haut mir auf der Stelle den Kopf ab.

»Komödiantenpack!« tönt er. »Eine Komödiantin sind Sie, ein Zigeunerweib!«

Meine Schultern stoßen gegen die Wand, der Offizier geht auf mich los. Mein letztes Stündlein scheint zu schlagen. Gott sei Dank habe ich noch meinen Schirm!

Plötzlich bin ich wieder Markos Tochter, Kind des Kosakenverprüglers, und wenn ein Regiment Tataren mit verhängten Zügeln auf mich losritte, ich rührte mich nicht von der Stelle.

»Nehmen Sie *das* von der Zigeunerin!«

Mein Schirm pfeift durch die Luft. Und wenn Milos Czabor, Leutnant des dritten Gardehusarenregiments, an diesem Tag nicht einäugig wurde, so verdankt er das nur seinen guten Reflexen.

Ich sah, daß er kurz davor war, zu ziehen und mich zu zerteilen. Aber vielleicht empfand er sich plötzlich als lächerlich oder fürchtete das Duell mit einem schirmbewaffneten Mädchen. Jedenfalls schaffte ich es, an diesem Tag einen Husaren in die Flucht zu schlagen.

Ja, wir sind glücklich in Budapest. Avram hat sich mit Amelie Zoster, einer blonden Slawin, verlobt. Ihr Gesichtsausdruck ändert sich sehr schnell. Sie ist rasch meine Freundin geworden. Die Familie wird sich also vergrößern – um so besser. Nur eins stört: Wir sehen uns wenig. Avram und Max spielen am anderen Ende der Stadt und gehen manchmal auf Tournee.

Keine Wolke am Himmel. Wenigstens empfand ich das so bis zu jenem Augusttag im Jahre 1908, an dem das Unheil wieder hereinbrach.

Viele Zugaben gestern abend. Ein Tisch mit Offizieren feierte uns ununterbrochen, so daß wir praktisch doppelt so lange spielten. Spät heimgekehrt, mußte ich Mama bei der Buchhaltung helfen. Erschöpft fiel ich gegen drei Uhr morgens ins Bett.

Ich war so müde, daß ich vergaß, die Vorhänge zuzuziehen; gegen fünf überflutete die Budapester Sonne mein Zimmer, stach mir ihre Strahlen ins Auge.

Unmöglich, wieder einzuschlafen. Ich wälze mich hin und her, erhebe mich verzweifelt und beschließe, mir Tee zu machen.

Ich gehe hinunter. Als ich um die Korridorecke biege, sehe ich, wie der Griff von Boris' Zimmertür sich langsam dreht, höre ein leises, kurzes Frauenlachen. Atemlos vor Empörung halte ich inne, verstecke mich hinter dem Tapetenbehang. Boris! Mein Bruder hat also keine Hemmungen, Mädchen inf Heim von Maestro Mathias Renfeld zu holen! Da kann er ruhig lächeln und charmant sein, nichts ernst nehmen, diesmal werde ich's ihm zeigen. Ich werde ihm die Meinung sagen!

Die Tür öffnet sich.

Ich riskiere einen Blick. Bekleidet mit einem hauchfeinen, rosa Nachthemd, schwebt die Interpretin der »Norma« heraus, die international bekannte Opernsängerin, Madame Mathias Renfeld persönlich!

Sie gleitet über die Teppiche und verschwindet in einem Zimmer, das diesmal, so hoffe ich wenigstens, ihr eigenes ist.

Ich zittere vor Zorn. Dieser Idiot Boris schafft es noch, daß man uns an die Luft setzt, aber daran denke ich erst in zweiter Linie. Wie kann man nur einen so guten, talentierten Mann, der uns Arbeit besorgt, uns berät und unterbringt, wie kann man so einen Mann unter seinem eigenen Dach betrügen, bloß um mit dieser aufgeblasenen Gans zu schlafen, die mit jedem hohen d bei den Hunden des Viertels Todesschreie auslöst? Der Tee kann mir gestohlen bleiben, ich muß mit Boris reden.

Er schläft wie ein Murmeltier, aber zwei Rippenstöße reichen, um ihn aufzuwecken und hochzuschrecken.

»Anna, du spinnst wohl?«

Er glotzt mich blöd an und will protestieren. Aber dazu lasse ich ihm keine Zeit. Während ich ihn mit geflüsterten Vorwürfen überschütte, gähnt er, sucht nach Zigaretten, spielt den Gekränkten. Außer mir, werfe ich ihm das letzte Argument hin, das mir einfällt: »Du solltest dich schämen, Renfelds Frau zu nehmen, weil er sie vergöttert... Das sieht man doch, wenn er mit ihr spricht, wenn er sie anschaut...«

Boris senkt den Kopf, zündet seine Zigarette an und wirft mir einen flüchtigen Blick zu.

»Du hast recht, kleine Schwester, was wir tun, ist nicht sehr schön, aber es gibt Dinge, die du noch nicht verstehen kannst...«

Das ist genau die Art Bemerkung, die mich besonders auf die Palme bringt.

»Was kann ich nicht verstehen? Wenn du damit sagen willst, daß ich blöd bin...«

Er schüttelt den Kopf und antwortet mir in so tieftraurigem Ton, daß ich begreife, warum die Dinge für Boris Markow viel ernster sind, als ich annahm.

»So meine ich das nicht, Anna. Ich weiß sehr gut, daß die Sache mit Irene aufhören müßte. Aber ich kann nicht.«

Die letzten Worte hat er so verzweifelt ausgestoßen, daß es mir die Sprache verschlägt.

Ich denke nach und frage fast schüchtern: »Liebt ihr euch?«

Er zuckt die Achseln und kratzt sich den Kopf.

»Ich weiß nicht recht, ich...«

Schwungvoll falle ich ihm ins Wort: »Wenn ich einen Mann lieben würde, dann würde ich es wissen, das kann ich dir versichern.«

Er lacht, legt mir die Hände auf die Schultern.

»Komm, wir machen uns beide einen Tee, jetzt schlafen wir doch nicht mehr ein.«

Und wie jedesmal hat er mich wieder rumgekriegt. Er versteht es, Verzeihung zu erlangen. Ich bin ihm überhaupt nicht mehr böse, während er mir Tee eingießt, aber ich weiß nun, daß mir ein Drama bevorsteht; ich werde ständig Angst haben, daß Mathias sie überrascht. Mein Gott! Das wäre furchtbar, ich könnte es nicht ertragen, diesen Mann leiden zu sehen.

Später schlich die Mahlzeit zu langsam dahin. Ich hatte nur noch einen Wunsch: Wieder ins Bett zu gehen... Ich nahm mir vor, einen schönen Mittagsschlaf zu halten, um mich von den Aufregungen zu erholen, als – wir saßen gerade beim Nachtisch – Mathias energisch in die Hände klatschte.

»Anna, Boris, Janni, Isaak – in fünf Minuten Probe im Salon.«

Ich versuchte zu widersprechen, aber wenn Mathias von Musik sprach, wurde er ein anderer Mensch.

»Proben ist notwendig, Fräulein Markowa«, meinte er gelehrt, »außerdem werden Sie eine neue Partitur lesen: eine kroatische Tarantella von Sergemiez.«

Da war nichts zu machen; wir probten bis sechs Uhr abends.

Ich schaute Mathias an: Weste, hochgekrempelte Ärmel, schwitzend, eifrig dabei, Einsätze zu synchronisieren, Tempi zu regeln. Ich konnte nicht umhin, daran zu denken, daß wir diesen Mann betrogen; wenn er gewußt hätte, was in seinem Hause vorging, hätte er sich vielleicht vom Dach gestürzt, oder sich eine Kugel in den Kopf gejagt, wie die Liebenden von Mayerling. Ungarn ist das Land der Selbstmorde, der Verzweiflung und der Liebe. »Wir werden hier die ganze Zerrissenheit der slawischen Seele kennenlernen«, sagte ich mir.

»Anna, was träumst du?«

Ich zuckte zusammen, murmle eine Entschuldigung, bemühe mich um Konzentration auf die Partitur.

Wir spielen weiter, und schließlich ist Mathias so gnädig, uns zu entlassen.

Als ich meine Geige einpacke, rauscht die schöne Irene herein.

»Seid ihr fertig?«

Ihre kehlige Stimme klingt durch den Raum. Ich muß sagen, ich verstehe meinen Bruder: Diese Frau ist ein herrliches Geschöpf, aber sie mißfällt mir entschieden. Ihre Kopfhaltung drückt allzu viel Verachtung aus.

Mathias reicht ihr die Hand und gibt ihr einen zärtlichen Kuß auf die Stirn, der mich erbleichen läßt. Er muß sie vergöttern. Wenn er etwas weiß, wenn er es bloß ahnt, dann passiert etwas Furchtbares.

Der so schlecht begonnene Tag endete nicht besser. Seltsam wie das Schicksal, wenn es erst zuschlägt, dies mit doppelter Kraft tut.

Nach dem Spiel ging ich gerade wieder in meine Garderobe, um mein Zigeunerkostüm auszuziehen, als ich in der Kulisse mit Avrams Verlobter Amelie zusammenstieß. Sofort begriff ich, daß etwas passiert war.

»Hast du dich mit Avram gestritten?«

»Nein, er hat heute abend nicht zu Ende gespielt.«

»Warum?«

»Er fühlte sich nicht in Form. Ich glaube, daß...«

Sie zögerte, ich ermutigte sie, und schließlich gestand sie: »Er hat im Wagen Blut gespuckt, der Kutscher mußte halten.«

Sie mußte bemerkt haben, wie ich die Gesichtsfarbe wechselte, denn sie beeilte sich, mir zu versichern: »Bloß ein bißchen in mein Taschentuch. Das muß nichts Schlimmes bedeuten, aber ich bin gekommen, dir Bescheid zu sagen, damit du mir hilfst, ihn dazu bringst, sich auszuruhen. Ich allein schaffe das nicht.«

Ich setzte mich mit weichen Knien. Meine Hände zitterten. Amelies Finger zerdrückten ein Taschentuch, sie hob ihren Schleier, und ich erkannte, daß sie geweint hatte. Ihre Lider waren rot.

»Seit einiger Zeit ist er müde, jeden Abend beendet er sein Spiel in einem Erschöpfungszustand, der immer schlimmer wird. Er hat Max und mich schwören lassen, euch nichts zu sagen, aber so geht es nicht mehr weiter...«

Sie brach schluchzend zusammen, und ich sah, wie ihr Tränen durch die blassen Fingern rannen.

»Besonders dein Vater«, stammelte sie, »soll es nicht wissen... Avram hat mir erklärt, daß ihn eines Tages eine Kugel traf, und daß er davon niemals geheilt wurde.«

Avram, Avram, mein großer, furchteinflößender Bruder, der mich an die Decke unseres Hauses in Kesat warf, mich wieder auffing, während ich vor Angst brüllte, vor Angst und vor Vergnügen. Es war doch nicht möglich, daß ein winziges Stück Kupfer ein so starkes, schönes Leben in Gefahr bringen konnte. Das durfte nicht sein, das gab es nicht, das konnte nicht geschehen, ich würde es verhindern.

Ich stürzte in Avrams Zimmer und war überrascht. Ich erwartete, ihn liegend vorzufinden, bleich wie sein Kopfkissen. Er stand jedoch aufrecht und wühlte gerade in einer Kommode.

Er warf mir einen kurzen Blick zu und murmelte: »Kommst gerade recht. Kannst mir helfen, meine Manschettenknöpfe wiederzufinden.«

Ich näherte mich und sah dabei wohl so ängstlich aus, daß er innehielt und mich musterte.

Dann setzte er sich schwerfällig, und ein leichtes Lächeln erhellte sein Gesicht.

»Ich wette, daß dieses Schwatzmaul von Amelie dir Schauermärchen erzählt hat.«

Ich bemühte mich, klar und deutlich zu sprechen: »Ich glaube nicht, daß es ein Märchen war, Avram.«

Er betrachtete mich lange, draußen schlug eine Standuhr. Seine muskulöse Hand zog mich heran, und sein Blick wurde sanft.

»Du bist gewachsen, Anna, du bist jetzt eine Frau.«

Da bemerkte ich zum erstenmal, wie rasch seine Brust sich hob und senkte. Dabei hatte er sich gar nicht angestrengt, und diese Feststellung erschreckte mich. Wieder erriet er meine Gedanken, denn er drückte meinen Arm stärker.

»Hab keine Angst, das Andenken an so einen Mistkosaken wirft keinen Avram Boronsky um.«

Ich wußte, daß diese Erklärung nicht viel bedeutete, aber sie beruhigte mich. Wer könnte denn schon einen Avram erschüttern?

Er mußte mir versprechen, sich zu schonen, sich mehr auszuruhen. Er wiederum bat mich, niemandem etwas zu erzählen, weder Papa noch Mama zu alarmieren.

Und so fand ich mich an diesem Abend im Besitz von zwei fürchterlichen Geheimnissen. Leicht und sorglos war ich aufgewacht, und nun erdrückte mich plötzlich das Gefühl der Verantwortung. Die Angst ist in mich hineingeschlüpft wie ein Vogel, der nachts das vertraute Nest wiederfindet.

Mein Gott! Ich rufe dich bestimmt nie wieder um Hilfe an, aber beschütze Avram, beschütze Boris, beschütze uns alle!

II

Welch einen Wirbel bringen diese Budapester Nächte! Alles, was Zentraleuropa an gekrönten Häuptern, abgesetzten Hoheiten, entmachteten Fürsten, von der Revolution, dem Roulett und dem Baccarat ruinierten Aristrokraten aufweist, alles das findet sich hier ein, um seine wirklichen oder vorgegebenen Leiden zu heilen. Die Österreicher dominieren. Man erkennt sie an ihrer Gebirglerhautfarbe und ihrer Arroganz. Die Ungarn wirken dunkelhaariger, düsterer. An manchen Abenden machen mir die Männer Angst. Im Halbdunkel des Saales fixieren sie mich mit ihren Glutaugen. Zum Personal des Kasinos und der großen Hotels gehören auch alle Arten von Emigranten, besonders Russen, die vor den Ereignissen in ihrem Lande geflüchtet sind. Sie arbeiten zum erstenmal in ihrem Leben.

Ich habe mit einer Putzfrau im Haus Freundschaft geschlossen, einer Polin mit unaussprechlichem Namen, die wir Duschka nennen; sie behauptet, eine entfernte Nachkommin von Taras Bulba zu sein und drei herrliche Paläste bei Lodz besessen zu haben.

Stimmt das? Oder spinnt sie? Das kriegt man nicht raus. Alle schwindeln hier, erfinden außergewöhnliche Lebensläufe. Eine Ansammlung von Mythomanen und Hochstaplern in einer verrückten Atmosphäre, wo man wie toll Geld ausgibt und seine Schulden selten bezahlt. Renfeld hat uns gestern erzählt, daß der ehemalige rumänische Thronfolger sich einfach verdrückte, nachdem er in den verschiedenen Hotels, Restaurants und Nachtklubs der Stadt enorme Schulden hinterlassen hatte.

Was mein Orchester betrifft, so übt es neue Stücke ein, denn man muß dauernd sein Repertoire erweitern; das bedeutet viel Arbeit. Unser augenblicklicher großer Erfolg ist ›Hora Staccato‹. Ich spiele es den ganzen Tag, um es mir gut einzuprägen.

Mama behauptet übrigens, daß ich zu viel arbeite.

Nichts Neues, was Irene und Boris betrifft. Sie sehen sich weiterhin, aber ihre Diskretion läßt zugegebenermaßen nicht zu wünschen übrig.

Avram und Max befinden sich seit drei Tagen mit dem Zagreber Orchester auf Tournee. Der Kranke ist offenbar in Hochform abgereist. Zumindest gab er sich Mühe, diesen Eindruck zu erwecken.

Mathias streichelte mir morgens die Wange, als er mir im großen Vorraum über den Weg lief. Er fand mich blaß. Auch die schöne Irene war da. Sie sah durch mich hindurch und verschwand, indem sie die ›Traviata‹ trällerte.

Mein dicker Getreidekaufmann versorgt mich regelmäßig mit Rosen. So ist alles in Ordnung, wir leben in einem schnellen, aber regelmäßigen Rhythmus. Das »Künstlerleben« hat auch seine Routineseiten...

Nachmittags klopfte Janni ganz verschlafen an meine Zimmertür. Ich schrieb gerade an meinem Tagebuch, das ich mich regelmäßig zu führen bemühe. Ich öffnete ihm.

»Probe«, gähnte er. »Der Maestro hat eine wichtige Neuigkeit für uns.«

Zwei Minuten später war ich im Musikraum; Mathias trat erregt ein, schwenkte einen Brief.

»Kinder, mein Freund Brostein schreibt mir, ein Impresario. Er kommt in zwei Tagen nach Budapest und hört sich euch an. Wenn ihr ihm gefallt, engagiert er euch für eine vierwöchige Tournee.«

»Und wohin geht's?« fragte Isaak.

Mathias lächelte und zählte rasch auf: »Nach Bratislava, Prag, Marienbad und ... Wien!«

Mir verschlug's die Sprache. Alle diese Namen wirbelten in meinem Kopf herum. Spiegel glänzten, Lichter, Männer im Frack, pelzverbrämte Frauen, mit Juwelen bedeckt... Mathias Renfeld hob den Zeigefinger wie ein Lehrer.

»Aber Achtung, ich kenne ihn, er ist ein schwieriger, pedantischer Mensch. Wenn bloß einer von euch eine Zehntelsekunde lang einen Viertelton zu hoch oder zu tief spielt, dann könnt ihr sicher sein, daß er es auch ganz hinten im Saal mitbekommt. Daher müssen wir das bißchen Zeit, das uns bleibt, ausnützen.« Er klatschte in die Hände und befahl: »Probe!«

Ich setzte mich, packte meine Geige aus, überprüfte das Kolophonium meines Bogens, da forschte er: »Wo ist Boris?«

Wir waren nur vier im Saal: Renfeld, Janni, Isaak und ich.

»Ich weiß nicht«, sagte Janni. »Er war nicht in seinem Zimmer, da nahm ich an, daß er sich schon auf dem Weg zu uns befand.«

Wir warfen uns Blicke zu. Ich spürte plötzlich, wie mir Schweißtropfen über den Rücken rannen.

Janni versicherte: »Jedenfalls ist er bestimmt im Hause. Ich hab' ihn noch vor zehn Minuten auf der Treppe gesehen, er trug weder Jacke noch Krawatte...«

Janni beherrscht eine Kunst besonders gut: er ist der unbestrittene Meister im Fettnäpfchentreten. Mir fällt ein, daß ich bis jetzt nicht viel von ihm gesprochen habe – nicht weil ich ihn nicht mag oder weil er keine pittoreske Figur abgäbe, sondern aus einem Aberglauben heraus: Soweit ich mich erinnern kann, hat Janni niemals den Mund geöffnet, ohne eine Katastrophe auszulösen.

Da passierte in Kesat eine berühmte Geschichte. Max hatte Geld bei ihm gefunden und ihn an den Ohren hochgezogen.

»Schämst du dich nicht, deiner Mutter Geld zu stehlen, wenn sie dir den Rücken zudreht?«

»Sie hat mir nicht den Rücken zugedreht«, protestierte Janni. »Ich habe gewartet, bis sie in der Küche war.«

Diesmal konnte sein Geschwätz weit schlimmere Folgen haben.

Doch ich schöpfte wieder Mut, als Renfeld äußerte: »Beginnen wir ohne ihn, er wird schon kommen, wenn er die Musik hört.«

Innerlich stieß ich einen Seufzer der Erleichterung aus. Ich war ziemlich sicher, daß Bruderherz im Augenblick bei Irene weilte.

Ich zitterte wie Espenlaub, setzte zu früh ein, wurde zweimal hintereinander zurückbeordert und hatte den Eindruck, das Geräusch einer Säge auf verrostetem Metallblock exakt wiederzugeben.

Mathias warf mir wütende Blicke zu.

»Anna, sei ein bißchen mehr bei der Sache, hörst du!«

Ich murmelte vage Versprechungen und spürte, wie die Angst wieder in mir aufstieg: Boris kam immer noch nicht! Mathias hielt uns mit großer Geste an.

»Das ist eine Holzhackerei«, sagte er. »Wir hören sofort auf und...«

Mir wurde bewußt, daß die Katastrophe unmittelbar bevorstand: Renfeld durfte auf keinen Fall in sein Zimmer gehen.

Mit einem Ruck richtete ich mich auf: »Nein, Herr Renfeld, ich verspreche Ihnen, besser aufzupassen.«

Er betrachtete mich, verblüfft wegen meiner Heftigkeit, und breitete die Arme aus.

»Gut«, sagte er lächelnd, »da du mir zustimmst, fahren wir fort.«

Ich setzte mich wieder, während Isaak und Janni mich ihrerseits erstaunt ansahen.

Mathias wühlte in seinen Taschen, holte zerknittertes Papier heraus, ein Taschentuch, Geldstücke.

Beim Suchen murmelte er: »Ich hatte euch eine andere, sehr interessante Partitur mitgebracht, aber...« Er schlug sich an die Stirn: »Hab' sie wohl in meinem Zimmer vergessen, ich hol' sie...«

Er hatte noch keine Bewegung zur Tür hin gemacht, da sprang ich von neuem hoch.

»Ich bin müde, wir könnten morgen weiterarbeiten, oder gleich, später... Oder nach der Vorstellung, oder...«

Ich stand mitten im Saal, krebsrot, offenen Mundes. Mathias sah mich streng an.

»Du mußt schon wissen, was du willst, Anna. Erst sagst du, du möchtest arbeiten, dann willst du nicht mehr, und gleich danach hast du wieder Lust... Solche Launen bin ich bei dir nicht gewohnt.«

Ich blickte ihm nach, wie er verärgert den Raum durchquerte und hinausging, seufzend fiel ich auf meinen Stuhl zurück.

»Du spinnst wohl«, stellte Isaak fest. »Was ist bloß mit dir los?«

Es hätte nichts genutzt, darauf zu antworten, ich war fix und fertig. Wenn Mathias seine Frau mit Boris überraschte, waren wir erledigt, um das Orchester, das schöne Haus, die Scheinwerfer, die Rosen, den Champagner, Bratislava und Wien war es geschehen.

Dann blieb nur eine verheulte Familie übrig, gezwungen, in den Straßen der Altstadt oder unter den Brücken des Alföld zu geigen, den Kummer nicht gerechnet, den wir diesem guten Mann machen würden...

»Erklär uns mal, was du hast«, fing Janni wieder an. »Du siehst aus, als wolltest du gleich umkippen.«

»Ich glaube wirklich, ich falle in Ohnmacht«, murmelte ich.

Mathias kam immer noch nicht zurück.

»Der sucht seine Partitur aber lange«, meinte Janni.

Ich biß die Zähne zusammen. Diese beiden Idioten würden niemals etwas begreifen. Ruckartig drehte ich mich zu ihnen um, wollte das Geheimnis enthüllen, das mich zu ersticken drohte. Da ging die Tür auf.

Mathias kam herein.

Im selben Augenblick begriff ich, daß er Bescheid wußte. Seltsamerweise fühlte ich mich erleichtert. Die Sache war ausgestanden, ich hatte nun nichts mehr zu befürchten.

Seine Augen waren ein bißchen größer als gewöhnlich. Zwischen ihnen standen zwei neue, mir unbekannte Falten. Er näherte sich seinem Pult, betrachtete es einen Augenblick und sagte dann mit tonloser Stimme:

»Ich weiß nicht, wo ich sie hingelegt habe, es ist auch unwichtig. Wir spielen die ›Kavalkade‹ von Puczé noch einmal, zweiter Teil.«

Eine sehr langsame Melodie. Ich spielte, ließ Mathias nicht aus den Augen, überzeugt, daß er jede Sekunde zusammenbrechen würde. Daß er sich so tapfer hielt, trieb mir die Tränen in die Augen. Er stoppte uns.

»Ihr geigt ohne Gefühl, die Noten sollen nicht von euren Fingern kommen, sondern von eurem Herzen. Das müßt ihr schon bringen.«

Er nahm Isaaks Violine und interpretierte uns das Stück, stellte das Instrument ab, und setzte sich hin.

Wir warteten unbeweglich, alle drei. Einen Augenblick später riß er sich zusammen und sagte: »Morgen machen wir weiter, wir sind wohl heute nicht in Form.«

Janni und Isaak verließen das Zimmer, leicht verstört, aber als ich hinausgehen wollte, hielt Mathias mich zurück.

»Willst du noch einen Moment bleiben, Anna?«

Meine Knie begannen wieder zu zittern. Was mich am meisten erschreckte, das war die Ruhe, die Sanftheit in der Stimme des Mannes, der gerade eine furchtbare und endgültige Entscheidung getroffen hatte.

»Ja, Herr Renfeld.«

Er lächelte mir zu, streckte die Beine aus, schlug sie übereinander, kratzte sich am Hinterkopf und meinte ruhig: »Meine Frau, dieses Miststück, schläft mit deinem Bruder.«

Mir blieb die Spucke weg, während er die letzten Takte der Melodie von eben pfiff. Heiter fügte er hinzu: »Ich werd' ihm einheizen, denn das ist schließlich kein Grund, den Proben fernzubleiben.«

Ich kam näher und fragte schüchtern: »Aber stört Sie das denn nicht, Herr Renfeld?«

Verblüfft betrachtete er mich.

»Überhaupt nicht, ich bin's gewohnt. Irene war Chorsängerin an der Oper in Woronej. Sie konnte nie im Takt singen, unsere Heirat war ein Witz. Ich meinte, mein Kontrabassist Michael Duskoi wäre ihr zukünftiger Ehemann, aber schließlich stand ich vor dem Popen. Dabei war ich überzeugt, nur der Trauzeuge zu sein. Nie im Leben habe ich wieder so gelacht wie an diesem Tag.«

Da prustete auch ich los. Bei Mathias' guter Laune fiel mir ein Stein vom Herzen.

»Aber Sie machten einen so verliebten Eindruck mit Ihrer Frau!«

Eine großzügige Geste, die solcherlei Nichtigkeiten hinwegwischte.

»Das ist Gewohnheit. Wir sind Künstler, Anna. Also spielen wir vor unseren Gästen mit Vergnügen die Rolle des glücklichen Paares. Es macht uns Spaß. Im Grunde handelt es sich dabei wirklich nur um ein Spiel, um nicht mehr.«

Die veränderte Situation erschütterte mich. Ich mußte wohl sehr romantisch gewesen sein, wenn ich geglaubt hatte, im Gesicht des Dirigenten eine entscheidende Veränderung zu bemerken.

Fast empfand ich Enttäuschung. Da hatte ich ja gerade schöne Sachen über die geheiligte Institution der Ehe gelernt. Die Opersängerin war eine Chormieze, Meister Renfeld hatte wegen eines Studentenscherzes geheiratet, die Tatsache, daß seine Frau ihn betrog, ließ ihn vollkommen gleichgültig. Dann gab er mir eine seltsame, geradezu kindische Philosophielektion: »Siehst du, Anna, was ist denn besser? Als Hahnrei zu gelten und glücklich zu sein, weil man selbst nicht Bescheid weiß – oder aber kein Hahnrei zu sein, aber anzunehmen, man wäre einer, und unglücklich sein?«

Als junges Mädchen, das ich noch war, fand ich keine Antwort. Er fügte hinzu: »Anna, glaub mir, am besten ist, man lacht darüber.«

Wenn die Dinge schon so weit gediehen waren, konnte ich mir erlauben, noch ein paar Fragen für meinen persönlichen Lernprozeß zu stellen.

»Dann sind Sie also gar nicht unglücklich?«

Überrascht sah er mich an.

»Aber überhaupt nicht. Das hab ich dir doch gerade erklärt.«

Ein hilfloser Blick von mir.

»Und Ihre Frau – hat sie Sie schon oft betrogen?«

Mathias warf seine Mähne zurück, wie in den Augenblicken, wenn er Liszt spielte, kreuzte die Hände über dem Knie.

»Schwer zu sagen, obwohl sie mir da nichts verheimlicht. Möglich, daß mir ein paar entgangen sind, wie bis heute Boris, aber ich bin ziemlich sicher, wenn man sich damit amüsieren wollte, käme ihre Liebhaber zu zählen, man über dreißig.«

Er stand auf und versetzte mir den Gnadenstoß.

»Dreißig«, wiederholte er. »Daraus könnte man ein schönes Orchester machen!«

Ich fand noch die Kraft zu murmeln: »Vorausgesetzt, daß Sie es dirigieren.«

Er brach in ein noch lange nachhallendes Lachen aus.

Isaak spielt den Clown, er besitzt eine absolut verblüffende Gabe der Imitation. In dem Fiaker, der die um diese Zeit leere Kossuthstraße herunterfährt, äfft er die Kassiererin des Hauses nach, reproduziert xakt ihr Zischen, das sie einem zu weiten Gebiß verdankt, und außerdem ihrem kroatischen Akzent.

Ich spüre meine Erschöpfung, aber diese Müdigkeit tut gut. Vor allem bin ich jetzt beruhigt: Brostein, der Impresario, war da, und wir haben uns selbst übertroffen. Ich habe wie besessen gelächelt, und mein Geigenbogen schien offenbar begabt mit eigenem Leben. Die beiden Jungen schlugen sich ebenfalls prächtig: Die paar Worte, die Mathias mir nach der Vorstellung hinter den Kulissen zuraunte, sagten alles über das Entzücken des schwierigen Herrn Brostein.

So öffnet sich uns der Weg zu den Blumen von Bratislava, dem zauberhaften, geheimnisvollen Prag, den silberblassen Parks von Marienbad, zur Entdeckung von Wien. Glanzvolles, graziöses Wien, Wirbel von Lebenslust und schönen Klängen, Juwel Europas, Hauptstadt der Musik.

Wir sind angelangt. Janni bezahlt den Kutscher, der Fiaker entschwindet in die Budapest Nacht. Der unverwüstliche Isaak fährt fort im Imitieren. Lachend betreten wir die Eingangshalle des Hauses. Ich albere derart herum, daß ich die helle Beleuchtung gar nicht bemerke.

Oben auf der Treppe erscheint Mutter, ihr Blick läßt unser Gelächter verstummen.

Janni reagiert als erster: »Was ist los ?«

Mama ist die Treppen heruntergestiegen, automatisch streichelt ihre Hand die schmückende Figur am Geländer, eine jagende Diana, die einen Bogen ohne Sehne spannt.

Mutters Gesicht wirkt schlaff.

»Macht keinen Lärm«, sagt sie. »Avram geht es nicht gut.«

In meiner Kehle bildet sich ein Kloß.

»Aber... Ist er denn schon zurück ?«

Leise geht Mama durch den Saal, nimmt Platz in einem Lehnsessel neben dem hohen Kamin.

»Ja, er mußte die Tournee abbrechen. Der Arzt ist gekommen.«

Stille. Erstarrt warten wir alle drei auf mehr. Ich möchte Mutter schütteln, damit die Worte schneller aus ihr herausbrechen.

»Aber was hat er denn gesagt ?«

Sie senkt den Kopf.

»Er weiß nicht recht. Er sprach von Infektion, aber er meinte auch, Avram sei kräftig; man muß die Entwicklung abwarten, kann noch keine Diagnose stellen.«

Die letzten Worte gehen halb in Tränen unter.

Ich springe die Stufen hoch, renne zur Zimmertür meines Bruders. Sie ist nicht geschlossen, ich stoße den Flügel auf. Er liegt mit glänzenden Augen da, den Kopf ins Kissen gedrückt.

Mein Vater hockt auf dem Bett. Seine Augen hängen an denen seines Sohnes, als belauerte er dort das aufsteigende Leid oder vielleicht etwas noch Schlimmeres.

Am Fenster betrachtet Max die mondbeschienenen Dächer der Stadt. Er hat sich nicht einmal herumgedreht, als ich hereinkam. Gleich wird er sich mir zuwenden, und dann begreife ich auch, warum er's nicht sofort tat: Sein Gesicht ist tränenüberströmt.

Mühsam lächelt Avram.

»Schaut mal, da kommt der neue Star, dem ganz Budapest nachrennt.«

Ich gehe auf ihn zu, kämpfe mit dem Entsetzen: hohle Wangen, ein hüpfender Adamsapfel, wenn er spricht. Nicht möglich, daß ein Mensch in wenigen Tagen sich so verändern kann; es ist kaum zwei Wochen her, daß er fortging.

Ich habe es geschafft, mich neben ihn zu setzen, ohne mein Lächeln einzubüßen.

»Wie fühlst du dich, Avram?«

Seine Antwort tut mir weh.

»Gut«, quetscht er heraus, »sehr viel besser. Diese verdammte Lunge hat mir während der Reise einen Streich gespielt, aber ich glaube, jetzt gibt sie Ruhe. Ich hab' ihr befohlen, mich nicht mehr anzuöden.«

Zärtlichkeit füllt seine Augen. Wenn er mich so ansieht, werde ich stets wieder das kleine Mädchen mit den zahllosen Puppen.

Vater hat mich angesprochen.

»Ermüde den Avram nicht zu sehr, Liebling. Der Doktor hat dringend empfohlen, ihm das Sprechen möglichst zu ersparen.«

Ich küsse die feuchte Stirn meines großen Bruders. Auf dem Flur stürzen mir Boris und die beiden anderen entgegen.

»Und?«

Ich stoße sie fort und flüchte, damit mich Avram nicht durch die Tür weinen hört. Ich weiß, daß nun der Tod in unserm Haus wohnt. Das spüre ich ganz tief drinnen.

Jetzt beginnt einer der düstersten Abschnitte meiner Jugend. Dazwischen ab und zu kurze Hoffnungsschimmer.

Avram kommt zum Essen herunter, wir feiern schon fast seine

Genesung, dann ein Rückfall. Avram steht nicht mehr vom Bett auf. Später sehen wir ihn doch stehend, im Morgenmantel, von meinem Vater gestützt. Ein neuer Arzt, der wieder eine Besserung beim Patienten feststellt.

Mein Vater läßt Avram praktisch nicht mehr aus den Augen. Jeden Tag leiste ich ihm Gesellschaft. Nichts erinnert mehr an den ehemaligen Koloß. Avrams knochige Schultern heben die Pyjamajacke an, seine Handgelenke wirken nun fast schmal.

Seit einem Monat hat er nicht nach seiner Geige gefragt. Amelie wandelt sich zur Krankenschwester, und ich bewundere sie sehr. Sie weiß, daß die Spießbürger der Stadt ihre Haltung für unschicklich ansehen, aber sie pfeift darauf. Sie möchte den Geliebten pflegen.

Als Avram, wie so oft, einen Blutsturz erleidet, schaffe ich auf der Bühne kein Lächeln mehr. Wir haben auf die Tournee verzichtet, Mathias Renfeld ist liebenswürdig zu uns – er schätzte Avram sowohl als Musiker wie auch als Mensch.

Wer wäre schon imstande gewesen, ihn nicht zu mögen! Dieser sensible, gute Riese hatte nur Freunde.

Keine Vorstellung heute abend. Ich brauche diesen einzigen Ruhetag in der Woche.

Wegen der Kühle haben Mathias und Max ein Holzfeuer gemacht. Boris und Isaak spielen Schach, während die Chorsängerin aus Woronej aufreizend langsam an ihrer Stricknadel zieht. Ich habe den Eindruck, daß das Liebesleben der schönen Irene in diesem Augenblick einen toten Punkt erreicht. Boris hat andere Sorgen. Er liebt Avram sehr, ich spüre seine Traurigkeit, seit sein älterer Bruder krank ist.

Der Arzt kam nachmittags und zeigte sich ebenfalls voller Sorgen: keine Besserung. Amelie ist vor einiger Zeit gegangen.

Vater kommt in den Salon, ich schaue ihn an, er wirkt gealtert, gebeugt, er trinkt nicht mehr, hat seine Geschäfte aufgegeben.

Meine Mutter blickt hoch.

»Schläft er?«

Marko sieht seinen Sohn an.

»Ich glaube nicht, aber er ist sehr ruhig, er hat keine Schmerzen.«

Nach und nach ziehen sich die Anwesenden aus dem Zimmer zurück, während die Glut im Kamin wächst.

Ich schaffe es nicht, mich auf mein Buch zu konzentrieren; die Zeilen ziehen an meinen Augen vorbei, aber die Worte bleiben kleine, gedruckte Zeichen und bewahren an diesem Abend ihren geheimen Sinn.

Die Standuhr schlägt. Schon elf.

Im Zimmer befinden sich nur noch Mathias und ich.

Er hat sich tief in einen Sessel gedrückt und blickt in das schwächer werdende Feuer. Ich will meinerseits gehen und schlage mein Buch zu, da sagt er: »Anna...«

Er schaut mich immer noch nicht an und scheint in Träumerei versunken.

»Ja?«

»Willst du mich heiraten?«

Er fragt das sehr ruhig, sehr gefaßt, während der Wind draußen wohl endgültig abgeflaut ist.

Ich bleibe stumm, und nun wendet er mir den Blick zu. Roter Flammenschein erhellt ihm eine Gesichtshälfte. Es stimmt, Mathias Renfeld ist in diesem Augenblick sehr schön.

»Ich weiß, das überrascht dich, aber glaub' mir, den Gedanken hege ich bereits lange. Schon seit einiger Zeit wollte ich mit dir darüber sprechen...«

Etwas Sanftes überflutet mich, ich bin sicher, daß Mathias mir immer ein Freund sein wird, ganz gleich, was ich antworte; niemals wird er mir weh tun, weder mir noch sonst jemandem.

»Du kennst die Situation mit Irene, du weißt also, daß es da keine Hindernisse gibt. Ich kann mich leicht scheiden lassen, eine Möglichkeit, die ich manchmal ohnehin erwogen habe.«

Er lächelt traurig, seine langen Finger spielen mit den Fransen der Armlehne, er fährt fort: »Wenn ich ihre Untreue auch gelassen ertrage, das hast du ja festgestellt, so wirst du doch sicher verstehen, daß ich nicht glücklich bin. Man ist sowieso nur glücklich, wenn man liebt, und wie deine Antwort auch ausfällt, ich möchte dir danken für das Glück, das du mir geschenkt hast, von dem Augenblick an, seit du in dieses Haus und gleichzeitig in mein Leben getreten bist.«

Unsere Blicke kreuzen sich.

Wenn ich es möchte, dann bin ich in wenigen Sekunden keine Herumirrende mehr. Dieses Haus wird das meine sein, und ich, die Gattin eines der größten Dirigenten von Budapest, fände dann einen Hafen.

»Ich bin zweiundzwanzig Jahre älter als du, glaub' nicht, daß ich es vergesse; das kann ich gar nicht, aber ich meine – und ich hab' viel darüber nachgedacht –, daß dieser Altersunterschied kein unüberwindliches Hindernis darstellt.«

Er steht ruckartig auf und stößt mit dem Haken ein halb abgebranntes Scheit auf die Feuerböcke.

»Du findest vielleicht, daß der Augenblick schlecht gewählt ist, wegen der Krankheit deines Bruders, aber ich glaube nicht, daß es dafür günstigere und weniger günstige Momente gibt.«

Anna, du stehst an einem Wendepunkt deines Lebens, es wäre gut, wenn du dich hier für immer einnisten würdest. Das ist schon eine gewaltige Versuchung. Du könntest mit Mathias reisen – nach Rom, Paris, Berlin und Amerika, warum nicht? Und diesmal würde das nicht auf Deck oder im Laderaum eines Schiffes vor sich gehen, sondern in einer Kabine für begüterte Touristen.

»Ich erwarte keine sofortige Antwort, Anna. Wenn du es dir überlegt hast, sagst du mir, was du davon hältst.«

Vorbei die Geldprobleme, die abgelaufenen Pässe, die nicht erneuerten Visa, der Schrecken...

Ich werde Anna Renfeld sein und in diesem Salon alle Honoratioren der Stadt empfangen. Ich kann mir dann sogar Kinder leisten. Sie werden Musiker wie ich, wie er.

Ich habe mich aufgerichtet.

»Nein, Herr Renfeld, es wäre unredlich, Sie warten zu lassen. Ich mag Sie sehr, das wissen Sie, ich bewundere Sie ungeheuer, aber es bleibt beim Nein.«

Mathias schürt immer noch das rötlich glühende Holz. Er stößt mit der Schuhspitze einen kleinen Aschenhaufen weg. Plötzlich dreht er sich zu mir um, und ein Lächeln erhellt sein Gesicht. Er wirkt auf einmal so jung und so unglücklich, daß ich mich in seine Arme stürze und an seiner Schulter schluchze.

Sanft streichelt mir Mathias über das Haar.

»Weine nicht, Anna. Du mußt nicht traurig sein. Es überrascht mich nicht, daß du nicht willst, ich hätte dir davon nie etwas sagen sollen, aber... Ich weiß nicht, warum, ich konnte nicht widerstehen...«

Lieber, armer Mathias! Mit welchem Zartgefühl hat er mich an diesem Abend getröstet... Ich sehe ihn noch vor mir, wie er versuchte, mich zum Lachen zu bringen, während ich wie ein Schloßhund heulte und mich selbst als Idiotin beschimpfte.

Nur wenige Jahre blieben ihm noch. Nicht viel später, 1913, als er von einem Konzert in Mailand zurückkam, betrat er sein Hotelzimmer. Irene vergnügte sich darin mit einem Offizier der italienischen Armee. Niemand erfuhr jemals genau, was geschah. Der Liebhaber glaubte wohl, der eifersüchtige Ehemann wollte ihn umbringen, er griff nach seiner Waffe und schoß wortlos.

Der arme Mathias war auf der Stelle tot. So starb einer der besten

Menschen, dem ich begegnen durfte, auf die denkbar sinnloseste Weise.

Avram hat mit Amelie gebrochen.

Max hat es mir gestern berichtet. Das bedeutet, er weiß, daß er verloren ist. Er besitzt jetzt kaum mehr die Kraft zum Essen. Amelie erlitt einen Zusammenbruch, sie hat den Abend in der Garderobe verbracht und bei mir geschlafen.

Trotz der Schmerzen, die mich erschüttern, muß ich jeden Abend spielen. Vielleicht rettet mich das sogar, denn mit dem Bogen in der Hand schaffe ich es, zu vergessen, daß eines der Wesen, die ich am meisten auf der Welt liebe, im Sterben liegt.

Ich gehe immer seltener in das Krankenzimmer, stets wacht dort eine Schwester.

Niemals war Budapest schöner. Weihnachten rückt näher, ein bißchen Schnee ist gefallen, Pulverschnee, der an den Sohlen klebt und die Stadt einer Postkarte ähnlich macht. Die Geschäfte in der Sankt-Theodor-Straße quellen über vor Spielzeug, ein paar Wochen leben die Kinder im Paradies; wir gehen dort mit Amelie spazieren, sie weicht mir nicht mehr von der Seite.

Ich habe einen Muff gekauft, mir einen Pelzkragen besorgt. So gekleidet, wirke ich ganz wie eine Dame, und sogar Boris hat mir deshalb ein Kompliment gemacht. Wie glücklich könnte ich sein, wenn Avram gesund wäre, wie sehr wünschte ich ihn mir jetzt her!

Auf dem Rückweg führt mich Amelie immer zum Dom. Sie betet lange, den Kopf in den Händen vergraben, während ich durch die Seitenschiffe gehe, die Statuen, Fresken, Säulen bewundere... Wenn Gottesdienst stattfindet, tönen die Orgeln über meinem Kopf, ihr Klagelied schwillt an, rollt donnergleich, und das Kreuz der Christen glänzt mit all seinem Gold herab.

Ich bete zu keinem besonderen Gott. Ich bitte das höchste Wesen, wenn es existiert, die dauernden Blutstürze zu verhindern, das Leiden eines guten, gerechten und lebensbejahenden Menschen zu lindern.

Wenn wir herauskommen, wird es gerade dunkel, oder es ist schon Nacht. Auf dem Vorhof bleibt nur der unvermeidliche Krapfenverkäufer zurück, ein alter blasser Mann, der uns seine goldfarbenen, länglich geschnittenen Leckereien reicht. Er lächelt und murmelt Willkommensgrüße mit einem fürchterlichen Krakauer Akzent. Ich bin wohl seine beste Kundin, die Budapester Krapfen sind an die Stelle des Istanbuler Joghurt getreten, und der wiederum hatte die

Mandelkuchen von Kesat ersetzt; ich schleppe meine Naschhaftigkeit quer durch Europa.

Wenn ich an diese Zeit denke, spüre ich wieder den Geschmack von Tränen und Krapfen.

Heute abend habe ich ein neues Bühnenkostüm eingeweiht: weiße Strümpfe, weiße Stiefel, weißer Rock und Silberpailletten. Ich trage so viele klirrende Armbänder, daß man meine Handgelenke nicht mehr sieht. Sicher hat sich keine Zigeunerin jemals so angezogen. Was macht das schon? So jedenfalls stellen die Zuschauer sich diese Mädchen vor, und ich muß mich danach richten. Ich bin eine Operettenzigeunerin, ein echter Erfolg übrigens heute abend. Ich weiß nicht, ob das an meinem neuen Kostüm liegt, aber wir spielen sechs Zugaben.

Der Regisseur ist entzückt und besteht darauf, mir ein Glas Champagner anzubieten, während meine Brüder Zigarren rauchen. Viele Leute, Männer im Frack, Frauen in Lamékleidern, mit hinreißenden Perlen. Staveck, der Regieassistent, hat Witze erzählt, Bismarck und Franz-Joseph nachgemacht. Zwischen zwei Brüdern habe ich mich überrascht im Spiegel entdeckt: schallend lachend, animiert, und die Lichter spiegelten sich in den Pailletten meiner Kostümjacke, verwandelten mich in ein lebendes Feuerwerk. Ich verspürte Lust, laut zu rufen: »Zum Teufel noch mal, ich bin die Schönste!« Schließlich darf sich niemand mit der Herzogin Elisabeth Mervincza vergleichen, einem herrlichen, schlanken Geschöpf, das wie eine Liane in weichen, fließenden Roben dahergleitet. Diese Kleider scheinen sie jeden Augenblick verlassen zu wollen, um sanft auf den Teppich zu fallen. Trotz meiner Stiefelabsätze fehlen mir einfach gute fünf Zentimeter, aber wie sagt doch Janni, wenn er mich necken will: »Ich finde, für eine Zwergin bist du recht gut gewachsen!«

Jedenfalls war ich sehr zufrieden mit mir an diesem Abend. Man lud uns an den Tisch eines mageren, verkrampft lächelnden, frühzeitig kahlköpfigen jungen Mannes ein. Im Wirbel der Vorstellungen bekam ich seinen Namen nicht mit, und ich erwies ihm eine Reverenz, ohne ihn groß zu beachten. Jahre später entdeckte ich sein Gesicht wieder: auf der Briefmarke einer Postkarte, die Amelie mir schickte. Da merkte ich, daß ich damals am Tisch von Serbiens König Peter I. gesessen hatte.

Um mich herum ein Reigen von Sprachen und Nationen: Tschechen, Polen, Ungarn, Ruthenen, Serben, Kroaten, Russen, alles mehr oder weniger Verbannte, Verfolgte, selten Millionäre, oft Aristokraten... Ich lachte über Stavecks Clownerien: Er imitierte Bela Bartok der die ›Schöne blaue Donau‹ hört.

»Furrrrrchtbar«, stöhnt Staveck, »entseeeetzlich...«

Kreuzgewölbe über meinem Kopf, ein französisches Orchester spielt Offenbach mit einem wahnsinnigen Rhythmus.

Gläser stoßen aneinander.

»Skol! Prost!«

Das Leben ist schön. Der Erbe von Skoda in Pilsen macht mir diskret den Hof, und auch der liebe Mathias ist da, lächelnd und sanft. Alles funkelt wie Champagner. Die Welt schäumt über, man offeriert mir Blumen...

Und in dieser Nacht ist Avram gestorben.

Der Leichenzug erreicht die Ostseite des Fischerturms. Die Straße vor uns ist leer. Es ist früh am Tage, die Sonne hinter der Akademie noch nicht voll aufgegangen. Ich denke, Avram hätte diese rechtekkige, öde Weite gemocht und dabei wieder an das ferne Rußland gedacht, an damals, an die Riesenräume, die er einmal liebte.

Mein Kloß in der Kehle kommt vom Schmerz, aber auch von tiefer Verbitterung: Wir sind nicht einmal dreißig Trauernde. In den düsteren Zügen meiner Brüder errate ich die gleiche Traurigkeit.

Hatten wir denn so wenige Freunde?

Und doch: Was für ein Wirbel um Avram, wenn wir mit ihm sangen und lachten! Wie oft sah ich ihn Hände schütteln, auf Schultern schlagen, ungeschickt den verstohlen dargebotenen Händen Geldscheine zustecken...

Aber dieser Avram erreicht die letzte Ruhestätte nur in Begleitung seiner Familie und einiger weniger Getreuer.

Das graue Pflaster färbt sich rosig in der Morgenröte, und die schwarzen Pferde schaukeln ihre dunklen Schabracken.

Der Kutscher trägt einen riesigen Federbusch, der von seinem Zylinderhut herunterhängt, aber ich sehe ihn schon nicht mehr, so sehr füllen sich meine Augen mit Tränen.

Der Zug biegt langsam in die Kaposvarstraße, und die Hufeisen knallen laut unter den alten Arkaden, wo noch einige betrunkene Nachtschwärmer um die Pfeiler streunen.

Und plötzlich bricht der Sturm los: Unzählige Geigen schmettern vereint die erste Note, und es scheint mir, als ob ein Riesenvogel über Budapest hinwegfliegen würde, ein Musikvogel, der den Sarg meines Bruders mit dem großen Flügel der Freundschaft bedeckt. Sie stehen unbeweglich in allen Nachbarstraßen, die meisten noch im Bühnenkostüm, denn sie kommen gerade vom Spielen in den Lokalen. Man sieht ihre paillettenbesetzten Hemden glänzen, rot, grün und blau, die großen, aufgeblähten Ärmel und die hohen, geschmeidigen Stiefel der ungarischen Zigeuner.

Dann marschieren sie alle los und spielen gemeinsam. Ich blicke mich um und sehe die Straße hinunter, sie ist voll erhobener Geigenbögen, dahinter eine Riesenmenge, als ob die ganze Stadt gekommen wäre, von meinem Bruder Abschied zu nehmen.

Von überallher sind sie also herangezogen, von allen Ecken der Metropole, sogar von außerhalb. Ich erkenne Leute aus Tatabanya, aus Szolnok, aus Bekes am anderen Ende des Landes. In düsteren Eisenbahnwagen sind sie nachts durch die weiten Ebenen hergerollt. Später erfuhr ich, daß mehrere Dorforchester aus der Umgebung im kalten Morgenwind gewartet hatten, um Avram Boronsky die letzte Ehre zu erweisen.

Ununterbrochen rollen mir die Tränen über die Wangen. Ich laufe ein bißchen abseits und stelle mich auf die Zehenspitzen: Die nachdrängende Menge überflutet nun die Straße, ganz hinten biegt sie um die Ecke, so daß man das Ende der Schlange nicht sieht. Über mir knallen Fensterläden, auch auf der anderen Straßenseite. Budapest stürzt an die Fenster, mein Gott, die ganze Stadt grüßt dich, Avram, großer Bruder. Wie unrecht hatte ich eben, niemand hat dich vergessen!

Die Musik schwillt an, ein altes Lied, gleichzeitig volkstümlich und religiös. Gegen meinen Willen tasten die leeren Hände nach Noten auf einer unsichtbaren Geige. Nun sind die Fenster und Balkons schwarz vor Menschen. Budapest im Nachtgewand beugt sich herunter und grüßt den Leichenwagen.

Max drückt mir heftig den Arm, die Tränen laufen ihm bis in den Schnurrbart.

»Toll«, sagt er. »Das ist entsetzlich, aber ich bin glücklich.«

Lieber Max, ich verstehe, was er sagen will, trotz des erstickenden Schmerzes hat sich eine tiefe Freude in mir eingenistet, ich verdanke sie all diesen Menschen, die mit uns gehen. Auch sie kommen von weit her, aus Rußland, Polen, über alle Wege Europas, um schließlich in dieser gewaltigen Prozession sich zu vereinen, die einen der Ihren zu Grabe trägt.

Die Musik hat aufgehört, nur noch das Stapfen der Menge hallt auf dem alten Pflaster.

Ich weiß nicht, was mit mir los ist, plötzlich drehe ich mich herum und schreie lauthals: »*Steppenpferde!*«

Das ist Avrams Lieblingscsárdás: Tausendmal hörte ich, wie er ihn pfiff, morgens, wenn er von einer durchgearbeiteten Nacht heimkehrte; bevor er sich zu Tisch setzte, sang er ihn manchmal mit seiner tiefen Stimme. Er spielte ihn jeden Abend.

Bewegung, Zögern unter den Musikern, dann plötzlich steigen die Noten auf. Ich sehe die Welt durch einen Schleier, einen Schleier jagender, immer schneller kommender Töne, in immer abgehackterem Rhythmus.

Wer nicht spielt, klatscht in die Hände. Eine gleichermaßen warme und klare Frauenstimme erhebt sich aus der Menge. Die Geigen legen los, und etwas Wunderbares passiert. Die Pferde gehen rascher, als ob die Musik ihnen die Last erleichtere. Vorbei der feierliche Pomp! Ich schließe die Augen bei diesem Musikgewitter, eine Sintflut von Klängen strömt an diesem Morgen über Budapest. Mir scheint, als trabten die Pferde noch schneller, immer schneller, als fingen wir alle an zu rennen wie Verrückte, hinter dem bereits fliegenden Pferdefuhrwerk bis in den wolkenlosen Himmel hinein, bis ins tiefste Blau, mit der ganzen Stadt wie einen Kometenschweif auf den Fersen.

Über die Köpfe hinweg erahne ich das Friedhofsgitter. Was sagt das schon? All diese Leute hier sind gekommen, um dem scheidenden Freund seinen Lieblingsgesang darzubringen. Was mich betrifft, so wünsche ich nun keine weiteren Zeremonien mehr. Avram verläßt uns, gefeiert von Freunden und Geigen. Da genügt es mir, zu wissen, daß ihm diese Gesellschaft gefallen hätte.

Acht Monate sollen noch vergehen, bevor ich Budapest verlassen werde.

Die Blumen, die ich jede Woche am Grab meines Bruders im jüdischen Friedhof von Budapest abstelle, ähneln nicht denen, die man allabendlich auf den Tischen der Begüterten findet; meine haben einen anderen Duft und andere Farben, sie stehen für Kummer und Zärtlichkeit.

Ich liebe die Ruhe dieser Stätte, die Geräusche der Stadt dringen nicht bis hierher. Oft treffe ich hier Amelie, dann gehen wir gemeinsam durch das neue Viertel. Dort lassen sich die Großgrundbesitzer, die Magnaten, herrliche Häuser mit Kolonnaden bauen. Dort gibt jeder Stein etwas wieder vom Schweiß der abhängigen Bauern in der großen magyarischen Ebene.

Dem Schmerz über Avrams Tod folgt ein weiterer, der noch grausamer ist: Marko, mein geliebter Vater, läßt sich seit dem Hinscheiden seines Ältesten gehen. Nichts kann seinen Kummer lindern, der ihn Tag und Nacht quält.

Der Mann, der die Pogromfanatiker verjagte, der fröhlich durch die Gassen von Istanbul streunte, den gibt es nicht mehr. An jenem unbeweglichen Greis, der vom Sessel seines Zimmers nicht mehr aufsteht, würde niemand den lebensfrohen Gurkenvertilger und Wodkatrinker mit dem so schallenden Lachen wiedererkennen.

Jeder Tag, der vergeht, nimmt etwas mit hinweg vom ehemaligen Marko.

Mama hat den Schock besser verkraftet, gegen alle Erwartungen. Sie zwingt sich zum Kampf, arbeitet eisern an ihrer Näherei. Sie hat die Leitung der Küche übernommen, und über der Tätigkeit vergißt sie ihren Sohn.

Ich weiß, was meinen Vater aufzehrt: Er glaubt, daß er an Avrams Tod die Schuld trägt. Das hat er sich so eingeredet. Denn er, Marko, hatte die Idee der Antisemitenjagd, er hatte seine Söhne auf die Kosaken gehetzt. Die Kugel, die Avram traf und schließlich tötete, glaubt er, selbst abgeschossen zu haben.

Das wird er sich nie verzeihen. Wenn ich ihm spät in der Nacht seine Suppe bringe, dann weiß ich, daß mein Vater unter der schwersten Krankheit leidet, die es gibt: der Tod erscheint ihm wie der Arm der Gerechtigkeit.

Sein Kamerad von damals ist fort, er selbst, der Avram zu diesen mörderischen Unternehmungen gebracht hat, muß nun seinerseits sterben. Er spricht jetzt nicht mehr, sein Bart ist struppig, er wird mager, ähnelt bereits seinem Sohn...

Ich werde mich nicht über seine letzten Monate verbreiten, ich will sie vielmehr vergessen, um lediglich die Erinnerung an einen zärtlichen, riesenhaften Mann zu bewahren, dessen Lachen im Haus von Kesat überquoll, der mich an die Decke warf, so hoch, daß ich dachte, ich stürbe vor Freude.

Sechs Monate nach seinem Sohn verschied Marko Boronsky, nachdem er Tag für Tag langsam gestorben war.

Auf der verlassenen Straße, von der selbst die Fiaker verschwunden sind, hat uns Max tränenüberströmt versammelt.

Er ist nun der Familienchef. Seine Stimme klingt gebrochen: »Ich meine, es ist uns jetzt nicht mehr möglich, in Budapest zu bleiben...«

Recht hat er. Wir müssen diese Stadt fliehen, unter deren Erde zwei der Unseren ruhen. Wieder heißt es aufbrechen, den Marsch nach Westen fortsetzen... Werden wir Amerika je zu Gesicht bekommen?

Auf dem Bahnsteig verschwimmt sanft die Silhouette von Mathias Renfeld. Er winkt mit dem Taschentuch, einem weißen, winzigen Fleck, der bereits im Nebel der ungarischen Nacht verschwindet.

Fünftes Buch

I

Kaum eine Woche nach meiner Ankunft war mir klar, daß ich eine treue Kundin des Café Sacher werden würde; daß der Wiener Kaffee, und besonders der Kaiserschmarrn in meinem Herzen die Budapester Krapfen verdrängten. Der Kaiserschmarrn ist eine der bedeutendsten Erfindungen der Menschheit: ein gezuckertes, mit Konfitüre und Korinthen angereichertes Omelett.

Ich frage mich, wie ich es während dieser Jahre schaffte, nicht eine jener enormen, mit Vanillecreme, Schlagsahne und Marmelade gemästeten Damen zu werden, die das Restaurant Keller nur verlassen, um sich an Bergen von Gebäck in den Teesalons des Ring und des Prater gütlich zu tun.

Wir wohnen im alten Viertel am Stephansdom, Schillerstraße 14. Malerisch und ruhig, umgeben von kleinen, überdachten Gassen.

Die Wohnung ist gemütlich, wenn auch klein. Nicht zu vergleichen mit Mathias' Behausung, aber man muß auch sagen, daß die Lebensqualität bei uns nachgelassen hat. Max konnte keinen Job in einem Orchester finden. Sonntags fiedelt er bei einem Ringelspiel an der Straße nach Nußdorf. Eine kleine Gruppe, er verdient nicht viel dabei. Mit einem Orchester schaffte ich es, dank Renfelds Empfehlung in einem Bierlokal unterzukommen, aber vom ungarischen Luxus bleibt nichts übrig: Mehr oder weniger eilige Kunden verschlingen kalte Platten und trinken Bier, während wir dazu spielen, auf Fässern stehend.

Das Programm ändert sich kaum: Kaiserwalzer, Fledermaus, Zigeunerbaron. Ich habe den Eindruck, daß die Erde aufhören würde, sich zu drehen, wenn ich mal etwas spielte, das nicht von Johann Strauß stammt. Dann würden mich diese braven Österreicher lynchen, ohne auch nur eine Sekunde zu zögern.

Wir spielen zwischen Sängerauftritten, falschen Tirolern in Landestracht, die unerträglich blöken, pseudoneapolitanischen Schreihälsen und angeblichen indischen Fakiren, so wie wir angeblich Zigeuner sind. Nur das Bier ist echt in Karl Sieverings Kneipe.

Heute, am Sonntag, haben wir schönes Wetter.

Mama hütet das Haus und schreibt Briefe. Janni und Isaak absolvieren ein Sondergastspiel im *Apollo,* dem größten Saal Europas. Boris und ich, wir sind ausgegangen.

Es stimmt, die Donau ist blau in Wien.

Ein milder Frühling. Mit dem Omnibus fahren wir nach Schönbrunn: Von dichtem Laub überschattete Alleen, der Neptunsbrunnen.

Die Besucher schlendern heran. Wiens Sonne wärmt bereits, der Himmel ist so blau wie damals über den ukrainischen Steppen, ein tiefes, königliches Blau.

Um die Blumenbeete, Steinvasen, die jagenden Dianen und die lechzenden Venusgestalten herum promeniert Wien.

Vom Gartenhäuschen aus, oben auf dem Gipfel des Hügels, kann man die Stadt übersehen, die Stadt der Walzer und der Blumenkorsos, die Stadt des Tanzes.

»Du träumst wieder«, sagt Boris. »Langweilst du dich?«

Ich lächle ihn an.

»Nein, aber ich hab' Angst, daß du dich langweilst. Es ist kein Spaß für einen Jungen, mit seiner Schwester auszugehen.«

Er lacht und nimmt mich am Arm.

Wie Boris sich verändert hat! Er wirkt gereift, besonders seit Vaters Tod. Ich glaube auch, daß er wirklich an Irene hing, daß dieses Abenteuer ihm mehr zugesetzt hat, als er wahrhaben will.

»Du bist verrückt«, protestiert er. »Mir gefällt's hier. Möchtest du dich setzen?«

Wir haben auf einer Steinbank Platz genommen, bewacht von einem Kalk-Herkules mit aufgeblähtem Bizeps und herrlich lockigem Bart.

In den Alleen, um den Springbrunnen herum, überall Frauen mit großen Hüten, bandgeschmückten Organdikleidern, Locken unter Sonnenschirmen.

Ich blinzle in dem grellen Licht.

»Weiß ist in Mode«, sage ich. »Sehr schön.«

Unbeweglich betrachtet Boris das Schauspiel. Ganz hinten erkennt man das ockerfarbene Schloß, seine hohen Fenster.

»Willst du in den Zoo gehen?«

Ein Vorschlag, zu verlockend, um ihm zu widerstehen. Boris lacht über meine Begeisterung, und schon stehen wir vor den Dromedaren und Giraffen. Ich hab' noch nie welche gesehen! Boris ist hingerissen von den Affen, ruiniert sich mit teuren Erdnüssen.

Eine dichte Menge… Kinder lachen und laufen in den Alleen.

Am Kiosk spielt ein Orchester Johann Strauß.

»Den kriegen die wohl nie satt«, murmelt Boris.

Ich ziehe ihn am Ärmel. »Hast du keinen Durst auf ein Bier?«

Er gluckst.

»Ich wette, du stopfst dich nur wieder voll mit diesem Mist, den sie Schlagsahne nennen.«

Ich streite das entschieden ab, aber sowie wir Platz genommen haben, bestelle ich Strudel mit Vanillesauce.

Am Tisch neben uns sitzt eine junge Person im Spitzenkleid, mit einem Sonnenschirm, den sie hin- und herdreht. Sie bombardiert meinen Bruder mit Blicken, so daß er automatisch seinen Schnurrbart streicht.

Wenn ich den restlichen Sonntag nicht allein verbringen will, müssen wir jetzt gehen.

Ich esse rasch meinen Teller leer und ergreife gebieterisch Boris' Arm.

»Vorwärts, wir haben die Elefanten noch nicht gesehen. Die sind mir sehr wichtig.«

Er folgt mir resigniert.

Einige Spaziergängerinnen lassen die Fächer spielen, denn der Frühling ist warm in Österreich.

Wir durchqueren den gewaltigen Park noch bis zur Römerruine.

Einsam hockt ein Mann im Schatten einer Säule.

Er betrachtet mich mit seltsamen, gleichzeitig blassen und durchdringenden Augen. Ich meine, ihn zu kennen, weiß aber nicht, wo ich ihn bereits gesehen habe. Ein alter Mann. Unter dem breitrandigen Hut ringeln sich weiße Haare fast bis auf die Schultern.

Dieser Mann scheint über eine eigenartige Macht zu verfügen, die mich anzieht und beunruhigt.

»Boris?«

»Ja?«

»Dreh dich nicht um, aber ein alter Mann sitzt da vor der Säule, hast du den schon mal gesehen? Ich komme nicht darauf, wo, aber ich bin sicher, daß ich ihn schon getroffen habe.«

Langsam wendet sich Boris um und schaut ihn an. Ich sehe, wie seine Brauen sich runzeln.

»Ich weiß nicht«, sagt er zögernd, »ich glaube nicht, daß ich ihn schon gesehen habe.«

Hinten am Horizont sind plötzlich Wolken aufgetaucht.

Bei der Heimkehr im Omnibus folgt mein Blick den Fassaden der Hollandstraße, aber hinter den sonnenüberstrahlten Fenstern hebt sich das Greisengesicht von der römischen Ruine ab.

Seine bleichen Augen fixieren mich.

Wer ist dieser Mann?

Greta lächelt mich an, mit vier Bierkrügen in jeder Hand. Sie stellt sie vor einer Gruppe lautstark-heiterer Wiener ab, geht zurück zur Theke, wiegt sich in den Hüften.

Heute abend ist was los bei Sievering, viel Lärm, Lachen und Gespräche hallen wider, übertönen manchmal die Geigen.

Ab geht's mit der Ouvertüre zur ›Fledermaus‹.

Ich hebe den Bogen, und das Boronsky-Quartett zeigt seine Wiener Seite.

Beim Spiel schaue ich mich im Saal um: Ich mag diese nachgemachte Taverne, die Balken, die dicken Mauern, die Tonnengewölbe und die schweren, ländlichen Tische, sie sind alle besetzt, besonders hinten. Dort beugt sich ein Schwarm Frauen über jemanden, den ich nicht erkenne.

Einen Augenblick wende ich mich ab, beobachte zwei Pärchen, die einen Tanz begonnen haben, und plötzlich spüre ich die bleichen Augen.

Mein Geigenbogen bleibt in der Luft hängen, während meine Brüder weiterspielen. Ich überspringe drei Takte, verpatze den Vierten, und mein Wiedereinstieg wird eine Katastrophe.

Zwischen den Frauen um ihn herum, die sich zur Seite hin verdrückt haben, starrt mich der Mann an: Es ist der Greis von der Römerruine im Park von Schönbrunn.

Hier also habe ich ihn schon gesehen, aber niemals begegnete mir ein derartig faszinierender Blick. Er nimmt einen gefangen und macht einen schwindlig.

Wer ist dieser Mann?

Beim letzten Akkord habe ich mich entschlossen: Ich muß es wissen.

»Greta!«

Die Kellnerin wischt sich den Schaum an der Schürze ab, der ihr immer zwischen den Fingern herunterläuft.

»Ja?«

Ich springe von meinem Faß und flüstere ihr ins Ohr: »Nur eine Auskunft: Wer ist der alte Herr dort hinten, um den all die Gänse herumsitzen?«

Greta bekommt ganz große Augen.

»Das weißt du nicht? Das ist doch Veriblansky!«

So wie sie das sagt, glaube ich zu verstehen, daß die ganze Welt außer mir Veriblansky kennt.

Dennoch gebe ich meine Ignoranz ohne Zögern zu.

»Aber wer ist denn Veriblansky?«

Greta zieht einen Flunsch und hebt voller Bewunderung einen Finger.

»Das vermag niemand zu sagen, mein Kleines, man weiß nur eins...«

Sie beugt sich zu mir herunter, formt eine Muschel aus ihrer Hand an meinem Ohr, und murmelt mysteriös: »Es heißt, er ist über zweihundert Jahre alt.«

Ich fahre zusammen.

»Du glaubst doch nicht derartigen Unsinn!«

Greta grinst überlegen.

»Das sagst du, weil du ihn nicht kennst. Aber in Wien überrascht das keinen mehr.«

So viel Gutgläubigkeit verschlägt mir die Sprache.

Der metallische Blick liegt immer noch auf mir, ich brauche mich nicht herumzudrehen, um das festzustellen, ich spüre es durch die seltsame Wärme in meinem Nacken.

Eine letzte Frage riskiere ich noch: »Aber was ist er von Beruf?«

Greta schwenkt auf den Absätzen herum und wirft mir, bevor sie verschwindet, noch zu: »Er ist ein Zauberer!«

Ich betrachte den alten Mann und höre auf, Anna zu sein. Seine Augen ziehen mich heran. Ich fühle mich wie ein Spatz, den eine Königskobra anstarrt.

Mit heftiger Anstrengung reiße ich mich los und klettere zurück auf mein Podium.

»Mein Gott«, keucht Janni, »beeil dich! Vater Karl schmeißt uns raus, wenn wir nach jedem Stück zehn Minuten Pause machen.«

Bis zum Schluß schaute ich nicht mehr hin zu Veriblansky.

Es vergingen drei Tage.

Jeden Abend saß er dort, immer umgeben von jeweils neuen Frauen, jeden Abend fühlte ich seinen Blick.

Am vierten Tag hielt ich's nicht mehr aus. Nach meinem Auftritt stellte ich die Geige ab, ging festen Schrittes an seinen Tisch und setzte mich hin. Seine letzte verbliebene Begleiterin war gerade fortgegangen.

Wir sahen uns an.

Da erkannte ich zum erstenmal ein Lächeln unter dem kalten Metall der riesigen Augen.

»Guten Tag, Anna«, sagte er.

Seine Stimme klang angenehm, erstaunlich freundschaftlich.

Ich zuckte zusammen.

»Sie kennen meinen Namen?«

»Nun, ich bin doch ein Zauberer«, antwortete er. »Was mir die Dinge noch einfacher machte, war Ihr Name in großen Lettern an der Tür des Lokals.«

Ich fing an zu lachen, und er fiel ein.

So begann die Geschichte von der echtesten Freundschaft, die ich jemals empfand. Zwischen dem alten Mann und dem achtzehnjährigen Mädchen, das ich war, sollte etwas entstehen, das erst mit dem Tod enden konnte. Ich spürte es sofort und weiß, daß bei ihm dasselbe passierte.

»Ich kann noch ein bißchen ausholen«, fuhr er fort. »Sie sind Russin, Jüdin, haben eine zahlreiche Familie, kürzlich litten Sie an einem großen Schmerz, und Sie möchten nach Amerika auswandern.«

»Stimmt genau«, sagte ich. »Aber das ist keine Hexerei: Daß ich Russin bin, erkennen Sie an meinem Akzent, wenn eine Russin in Österreich lebt, besteht die Möglichkeit, daß sie Jüdin ist, meine jungen Mitspieler ähneln mir genügend, um meine Brüder zu sein... Na, und Amerika ist schließlich Ziel aller Verbannten.«

Veriblanskys Lächeln wurde noch breiter, er rieb sich die Hände.

»Ausgezeichnet. Sie sind eine sehr gute Schülerin. Und was Ihren großen Kummer betrifft, so kam ich darauf, weil Sie oft traurig wirken und gequält lächeln; aber nicht in diesem Moment.«

Ich stützte die Ellenbogen auf den Tisch.

»Reden wir von Ihnen. Stimmt es, daß Sie zweihundert Jahre alt sind?«

Er rief etwas und hob die Augen zum Himmel.

»Die Leute übertreiben immer. In Wirklichkeit werde ich im nächsten Juli erst 198.«

Wieder brachen wir gemeinsam in Lachen aus. Er sah sich um, beugte sich ein bißchen vor und sprach leiser: »Wenn ich Ihnen sage, daß ich erst einundsiebzig bin, sind Sie dann sehr enttäuscht?«

»Überhaupt nicht. Ich sag's bestimmt keinem weiter.«

Er wurde ernster, fixierte mich.

»Deshalb hab ich's Ihnen anvertraut, weil ich weiß, daß Sie es nicht austratschen. Möchten Sie Strudel mit Sahne?«

Jetzt hatte er mich erwischt.

»Woher wissen Sie, daß ich das mag?«

»Die Wangen und der Mund... Die Wangen sind voll, eine Falte um die Unterlippe verrät Naschsucht. Außerdem mögen neun von zehn Mädchen rasend gern Strudel, das Risiko des Irrtums ist also minimal.«

Zwei Minuten später stopfte ich mich mit Strudel voll, und wir schwatzten miteinander, als ob wir uns seit ewigen Zeiten kennen würden.

Sein Vater war eine der seltsamsten Figuren von Warschau gewesen, ein berühmter Astrologe, den die gesamte polnische Aristokratie konsultierte. Er hatte Bücher über die Tierkreiszeichen geschrieben und durch das Studium der Ohrfalten eine neue Wahrsagemethode entwickelt. Selbstverständlich war sie unfehlbar.

Im Alter von dreizehn Jahren entschloß sich der junge Michael Veriblansky, dem väterlichen Haus zu entfliehen, ein pittoreskes Wanderleben zu beginnen. Er las aus der Hand, legte Karten, erkannte vieles aus dem Kaffeesatz oder der Kristallkugel und zog quer durch Europa, mit zwei Pferden vor einem Karren.

Mit dreißig Jahren erfand er ein Spezialkartenspiel aus Tierkreiszeichen, hebräischen Büchern, entlehnten Zauberfiguren und ägyptischen Hieroglyphen. Der Erfolg ließ nicht auf sich warten. Veriblansky erwarb Häuser in den wichtigsten Hauptstädten und lebte auf großem Fuße.

Nach mehreren Schicksalsschlägen verbrachte er nun seinen Lebensabend in Wien.

»Was willst du, Anna, ich habe keinen Beruf erlernt, bin im Grunde ein armer Herumtreiber, unfähig, etwas anderes zu tun, als die Zukunft vorauszusagen. Natürlich ist das nicht jedem gegeben, so war ich gerettet.«

Er lebte ziemlich gut, empfing die Wiener Gesellschaft in einer seltsamen, mit schwarzem Samt ausgestatteten Wohnung. Eigenartige Lichteffekte gab es da. Außerdem beriet der Magier Frauen, die das wünschten, in Vater Karls Lokal.

Ein Thema wollte ich bei ihm nur ungern anschneiden, und das von den ersten Tagen unserer Begegnung an. Aber bald hielt ich es nicht mehr aus.

»Michael, haben Sie – haben Sie Macht?«

Er schlug sanft die herrlichen Augen nieder.

»Ja… Ich kann mein Gehirn in Gang setzen.«

Da ich nicht recht verstand, zeigte er auf eine Frau ein paar Tische weiter, die uns rasche Blicke zuwarf.

»Ich werd's dir erklären. Siehst du diese Dame? Eine Kundin. Sie hat noch nicht gewagt, sich uns zu nähern. So, wie sie gekleidet ist, kommt sie nicht mit Geldproblemen zu mir. Sie wirkt aufgeregt, und wenn man ihr Alter in Rechnung stellt, kann es sich wohl nur um Liebe handeln. Wir wissen, sie ist schüchtern und ängstlich. Sie fragt sich also, ob sie geliebt wird. Ich weiß, daß dies der Fall ist, denn sie ist hübsch, begehrenswert, ein Leckerbissen. Ich muß ihr jedoch empfehlen, mißtrauisch zu sein: Ihr Ehemann ist sicher eifersüchtig – du hast den Trauring bemerkt? Der in Frage kommende Herr ist wohl etwas älter als sie, denn ihr Typ gefällt reifen Männern. Wir nehmen also an, daß er zwischen 1885 und 1890 geboren ist. Die große Vornamenmode zu dieser Zeit war Leopold oder Franz. Leopold war verbreiteter, und da die Eltern des besagten Herren wohl dem Bürgertum angehörten, haben sie sicher Franz gewählt. Wir werden's riskieren.«

Er bedeutete der Dame, näher zu kommen, fixierte sie lange mit seinen durchdringen Augen, nahm ihre Hand, drehte sie um, berührte ihre Handfläche und sagte: »Franz liebt Sie.«

Der Mund blieb ihr offenstehen, sie schlug die Hände zusammen, wurde scharlachrot und murmelte wie betäubt: »Das ist wunderbar, man hat mich nicht getäuscht über Ihre Zauberkräfte!«

Er holte sein Kartenspiel heraus, machte ihr eine Reihe sehr detaillierter Eröffnungen und steckte dafür zwei Goldstücke ein, mit denen er mir Strudel spendierte.

»Übrigens«, sagte er, »unter uns: Franz war ihr Mann!«

Ich verschluckte mich an der Schlagsahne, und er teilte meine Heiterkeit.

»Aber wenn sie überhaupt keinen Franz gekannt hätte, dann wäre doch alles geplatzt!«

Er schüttelte den Kopf.

»Das wäre noch besser gewesen… Franz würde dann zu einem unbekannten, aber doch vorhandenen Mann, der sie heimlich liebt. Ich hätte ihr das genau beschrieben und sie noch stärker beeindruckt.«

»Im Grunde«, meinte ich gerührt, »sind Sie nur ein geschickter Lügner.«

Er lachte, tat mir noch Sahne auf und fügte hinzu: »In aller Bescheidenheit glaube ich, daß du völlig recht hast: Mein ganzes Leben ernährte ich mich von der allgemeinen Leichtgläubigkeit. Guten Appetit.«

»Aber dann nutzen Sie doch die Leichtgläubigkeit aus und betrügen die Leute! Ja, Sie bestehlen sie sogar!«

»Wichtig ist nur das Glück. Kommt es nicht darauf an, die Menschen ihre tägliche Plage vergessen zu lassen, ihnen Hoffnung zu machen auf bessere Tage?«

Ich lasse Michael Veriblansky seine Theorien aus Gutmütigkeit und gesundem Menschenverstand entwickeln. Wir werden langsam Komplizen, treffen uns jeden Abend. Er erzählt mir Anekdoten und lehrt mich, die Karten zu benutzen. Ich beherrsche bereits das Schicksalsspiel und begreife, wie einfach es ist, den Kunden Informationen zu entlocken, wobei sie gar nicht bemerken, das sie sie uns geben.

Meine Brüder amüsieren die langen Diskussionen mit meinem alten Freund. Ich brauche sie als Versuchskaninchen und lege ihnen die Karten, ebenso wie Mama und Max. Ich beginne, etwas davon zu verstehen.

Jeden Abend bietet mir Michael Veriblansky Strudel an, trinkt selbst einen starken, speziell für ihn bereiteten Kaffee.

»Das sollte ich lassen. Das Herz leidet darunter, und sehr robust ist es nicht mehr. Aber ich mag Kaffee zu sehr, ich will nicht darauf verzichten.«

»Können Sie Ihre eigene Zukunft nicht voraussagen?«

Ein ganz sanftes Lächeln erhellt das alte Gesicht.

»Vor einiger Zeit hat meine Zukunft aufgehört, mich zu interesieren... Jedenfalls würde es mich überraschen, wenn ich dreihundert Jahre leben sollte.«

Mit dem Löffel zeichne ich krumme Linien auf meinem Teller.

»Warum möchten Sie mir nicht meine Zukunft enthüllen?«

Mindestens schon zehnmal versuchte ich, ihn dazu zu bringen, aber bislang hat er stets abgelehnt. Er wedelt mit den fast durchsichtigen Händen und lehnt sich auf dem Sitz zurück.

»Mit diesen Sachen verdiene ich mir meinen Lebensunterhalt. Du bist nicht dumm, Anna, du weißt, daß kein Mensch in die Zukunft schauen kann, und da erwartest du, daß ich sie dir enthülle. Glaubst du nicht, daß sie ein Geheimnis ist?«

Ich bleibe hartnäckig.

»Ich weiß, das ist stur von mir, Michael, aber ich würde sie trotzdem gern wissen.«

Der alte Zauberer schüttelt den Kopf.

»Was bist du für ein Dickkopf. Da du aber sowieso keine Ruhe gibst, bevor ich deine Neugier nicht befriedigt habe, will ich mal den Superschlauen spielen. Komm Sonntag zu mir, wir bedienen uns dann der Kristallkugel. Das ist genauso wirkungslos wie alles andere, aber spektakulärer. Ich glaube, es wird dir gefallen.«

So besuchte ich meinen alten Freund am nächsten Sonntag.

Erst mal stopfte er mich mit dem besten Strudel voll, den ich je gegessen hatte, bereitete mir einen Chinatee und brachte mich dazu, daß ich Tränen lachte, als er ein Astrologengewand anzog, das er früher verwendet hatte, um die Phantasie des Volkes anzuregen: eine mit Sternen und kabbalistischen Zeichen bedeckte Robe, dazu die spitze Zaubermütze und den Zauberstab.

Auch nach vielen Jahren habe ich es nicht geschafft, alles an diesem Mann zu verstehen. Ein großer Psychologe, der das Übernatürliche verspottete und vorgab, seine einzigartige Augenfarbe hätte ihm die Arbeit ungeheuer erleichtert. Dennoch schien es mir, daß die Dinge nicht ganz so einfach lagen, daß mehr dahintersteckte, daß er eine unerklärliche Gabe besaß, über die er nicht reden mochte.

Nachdem ich ihn ordentlich gebettelt hatte, willigte er ein – aus Koketterie. Aber alles, was er mir anvertraute, wurde später wahr.

Von diesem Tag an wußte ich, daß ich Amerika nie erreichen würde. Er gab mir die genaue Anzahl meiner Kinder bekannt, was mir einen gelinden Schreck einjagte, aber er täuschte sich nicht.

Ich lieh mir von ihm Bücher über Handlesekunst, Hellseherei, Kartenlesen und verschlang sie. Ich flirtete um diese Zeit mit zwei Jungen, und diese Braven hatten es nicht leicht mit mir. Ich akzeptierte romantische Rendezvous am Donauufer, wir saßen auf mondbeschienenen Bänken, und stets gab es ein unvermeidliches, fernes Orchester, das uns mit süßlichen Weisen überschüttete: kurz, das Ideal für ein junges Paar.

Wenn ich Platz genommen hatte, verlor ich keine Zeit mit zärtlichen Worten, Küssen oder anderen Albernheiten. Ich nahm die Hände des Jungen, drehte sie hin und her und begann eine endlose Rede über Lebenslinie, Glückslinie, Herzlinie, unerwartete Begegnungen, einen Brief, eine Frau in Schwarz etc. Unsere Gespräche nahmen immer dieselbe Wendung.

Er: »Anna, Liebling, spüren Sie diesen unsagbar sanften Frühlingshauch? Wien duftet heute abend, verborgene Zärtlichkeit hängt in der Luft, so schwer wie mein Herz, das nur von Ihnen spricht, seit wir uns trafen.«

Ich (über die Handfläche des jungen Mannes gebeugt): »Sie hatten nicht zufällig mit vier oder fünf Jahren die Windpocken?«

Im allgemeinen hielten es meine Verehrer nicht lange aus. Nach zwei oder drei Sitzungen dieser Art empfahlen sie sich diskret. Ich sah sie nicht wieder.

Ein einziger, Joseph, verliebter als die anderen, schenkte mir eine Brosche mit den Tierkreiszeichen darauf. Bei jeder meiner Erklärungen brach er in Begeisterung aus.

Pech für ihn, daß ich es eines Tages merkte: Er log, um mir einen Gefallen zu tun. Denn ich verkündete ihm, daß er zwei jüngere Schwestern und einen älteren, verheirateten Bruder hätte. Da riß ihn meine unzweifelhafte Hellsehergabe zu dem Ausruf hin: »Das ist ja wunderbar, Anna! Sie sind eine wirkliche Zauberin.«

Am nächsten Tag aber erfuhr ich, daß Joseph einziger Sohn war, und im selben Augenblick machte ich Schluß mit ihm, trotz seiner Proteste.

Kurz, die Wahrsagerei, die Geheimwissenschaft, hatten es mir angetan, und ich dachte nur noch daran. Michael lachte über meine Begeisterung.

Dennoch, wäre ich wirklich mit dem zweiten Gesicht begabt gewesen, hätte ich erraten müssen, daß unser verehrter Chef Karl Sieverin waghalsig Geld plaziert hatte, und daß er, als ihm das Wasser bis zum Hals stand, ein gutes Viertel seines Personals entlassen würde. Und zu diesem Viertel zählte das Orchester Anna Markowa.

Arbeitslos.

Das Wort gab's damals noch kaum, aber auf mich traf es ohne Zweifel zu.

Max hatte sich wieder auf die Photographie geworfen, denn sein Geigenspiel reichte nicht mehr aus. Von Zeit zu Zeit mußte er Aufnahmen von Familienfesten und besonders von Beerdigungen machen. Es war damals Mode, den lieben Verblichenen auf seinem letzten Ruhelager zu porträtieren. So sah Maxens Lieblingsbeschäftigung aus, er konnte in Ruhe arbeiten, und die Abzüge waren nicht, wie sonst unvermeidlich verwackelt.

Boris und Janni begannen, sich Arbeit zu suchen, aber ich verdächtigte sie, das nur mit mäßiger Energie zu tun, denn ich überraschte sie mehrmals auf der Terrasse der Wemstuben, das heißt, der Kneipe mit dem besten Bier.

Undenkbar, daß man in der Walzerstadt keine Geiger brauchte. Und doch verhielt es sich so. Man suchte Gitarristen, Klarinettisten, Akkordeonspieler, aber nie Geiger. Hatten die Wiener diese Leute satt?

Ich schlenderte durch die Stadt, vom Zimmermannplatz bis zum Museum, bis in die Vororte, gab ein Heidengeld für den Omnibus aus. Abends steckte ich die schmerzenden Füße erschöpft in lauwarmes Wasser, das Mama in unserem Zimmer bereithielt.

Und dann, eines Tages, kam die Erleuchtung!

Ich spielte Geige, schön, aber ich hatte auch einen zweiten Beruf: Wahrsagerin.

Ich klingelte bei Veriblansky, wartete in seinem kleinen Salon, bis er einem Pärchen die Zukunft geweissagt hatte. Dann teilte ich ihm ohne viel Federlesens meine Pläne mit: auf seinen Spuren zu wandeln, seinem Beispiel zu folgen.

Veriblansky lächelte mich an.

»Betrachte das nur als Notbehelf, Anna. Aber wenn es dir nützt, mach es. Sag nie etwas, das deine Kunden belasten könnte, berate sie so, daß du ihre freien Entscheidungen nicht beeinträchtigst, dann ist alles in Ordnung. Du weißt genug, um in aller Ruhe zu operieren. Komm heute abend zu Sievering und fang damit an.«

»Und Sie?«

»Mach dir keine Sorgen um mich. Arbeite, Anna, kümmere dich um nichts sonst.«

So begann meine Karriere als Wahrsagerin.

Am selben Abend traf ich mit starkem Lampenfieber im Lokal ein, es war schlimmer, als wenn ich solo im *Metropolitan* aufgetreten wäre. Ich nahm Platz neben meinem Freund.

Schüchtern legte ich das Kartenspiel, welches er mir anvertraut hatte, auf den Tisch. Er benutzte es selbst.

Ich wartete.

Viele Leute. Zwei Kunden für Michael. Sie musterten mich, näherten sich aber nicht.

Die Zeit wurde mir lange.

Endlich setzte sich eine beleibte Dame neben mich und hob langsam ihren Schleier.

»Sind Sie nicht eine Freundin des Zauberers?«

Ich hustete und beteuerte mit tiefer, vornehmer Stimme: »Ich bin mehr als eine Freundin, ich bin seine Schülerin.«

Sie betrachtete mich, Zweifel in den Augen, während ich mit angestrengt-inspirierter Miene meine Karten mischte.

»Wirklich?« fragte sie.

»Ja, wirklich.«

Entschlossen, das Spiel zu Ende zu treiben, fügte ich hinzu: »Der Meister hat mir seine göttliche Gabe übertragen.«

Sie fixierte mich lange, murmelte mehrmals hintereinander: »Ich verstehe, verstehe, verstehe«, ließ den Schleier sinken und verschwand.

An diesem Abend stellte ich fest, daß ich nicht einen Kunden ergattern konnte. Ich besaß wohl nicht das richtige Äußere.

Trotzdem ging ich am nächsten Tag wieder hin. Diesmal richtete niemand das Wort an mich, und ich verzweifelte. Am dritten Tag langweilte ich mich an einem Tisch, an den mir Greta Strudelreste brachte, denn mein Portemonnaie war leer, und ich konnte mir keinen frischen leisten. Da lächelte mich eine junge Frau an und nahm neben mir Platz. Ich war so überrascht, daß ich zusammenfuhr. Sie wechselte die Gesichtsfarbe.

»Ich habe wohl Ihre Meditation unterbrochen«, sagte sie. »Verzeihen Sie, ich hätte merken müssen, daß Sie sich in Trance befanden.«

»Das hätte in der Tat gefährlich werden können«, erwiderte ich, »aber es ist zu spät, um das wieder gutzumachen.«

Ich sah sie an, fragte mich fieberhaft, was Michael an meiner Stelle geäußert hätte, und plötzlich platzte ich heraus: »Franz liebt Sie.«

Sie stieß den Schrei eines erschreckten Vogel aus und starrte mich fast verängstigt an.

»Woher kennen sie den Namen meines Sohnes?«

Ich fegte die Frage mit einer Geste hinweg. Wenn man die Mutter betrachtete, durfte der Sohn nicht über fünf Jahre alt sein.

»Packen Sie ihn warm ein, wenn er ausgeht, ich sehe eine Gefahr, die ihn bedroht...«

Ich las die Angst vom Gesicht der jungen Frau ab und fuhr fort: »Aber keine Bange, sie vermeiden das durch ein paar Vorsichtsmaßnahmen.«

Sie beugte sich vor und hauchte: »Sie meinen Beschwörungen?«

»Nein, einen Wollschal. Manchmal sind banale Methoden ganz praktisch.«

Sie lachte verständnisvoll: neugierig gemacht durch diesen vielversprechenden Anfang, wollte sie sich die Karten legen lassen.

Ich fühlte mich sicher. Ein paar Minuten später stellte ich aufblikkend fest, daß sich eine kleine Gruppe rund um den Tisch gebildet hatte. Ich begriff, daß meine Geschäfte sich gut anließen, und daß ich, wenn mir kein Patzer unterlief, eine Goldmine in Händen hielt.

Als wir fertig waren, vertraute mir meine junge Kundin an: »Sehen Sie, ich habe niemals gewagt, mich an den Meister selbst zu wenden, aber bei Ihnen... Das ist etwas anderes.«

Sie dankte mir überschwenglich, erhob sich ruckartig und ging.

Als sie aus der Tür war, stellte ich fest, daß sie mich nicht bezahlt hatte. Es war spät, man stellte schon die Stühle auf die Tische, und wieder einmal kehrte ich benommen heim.

Gott sei Dank hatte Max zwei Aufträge erledigt: eine Taufe und ein Leichenporträt. Mit dem Geld stand uns eine gute Woche bevor. Später, wenn die Hellseherei wirklich nichts einbrachte, mußte man daran denken, Mamas Schmuck zu versetzen. Sie hatte sich bereits über die Adressen von Pfandleihern informiert. Von ihnen gab es genug.

Ich blieb hartnäckig und ging am nächsten Tag wieder zu Sievering.

An dem Abend hatte ich vier Kunden.

Mein Verdienst: gut vierzig Schillinge.

Eine enorme Summe, wenigstens für mich. Und ich spürte, das war nur der Anfang.

Strahlend trat ich hinaus, und da kam mir ein Gedanke: Dieses Geld würde ich Michael Veriblansky geben, ich schuldete es ihm schließlich. Seit sieben Tagen hatte ich ihn nicht wiedergesehen. Ich fühlte, daß er mir freie Bahn lassen wollte, und deshalb nicht wieder bei Sievering aufgekreuzt war.

Ich kaufte einen riesigen Kuchen, eine Flasche französischen Wein seiner Lieblingsmarke, starken Tabak für seine Pfeife, außerdem Blumen. Um mir endgültig meinen Reichtum zu beweisen, rief ich einen Fiaker...

Im Wagen lachte ich wegen der Überraschung vor mich hin, die ich Michael bereiten würde. Mitternacht war schon vorüber, aber ich wußte, daß er noch nicht schlief.

Er hatte mir oft gebeichtet, daß er gegen Morgen bloß für zwei Stunden schlummerte.

Ich bezahlte den Kutscher und trat in das Haus Essiggasse 24, ein hohes, enges, graues Gebäude, dessen dritte Etage er bewohnte.

Mit zwei Sätzen sprang ich die Treppe hoch, schätzte meinen Elan schlecht ein und schlug lang hin. Die Portiersfrau schoß aus ihrer Grotte hervor, half mir, meine Pakete aufzuheben, staubte die Blütenblätter der Rosen ab und fragte: »Wohin möchten Sie denn?«

»Zu Michael Veriblansky.«

Mit dem Anflug einer Grimasse sagte sie gewichtig: »Der Magier Michael Veriblansky starb am 14. dieses Monats, heute abend vor sieben Tagen.«

Seit genau sieben Tagen vertrat ich ihn in Sieverings Lokal.

In der Portiersloge erwachte ich aus meiner Ohnmacht. Ich weinte fast eine Stunde, versuchte, Einzelheiten zu erfahren. Zwar vermutete ich gleich, was sich später als richtig herausstellte: daß er einem Herzschlag erlegen war. Aber das Furchtbarste war, daß die Portiersfrau den Tod ihres Mieters nicht wahrhaben wollte.

Ich sehe sie noch über mich gebeugt, ihre dicken Haarsträhnen berührten meine Stirn. Sie murmelte: »Die Ärzte glauben es, aber wir Eingeweihten wissen: Er lebt weiter...« Dann zwinkerte sie mit den Augen und hauchte: »Letzte Nacht bin ich hinaufgegangen, und da habe ich gehört...«

»Was haben Sie gehört?«

Ihr diabolisches Grinsen erschreckte mich.

»Geräusche... Ich erkannte seinen Schritt wieder.«

Ich floh, die Hände an den Ohren, um nichts mehr mitzubekommen.

In Wirklichkeit hatten sie meinen alten, sterbenden Freund ins Krankenhaus gebracht, aber er war bei der Einlieferung verschieden. Niemand wollte den Toten sehen. Die Beerdigung fand im Armenfriedhof statt. Keiner folgte dem Leichenzug des Mannes, der die oberen Zehntausend von Wien bei sich zu Gast gehabt hatte.

Von diesem Augenblick an wußte ich, daß ich nie mehr in meinem Leben eine Karte anrühren würde.

So ging meine Laufbahn als Wahrsagerin ein für allemal zu Ende.

II

»Max Schillermann, erster Kammerdiener bei Herrn Baron Klugsdorf.«

Der Mann knickt wie ein Taschenmesser in der Mitte zusammen, verharrt so drei Sekunden und richtet sich grimassierend wieder auf. Sicher leidet er an einem Hexenschuß. Er ist nicht mehr jung.

Seine Wangen leuchten wie frischer Schinken, und ein weißer Backenbart versteckt sein Kinn. Ich hülle mich enger in meinen Morgenmantel.

»Wenn Sie so freundlich sein wollen...«

Max Schillermann bremst mich mit einer kurzen Geste seiner qualligen Hand. Daran erkennt man glänzend lackierte Fingernägel.

»Ich verfüge über sehr wenig Zeit, mein Fräulein. Wäre es Ihnen möglich, mit Ihrem Orchester nächsten Sonnabend in Schloß Traunau aufzutreten? Der Herr Baron verheiratet seine Tochter mit Wilhelm von Kreutzer und wäre glücklich über Ihren Beitrag zu den Festlichkeiten.«

Der Baron mag ein glücklicher Mensch sein, aber sicher nicht in dem Maße wie augenblicklich ich, denn so viel ich weiß, leidet er nicht unter Arbeitslosigkeit.

»Aber mit Vergnügen.«

Der respektable Diener reicht mir mit zwei Fingern eine Visitenkarte.

»Ein Wagen holt Sie Samstag vormittag ab und fährt Sie ins Schloß. Was Ihr Honorar betrifft, so hat der Herr Baron mich ermächtigt, Ihnen für die beiden Tage die Summe von dreihundert Schilling vorzuschlagen. Sagt Ihnen dieses Angebot zu?«

Wenn ich mich trauen würde, spränge ich dem braven Max Schillermann jetzt an den Hals, küßte ihm seine rosa Wangen; aber Vorsicht, ihn darf kein Schlaganfall treffen.

»Entschuldigen Sie, aber benötigen Sie auch einen Fotografen?«

Der Diener fixiert meinen Bruder Max. Er ist gerade hinter mir aufgetaucht.

»Der Herr Baron hat mir in der Tat Order gegeben, mich nach einem Porträtisten zu erkundigen, der imstande wäre, das Ereignis festzuhalten, aber…«

Max packt zu und grinst breit: »Da haben Sie gerade zwei Fliegen mit einer Klappe geschlagen. Anna ist die beste Geigerin von Wien, und ich bin, mit Verlaub gesagt, der beste Fotograf der Stadt.« Nun knickt auch Max zusammen und gibt Pfötchen. »Max Markow, zu Diensten Ihnen.«

Schillermann breitet überrascht und verwirrt die Arme aus.

»Es ist nur… Herr Baron hatte mir Herrn Hen…«

»Der ist krank«, unterbricht ihn Max. »Er hat die Pocken.«

Der Greis schweigt und scheint angestrengt zu überlegen. Max läßt ihn nicht aus den Augen, hilft ihm auf die Sprünge.

»Zehn Prozent«, sagt er schließlich. »Sie bekommen zehn Prozent von meinem Honorar, das wäre nur korrekt.«

Ich eile Max zu Hilfe: »Zögern Sie nicht. Auch als erster Kammerdiener sollten Sie kleine Vorteile nicht verschmähen.«

Max Schillermann entspannt sich sichtbar.

»Einverstanden. Sie sind ein Mann von Welt. Ich glaube, damit ist nun alles geregelt. Sie werden mich entschuldigen, wenn ich mich nicht noch einmal verneige, aber mein Kreuz schmerzt, vom Aufenthalt im Donaugebiet wird mir ärztlich abgeraten.«

Die Tür schließt sich, und ich springe Max in die Arme. Ich bin sicher, daß Karl Sievering uns da geholfen hat. Ich will nachher vorbeigehen und mich bedanken.

Jedenfalls ist das Geld willkommen, denn die Wirtin redet immer weniger mit uns, seit drei Tagen erwidert sie nicht mal mehr unseren Gruß. Man braucht kein Hellseher zu sein, um sich auszurechnen, daß der Hagel der Mahnungen nächste Woche über uns hereingebrochen wäre. Anschließend hätte man uns die Gerichtsvollzieher auf den Hals gehetzt. Nun kommt alles in Ordnung – einstweilen.

Nachmittags packen wir die Geigen aus und proben. Zur Hochzeit der jungen Baronesse darf es keine falschen Töne geben.

An den beiden folgenden Tagen fand ich keine Ruhe. In der letzten Nacht vor dem Auftritt schlief ich nur schwer ein. Schließlich fiel ich in tiefen Schlummer, da platzte Boris brüllend in mein Zimmer, versuchte verzweifelt, sich den Hemdkragen zuzuknöpfen.

»Großer Gott, Anna, sieh dir das an, schnell!«

Er riß mich rücksichtslos aus dem Bett, drückte mir die Nase an die Fensterscheibe. Die Sonne strahlte mir voll in die Augen.

Unten sah ich *den* Wagen.

Eine vierspännige Kutsche, schwarzer Lack, Goldstreifen dazwischen. An den Türen eine diskrete Krone über dem Wappen der Familie Klugsdorf.

Ich zog mich eilig an, dann installierten wir uns in dem Gefährt: ein Durcheinander aus Geigenkästen, Reisetaschen und darüber das riesige, kreisförmige Objektiv von Maxens Fotoapparat. Brüderchen fixierte uns durch seine Linse.

Meine Mutter winkte uns am Fenster Lebewohl, der Kutscher hob die Peitsche, und die Pferde zogen an.

So begann einer der schönsten Vormittage meines Lebens.

Vielleicht habe ich nie wieder ein solches Hochgefühl empfunden wie während dieser Fahrt.

Wir hatten Wien auf der Eichenstraße verlassen, und sofort umfing uns der Zauber dieses Frühlingsmorgens. Hinter der Stadt begann der Wald, der herrliche, einmalige Wiener Wald.

Wir rollten schnell, von der Sonne übergossen, unter dem Laubwerk riesiger Bäume dahin, die das Blau des Himmels halb verhüllten.

Der Wind peitschte mir ins Gesicht, ich warf den Kopf in den Nacken, berauscht, betrunken von der reinen Luft, vom Licht, von der Geschwindigkeit.

Die Peitsche knallte, die Hufe flogen, meine Brüder sangen lauthals.

In jenem Augenblick empfand ich ein fast schmerzliches Glück. Meist ist man sich seiner Jugend nicht bewußt, doch bei dieser Fahrt hatte ich die Gewißheit, wahnsinnig jung zu sein. Andere, spätere Reisen hatten nie wieder die Unmittelbarkeit dieses begnadeten Moments. Ich erlebte diesen Augenblick mit der blinden Intensität eines Tieres. Während wir Schatten und dann wieder im Grün ertrinkendes Licht durchfuhren, schien es mir, als sei dieser Morgen der erste in der Geschichte der Welt, und dieser Wind, der mir heftig ins Gesicht schlug, ein ganz neuer Wind. Er war extra für mich aus der Tiefe des Universums herangeflogen, man hatte ihn noch nie benutzt.

Peitsch' uns vorwärts, Kutscher! Die Pferde galoppieren, ihr Kummet schaukelt in schnellem Rhythmus. Die Tiere tragen Anna durch den österreichischen Frühling bis zum Schloß des Herrn Baron Klugsdorf.

»Probe!« brüllt Boris.

Ich sehe, wie ihm der Wind die Haare zerzaust. Seine Geige blitzt im Licht.

»Los, Anna, der Csárdás!«

Ich hole mein Instrument heraus. Schon zittert Isaaks Tamburin in seiner Hand.

Gestützt vom Rhythmus des Galopps, der Peitschenschläge, von Jannis Freudenschreien, platzen die Töne hervor. Der Kutscher lacht laut, die Bäume geben uns den Weg frei, das Farnkraut verneigt sich, die Sonne tanzt, die ganze Erde ist ein gewaltiger rhythmischer Wirbelwind, den ich mit der Spitze meines Geigenbogens dirigiere.

Es geht bergan, die Tiere werden langsamer, die Musik sanfter. Zwischen den Bäumen weist der Kutscher mit der langen Peitsche auf einen grauen Fleck, ganz hinten in der Ebene. Ein Kloster? Er schreit etwas, das ich nicht verstehe. Ich beuge mich zu ihm.

»Mayerling...«

Dort spielte sich ein Drama ab, das die Welt erschütterte, doch in uns bleibt nichts zurück von dem Jagdpavillon, wo der Doppelselbstmord geschah...

Die Straße wird breiter, die Bäume stehen weiter auseinander, Felsen tauchen auf. Wir fahren durch die Ebene von Sankt Helena, eine zerstückelte Gegend. Später erfahre ich, daß der Herzog von Reichsstadt ganze Tage durch diese grandiose, zerquälte Landschaft irrte.

Weiter südlich liegt Baden, aber dort kommen wir nicht hin. Der Wagen wendet auf einem engen Pfad, so eng, daß die Flanken der Pferde vom Unterholz gestreift werden. Noch eine Kurve. Wir gleiten durch ein im Blätterwerk halb verborgenes Gitter, dann dehnt sich plötzlich ein riesiger, weiter Rasen wie ein Meer vor unseren Augen. Harmonisch wogt das Ganze. Oben, auf dem höchsten Wellenkamm, weiß und glänzend wie ein Zuckerwürfel: Schloß Traunau!

Ein Schloß wie aus einem Kinderbuch. Sicher kommen gleich Feen zum Vorschein, Ritter und Burgfräulein.

Irrtum. Von der Terrasse hebt sich Max Schillermanns Gestalt ab, steif und würdig.

Er schreitet die Stufen der Freitreppe hinab und läßt uns die herrliche Fassade bewundern.

Ich gebe es auf, die Fenster zu zählen. Es sind zu viele.

»Wenn Sie freundlicherweise hereinkommen wollen, führe ich Mademoiselle und die Herren auf ihre Zimmer. Sie werden den Eckturm bewohnen, ich hoffe, daß Ihnen dieses Quartier zusagt.«

Wir stehen in der Empfangshalle, und mir bleibt die Spucke weg!

Marmortreppen winden sich in die Höhe. Auf jeder Stufe nehmen glänzende Rüstungen unsere Blicke gefangen, fixieren uns durch die schwarzen Löcher des Visiers. Teppiche an den Wänden. Diener laufen durcheinander, stoßen zusammen, rennen in alle Richtungen.

Wir folgen Max durch einen Irrgarten von Fluren und Treppen. Überall hängen Porträts von düsteren, bleichen Persönlichkeiten, ihre kränkliche Hautfarbe kontrastiert mit dem dunklen Hintergrund. Wenn das die Klugsdorfs sind, dann sollten sie mal ihr Blut auffrischen! Noch zwei Generationen, und sie werden erlöschen wie Kerzen!

Eine Doppeltür öffnet sich, enthüllt ein Zimmer mit brokatbezogenen Wänden. In der Mitte ein Bett zwischen gewundenen Säulen. Sie stützen einen Baldachin mit Goldfransen.

Das Zimmer muß achtzig Quadratmeter groß sein.

Max bleibt stehen.

»Mademoiselles Zimmer. Sagt es Mademoiselle zu?«

Ich schlucke trocken.

»Ich glaube, es wird gehen.«

Max verneigt sich ganz leicht, sein Hexenschuß gibt ihm wohl keine Ruhe. Er schließt die Tür.

Ich bleibe allein. Den Baron bekommen wir erst beim Abendessen zu Gesicht.

Pastellgemälde, englische Kupferstiche, Holzgerahmtes... Die Möbel aus Palisander und exotischen Hölzern, ein königlicher Frisiertisch steht mir zur Verfügung.

Unter den breiten Fenstern dehnt sich die zauberhafte Landschaft. Dort möchte ich gern spazierengehen, doch dafür bezahlt man mich nicht. Sobald die Hochzeitsgesellschaft zurück sein wird, müssen wir arbeiten.

Ich mache mich rasch frisch, verkleide mich als Zigeunerin und trommle den Rest des Orchesters zusammen. Den finde ich versunken in die Betrachtung eines riesigen Gemäldes, das einen prächtigen, weißgewandeten Reiter auf einem Zuchthengst mit aufgeblähten Nüstern zeigt: Baron Klugsdorfs Vater. Ich frage mich, ob der jetzige Schloßherr auch ein so stolzer Mensch ist. Dieser hier jedenfalls ist ein athletischer Riese, ein unerschrockener Krieger. Er schwenkt einen Degen mit rubinverzierter Scheide. Eine Art Panik ergreift mich, denn in wenigen Augenblicken werde ich dem direkten Nachkommen dieses Obristen der habsburgischen Armee gegenüberstehen.

Lärm erfüllt das Schloß. Wir stürzen an die Fenster: Die weite Auffahrt ist schwarz vor Menschen, Kaleschen, offenen Pferdewagen, Coupés, Tilburys, Karossen, motorbetriebenen Wagen, die auf dem Rasen knattern. In den Gefährten: Blumen, Frauen in langen Kleidern, mit Handschuhen bis zum Ellenbogen.

Max Schillermann, außer Atem, ruft nach uns: »Los, Musik, der Zug kommt!«

Wir springen in Riesensätzen die Stufen herunter.

»Was spielen wir?« fragt Isaak.

Strauß muß es wohl sein.

Ab geht's mit der ›Fledermaus‹.

Ich habe gerade Zeit, meinen Bogen zu heben, da wird die Halle schon im Sturm genommen. Niemand achtet auf uns inmitten der Begrüßungsküsse, des Gelächters. Vage erkenne ich in dem Trubel das weiße Spitzenkleid der Braut.

Diener bringen Körbe voll weißer Rosen.

»Das langt«, tuschelt Boris. »Keiner hört uns zu.«

Janni, der sich amüsieren möchte, spielt drei Töne zu tief, fällt dann in eine Berliner Polka, während ich die Fledermaus mit drei hastigen Schlußnoten abwürge, ohne den Rhythmus zu beachten.

Da kommt die Braut. Sie hat uns gesehen, geht uns entgegen. Ein herrliches Kleid, aber der Kopf läßt zu wünschen übrig. Vor allem die Zähne. Sie sind fast das einzige, was man in dem Gesicht sieht. Ihr fröhliches Lächeln erinnert an das Grinsen einer Vogelscheuche. Ich mache meinen Kratzfuß, während Boris mir ins Ohr flüstert: »Ihre Mutter hat vor drei Jahren das Epsom-Derby gewonnen.«

Ich pruste los vor Lachen, und ein kleiner Mann von einem Meter fünfzig, kahl wie ein Ei, springt mich an wie ein Kobold. Mit überlegener Geste führt er meine Hand an seine Lippen. Wenn die Braut etwas Pferdartiges an sich hat, so ähnelt der hier einem Lamm ohne Wolle.

»Willkommen auf dem Schloß, ihr jungen Leute«, blökt er. »Ich bin Baron Klugsdorf.«

Ich falle fast um. Dies also ist der Sohn des riesigen Reiters? Selbst ich bin einen guten Kopf größer als er.

»Ich verheirate meine Tochter, das ist für sie ein großer Tag – und auch für mich, denn ich hätte nie gedacht, daß ich es schaffen würde.«

Sein spitzes Lachen sticht mir durchs Trommelfell.

»Aber«, fährt er fort, »man darf nie den Mut verlieren... Wilhelm!«

Ein junger Mann springt auf, stürzt zum Baron: ein Junge von mittlerer Größe. Das einzige, was mich an ihm stört, ist die Tatsache, daß er mindestens hundert Kilo wiegt. Der mag Strudel wohl noch lieber als ich.

»Ich stelle Ihnen meinen Schwiegersohn vor«, kreischt der Baron. »Sag der Musik guten Tag, Wilhelm.«

Wilhelms volle Wangen wabbeln bei jedem Schritt. Ich bin bereit, meine Tagesgage darauf zu verwetten, daß er nicht mehr als zwanzig Meter rennen kann. Seine Augen beunruhigen mich: Sie sind völlig ausdruckslos und leer. Dieser junge Bräutigam, der weder jung noch jung verheiratet wirkt, wischt sich ununterbrochen mit dem Taschentuch die Mundwinkel, aus denen ein ständiger Speichelstrom läuft.

Wilhelm verneigt sich nicht – das bringt er nicht fertig; er knickt leicht in den Knien ein, richtet sich auf und glotzt uns blöd an.

Der Baron springt in die Luft, verabreicht seinem enormen Schwiegersohn einen dröhnenden Schlag auf den Rücken und brüllt: »Hübsches Paar, was?«

Erstarrt wie ich bin, habe ich nicht die Kraft zur Antwort.

Die Türen des Eßzimmers öffnen sich und enthüllen eine riesige, mit Speisen überladende Tafel. Ganz hinten haben sie für uns ein Podium errichtet.

Wie eine Horde Verhungernder stürzen sich die Gäste auf das Mahl, und das mit unwahrscheinlichem Lärm. Wir müssen uns mühevoll einen Weg bahnen, vorbei an herausgeputzten Witwen von Rang und pensionierten Generälen. Am Tafelende hockt Baron Klugsdorf auf zwei übereinandergelegten Kissen, die den Sitz seines prächtigen Sessels erhöhen. Er hebt das Glas, kippt es in einem Zug wie der Stammgast einer Kneipe, wendet uns sein Merinoprofil zu und schreit: »Musikanten, spielt auf!«

Wir nehmen unsere Plätze ein.

Das Mahl beginnt.

Ich spüre einen Krampf in der Schulter. Seit etwa drei Stunden spielen wir ohne Unterbrechung Walzer auf Walzer, Polka auf Csárdás, Operette auf Oper, Lieder auf Kavatinen. Dazwischen bedienen wir uns von den Tellern, die uns Diener in regelmäßigen Abständen bringen. Ich habe bereits Kaviar mit Champagner genossen, Eber auf vorarlbergische Art, Gulasch und ein Glas Schwabenwein. Das alles in größter Eile, denn sowie wir aufhören, geht Klugsdorf, dieser Teufel, in die Luft, als hätte er eine Feder im Kissen, und schreit wie entfesselt: »Musik, Musik!«

Ich kann nicht mehr. Der Bräutigam hat etwa einen Sturzkarren voll Gulasch geschluckt, und die Lider fallen ihm jetzt jede Sekunde tiefer über die leeren Augen. Soße rinnt ihm von der Weste. Von meinem Platz aus kann ich feststellen, daß er sich die Schuhe ausgezogen hat. Die Braut schlägt ihre vorstehenden Zähne in ein Stück Fleisch und betrachtet dabei voller Bewunderung den frisch Angetrauten. Sie scheint sich zu fragen, ob er ihr wirklich ganz gehört. Sicher ist, daß man die junge Baronesse nicht enttäuscht hat, was die Quantität anlangt.

Am anderen Tafelende sitzt ein sehr alter Herr, der, wie ich erfahren werde, letzter Sproß einer Hohenzollern-Nebenlinie ist. Er schnarcht wie ein Murmeltier, die Nase in der Krawatte. Lange schon hat man die Kinder in den Park entlassen, bis auf eine zehnjährige Bohnenstange, die uns anglotzt, wobei sie sich den Zeigefinger tief in die Nase stößt. So gesehen, ist das eine Leistung.

Der Baron steht auf. Ein kurioser Effekt: Stehend ist er kleiner als sitzend.

»Kaffee und Likör«, schreit er.

Das bedeutet Pause für uns. Die Männer gehen ins Rauchkabinett, die Damen verteilen sich über die Gästezimmer, die Boudoirs, um sich frisch zu machen oder sich umzuziehen.

Wilhelm versucht angestrengt, seine Schuhe wieder anzuziehen, während ich in einem der verlassenen Sessel zusammenbreche. Endlich kann ich verschnaufen.

Das Schlimmste liegt noch vor uns: der Ball heute abend.

Ich bin so müde, daß ich einnicke. Das Hüsteln eines Dieners hinter meinem Stuhl reißt mich hoch.

»Ich bitte um Verzeihung für die Störung, Mademoiselle, aber der Herr Baron wünscht Mademoiselle im Rauchsaal zu sprechen.«

Ich verbeiße mir ein Stöhnen. Dieser Unglücksmensch braucht wohl eine Geräuschkulisse, um an seinen verfluchten Likören zu nuckeln. Trotzdem stehe ich auf und folge dem Diener, was soll ich auch anderes tun?

In dem Gewölbesaal, wo man mich hinführt, verschwinden die Wände unter lauter Jagdtrophäen. Der Baron kommt mir mit raschen Schritten entgegen.

»Gewähren Sie mir ein paar Sekunden zum Gespräch? In meinem Büro werden wir ungestört sein...«

Etwas unsicher folge ich ihm. In allen Ecken trinken und dösen Männer. Die Unterhaltung scheint wenig animiert.

Nun stehen wir im Büro des Barons. So, wie der Schreibtisch glänzt, benutzt ihn der Hausherr offenbar selten.

Der kleine Mann betrachtet mich, reibt sich die Hände, deutet einen leichten Tanzschritt an und fordert mich auf, Platz zu nehmen.

Er macht den Eindruck, in Hochform zu sein und vor Lebenslust zu sprühen. Der Alkohol zeitigt scheinbar keine Wirkung bei ihm. Mit seiner Kopfstimme quäkt er: »Berlin, Venedig, Florenz, Rom, Paris – würde Ihnen das gefallen?«

Ich öffne die Augen, die Ohren, den Mund, stehe auf und setze mich wieder hin.

»Ich merke, es gefällt Ihnen«, triumphiert er. »Na gut, sehen Sie die Sache als beschlossen an.«

Ich stottere: »Aber was für eine Sache denn?«

Er reibt sich immer schneller die Hände.

»Wir reisen in zwei Tagen ab. Erst mal kommt Italien dran, die Seufzerbrücke, der Rialto, die Uffizien, Michelangelo, Sankt Peter in Rom, der Asti spumante, dann sehen wir weiter.«

Ich stammle: »Aber wer reist ab?«

Der Baron hält inne, nimmt einen neuen Anlauf, stürzt mir entgegen und fällt vor mir auf die Knie; der Teppich mildert den Aufprall.

»Wir beide! Wir verreisen! Die besten Hotels, der größte Luxus, Überseedampfer, alles gehört Ihnen. Das wollte ich mir gönnen, sowie meine Tochter unter der Haube sein würde: mein Leben zu genießen. Nun ist es soweit. Ich habe das Unmögliche fertiggebracht. Johanna ist verheiratet, ich bin frei und kann das ausnützen. Sie gefallen mir, Karl Sievering hat Sie mir empfohlen. Sie sind hübsch, jung, heiter, Musikerin – ich bestelle die Fahrkarten!«

Ich gäbe viel darum, wenn ich jetzt den Bleistock meines Vaters in der Hand hielte, mit dem er die Kosaken verprügelte. Dieser degenerierte Nabob verlangt von mir, daß ich seine Mätresse werde! Der soll sehen, aus welchem Holz ich geschnitzt bin.

Ich nehme meinerseits Anlauf, öffne den Mund und schreie: »Niemals!«

Er schwankt unter dem Schock und fragt ehrlich überrascht: »Aber warum nicht?«

»Ich – ich weiß nicht. Aber niemals, hören Sie, niemals!«

Der Baron hüpft aufgeschreckt herum.

»Aber das ist ja unglaublich, ich verstehe Sie nicht. Begreifen Sie überhaupt, was Sie da zurückweisen?«

Ich explodiere: »Ja, darüber bin ich mir nur allzu gut im klaren!«

Der Nabob schüttelt plötzlich beide Fäuste gegen mich.

»Sie sind ein böses Mädchen. Ich hatte alles schon geplant, geregelt, Sie durchkreuzen meine Projekte, dem Sievering werde ich was erzählen.«

Jetzt halte ich nicht mehr an mich. »Ihr Sievering ist ein altes Schwein. Wenn er sich eingebildet hat, daß ich mit Ihnen verreise, dann muß er völlig verrückt sein und Sie ebenfalls, wenn Sie ihm geglaubt haben. Ich werde das Schloß sofort verlassen.«

Baron Klugsdorf fleht: »Tun Sie das nicht, bleiben Sie, bleiben Sie, ich bitte Sie inständig... Stellen Sie sich den Skandal vor, was aus dieser Hochzeit ohne Musik werden würde, ohne Ihr ungewöhnliches Orchester voll Schwung und Schmiß...«

Ich zögere. Es stimmt, davonlaufen kann ich nicht. Und schließlich geht es um Geld. Den Luxus, aufs Honorar zu verzichten, können wir uns nicht erlauben.

»Entschuldigen Sie mich jetzt bitte, Herr Baron. Ich möchte mich etwas ausruhen, denn wir werden sicher den größten Teil der Nacht hindurchspielen.«

»Ah, danke, danke...«, sagt der kleine Mann erleichtert. »Danke, daß Sie nicht gehen. Aber überlegen Sie sich trotzdem noch einmal meinen Vorschlag. Es würde mir solche Freude machen, und ich möchte unbedingt von meiner frisch gewonnenen Freiheit profitieren.«

Ich bin schon draußen, marschiere im Sturmschritt durchs Rauchzimmer zu meinen Brüdern, denen ich nichts erzähle. Max oder einer der anderen wäre imstande, dem Kerl die Geige auf den Schädel zu knallen, ob er nun Baron ist oder nicht.

Im Morgengrauen geht der Ball zu Ende.

Wir fidelten die ganze Nacht, die letzten Stunden in einer Art Halbschlaf. Ich sah den Wirbel der langen Kleider, der Frackschwänze, während zu meiner Rechten herausgeputzte, heiße Schokolade mit Eiskrem schlürfende Witwen schwafelten. Gegen zwei Uhr morgens hatte eine der Geladenen die ausgezeichnete Idee, sich ans Klavier zu setzen und mit durchdringender Stimme aus ›Cavalleria Rusticana‹ zu singen. Das war unsere einzige Verschnaufpause, allerdings nicht für unsere Ohren.

Wie eine träge Masse kippte ich in mein wunderbares Prunkbett. Um neun Uhr holten sie uns, um uns heimzufahren. Ohne Bedauern verließ ich das herrliche Schloß und kehrte freudig zurück in mein kleines Zimmer, wo ich einen guten Teil des Nachmittags verschlief.

Der Haushofmeister hatte uns ausgezahlt, und die Zukunft erschien uns etwas rosiger.

Meine Mutter kaufte ein, bereitete uns ein prachtvolles Mahl, das wir gerade verschlangen, als es an der Tür klingelte. Wir schauten uns an.

Es war nach acht Uhr abends. Um diese Zeit bekamen wir selten Besuch.

Wer konnte das sein?

Ich stand auf und öffnete. Auf der Schwelle standen drei Männer. Der in der Mitter war ein Großer, mit Schnauzer und Backenbart, in grauem, weitem Mantel; die beiden anderen trugen Polizeiuniformen.

Wie jedesmal, wenn ich Uniformen sah, ahnte ich eine Katastrophe.

»Sind Sie Anna Markowa?«

Ich bemühte mich, laut zu sprechen und meinem Gesicht etwas Sicheres und Offenes zu geben, das komplette Ehrlichkeit ausdrükken sollte.

»Ja, das bin ich.«

Der Schnurrbärtige schnaufte geräuschvoll.

»Sie dirigieren ein Orchester?«

»Das ist richtig.«

»Heute nacht spielten Sie auf Schloß Traunau bei Baron Klugsdorf?«

»Das ist ebenfalls richtig.«

»Sie hielten sich dort mit Ihren Brüdern auf?«

»Ja.«

»In Ordnung. Geben Sie sofort den Schmuck wieder heraus, dann findet ein gerichtliches Nachspiel nicht statt.«

Der Boden schwankte unter meinen Füßen.

»Den Schmuck... Welchen Schmuck?«

Zum erstenmal griff einer der Uniformierten ein. Er stellte keine Fragen, aber er gluckste vor Lachen. Das war vielsagend. Der Schnurrbärtige runzelte die Brauen.

»Machen Sie mir meine Aufgabe nicht noch schwerer. Wertvoller Schmuck ist dem Baron abhanden gekommen, und alles deutet auf Sie. Lassen Sie mich ein.«

Bevor ich reagieren konnte, marschierten die drei in perfekter Formation, als ob man sie an unsichtbaren Fäden hielte, bis ins Eßzimmer.

»Polizeiinspektor Heinrich Mann«, brüllte der Schnurrbärtige und schwenkte seinen Ausweis. »Wir haben einen Durchsuchungsbefehl.«

Meine Mutter wurde bleich, meine Brüder standen auf.

»Aber warum?«

»Sie sind angeklagt, im Laufe des gestrigen Tages Schmuck entwendet zu haben.«

Der Polizist lächelte verständnisvoll, schaute sich in der Wohnung um und schien plötzlich Zweifel zu bekommen.

»Sagen Sie«, fragte er, »Sie *sind* doch Zigeuner?«

»Aber keineswegs! Wir spielen in Zigeunerkostümen, aber deswegen sind wir noch lange keine.«

Die Polizisten stutzten. Für sie stand fest, daß wir als Zigeuner automatisch Diebe gewesen wären; nun war unsere Schuld schon weniger sicher.

Nachdem sie unsere Papiere eingesehen hatten, schüttelte der Schnurrbärtige den Kopf.

»Vielleicht sind Sie wirklich keine Zigeuner; aber Sie sind Ausländer und außerdem...«

Er beendete den Satz nicht, aber das erledigte ich an seiner Stelle: »Und außerdem sind wir Musikanten, ein Grund mehr zum Mißtrauen.«

Die Polizisten reagierten gar nicht darauf, sondern widmeten sich der sorgfältigen Durchsuchung unserer Wohnung. Sie übersahen keine Schublade, prüften die Matratzen, schauten unter und auf die Schränke. Ich glaube, sie waren drauf und dran, Wände und Fußboden abzuklopfen.

Das brachte mich in Wut.

Bevor sie gingen, rieb sich Heinrich Mann die staubigen Hände. »Die Sache ist für Sie noch nicht ausgestanden«, brummte er. »Sie dürfen Wien nicht verlassen, und morgen vormittag kommen Sie zum Verhör auf's Revier.«

Mir kam eine Idee.

»Laden Sie uns lieber erst für morgen nachmittag vor. Ich möchte mich morgen vormittag mit dem Baron unterhalten und brauche Zeit, um nach Traunau zu fahren.«

Heinrich Mann grinste verständnisvoll.

»Sie ziehen es also vor, Ihre Beute dem Eigentümer direkt zurückzugeben?«

»Mir geht es vor allem um ein Gespräch mit diesem Dreckskerl.«

Die drei Polizisten zuckten zusammen, betrachteten mich neugierig und gaben keinen Kommentar mehr ab, ehe sie uns verließen.

Das konnte schlimm werden. Wenn der Baron uns verklagte, gab es eine Untersuchung. Wir waren unschuldig, aber ich wußte aus

Erfahrung, daß Unschuld oft nicht ausreicht, um Ärger zu vermeiden. Ich war überzeugt, daß dieser Nabob mit dem Schafskopf sich für meine Zurückweisung rächte. Da er mich nicht in sein Bett bekam, wollte er mich im Gefängnis sehen. Aber das würde ich ihm versalzen.

In der Nacht diskutierte ich lange mit meinen Brüdern über das, was zu tun war. Isaak und Janni meinten, man solle abwarten, sich so klein wie möglich machen; aber ich fand Unterstützung bei Max und Boris, die wie ich den stürmischen Charakter meines Vaters geerbt hatten. Max ballte beide Fäuste.

»Ich schlage ihm sein Zuckerschloß kaputt!« brüllte er. »Und wenn ich die Mauern eingerissen habe, hau ich ihn mit dem Hammer in die Erde.«

Während wir redeten, ging Isaak ans Fenster, bedeutete uns ruhig zu sein und winkte uns heran: neben einem haltenden Fiaker erkannte man zwei unbewegliche Gestalten. Das Haus wurde überwacht.

So oder so, der verfluchte Baron Klugsdorf sollte mir das bezahlen, und zwar spätestens morgen.

Um Punkt zehn Uhr schritt ich wieder durch das Tor des Schloßparks von Traunau.

Ich ließ meine Brüder draußen, lief die Treppe hinauf und trat im Sturmschritt in die Große Halle, wo ich mit Stentorstimme brüllte: »Ich möchte Baron Klugsdorf sprechen!«

Ich wartete keine fünfzehn Sekunden: In einen Morgenmantel geschnürt, der ihm dreimal zu groß war und über dessen Stoffbahnen er dauernd stolperte, stürzte der Baron mir entgegen, hob die Arme zum Himmel empor und warf sich mir dann zu Füßen, wobei er unartikulierte Schreie ausstieß. Mit Tränen in der Stimme stammelte er schließlich:

»Verzeihung, Anna, Verzeihung, Verzeihung! Sie waren es nicht, ich habe es auch nie geglaubt, ich habe nur die Polizei benachrichtigt, ich bitte um Verzeihung...«

Schon zog er mich ins Schloßinnere, befeuchtete meine Hände mit Tränen und Küssen, während mir seine Quietschstimme die Wahrheit mitteilte: ein Perlenkollier, zwei Diamantarmbänder und drei Ringe waren verschwunden. Man hatte die Polizei alarmiert. Der Verdacht richtete sich natürlich auf das speziell zur Hochzeit engagierte Personal, und besonders auf uns.

Aber gestern abend hatte man den Schmuck wiedergefunden. An dieser Stelle seiner Schilderung erhob sich der alte Baron verstohlen, trocknete seine Triefaugen ab, legte den Türriegel des Zimmers, in dem wir uns befanden, vor, und fing an zu flüstern: »Genauer gesagt, meine Tochter hat ihn wiedergefunden. Oh, nicht sehr weit: Er steckte in der Tasche von...« Er unternahm zwar eine fürchterliche Anstrengung, um zu sprechen, aber er schaffte es nicht. Ich ermutigte ihn; schließlich brachte er heraus: »Es war Wilhelm, mein Schwiegersohn. Ich bin ihm übrigens deshalb nicht böse – ein reizender Junge, wie Sie bemerkt haben, er gibt sicher einen sehr guten Eidam ab, aber schon von Kindesbeinen an benimmt er sich so eigenartig: Schlafwandeln, Geistesabwesenheit. Und vor allem ist er kleptomanisch veranlagt.«

»Kleptomanisch!«

»Ja, in unglaublicher Weise. Er hat versucht, dem Erzbischof von Wien mitten im Dom seinen Siegelring zu stehlen. Stellen Sie sich das vor!«

Ich bestätigte ihm, daß ich es mir vorstellen könnte, aber er hätte dieses kleine Detail über seinen Schwiegersohn bedenken können, bevor er mir die Polizei ins Haus schickte.

Sofort fiel er wieder auf die Knie (das mußte eine Manie bei ihm sein) und erflehte von neuem mein Pardon. Als ich ihm mitteilte, daß man unsere Wohnung durchwühlt hatte, schien es mir, als wolle er mit dem Kopf gegen die Wand rennen; ich mußte ihn trösten.

Bevor er mich gehen ließ, bestand er darauf, mir eine prächtige Alabastervase zu verehren; er gab in meiner Gegenwart Order, Rosensträuße an unsere Adresse zu schicken.

»Für Ihre Frau Mutter, für die liebe Frau Markowa, und richten Sie ihr aus, daß ich mich schäme, daß ich mich unendlich schäme...«

Lieber alter Baron. Er war nicht so böse, wie ich gedacht hatte. Fast zärtlich nahm ich Abschied von ihm. Er tat mir mit seinen dikken, traurigen Froschaugen leid.

Ich sagte ihm adieu, versicherte ihn meiner Wertschätzung, und daß ich keinen Groll im Herzen zurückbehielt. Als ich auf der Türschwelle stand, rief er noch: »Anna?« Ich drehte mich um.

Er hüstelte, schien sein Selbstvertrauen zurückzugewinnen und sagte wie nebenbei: »Übrigens habe ich Sie nicht noch einmal gefragt, was Sie von unserer kleinen Reise halten. Rom, Venedig – haben Sie Ihre Meinung geändert?«

In diesem Augenblick bewunderte ich ihn fast – eine derartige Unverfrorenheit war schon ungewöhnlich. Es gelang mir nicht, mich darüber zu ärgern; lächelnd versicherte ich ihm, daß mein Standpunkt derselbe geblieben war.

Was ist aus dem herrlichen weißen Zuckerbäckerschloß, seinem winzigen Schloßherren und dessen kleptomanischem Schwiegersohn geworden?

Die Zeit hat wohl an ihnen, wie an allen Dingen, ihr Werk getan; ich wäre nicht überrascht, stünden heute an der Stelle des Parks und des prächtigen Gebäudes ein Supermarkt oder eine Tankstelle.

Übrigens, wir leben besser.

Boris mimt den Fremdenführer im Park von Schönbrunn und verirrt sich dort immer seltener. Max fotografiert pausenlos. Isaak und ich, wir spielen fast jeden Abend in der ›Goldenen Mühle‹. Janni widerfuhr besonderes Glück: Er wurde Buchhalter.

Das ließ sich in den ersten Monaten nicht leicht an für ihn, jeden Abend, wenn er zurückkam, klagte er über seinen Chef, einen Textilgroßkaufmann. Der nötigte ihn nämlich, allabendlich die Rechnungen zu überprüfen. Er behauptete, da sei ein Fehler drin.

»Das macht er systematisch«, stöhnt Janni. »Ich lege ihm ein Buch vor, er guckt es sich an, schlägt es zu und sagt: ›Wieder ein Fehler, Herr Markow. Sie gehen erst heim, wenn Sie ihn gefunden haben.‹ Jedesmal schaue ich von neuem alles durch, rechne nach, addiere fünfzehnmal dasselbe, aber das Resultat ändert sich nicht. Dann sage ich: ›Ich habe alles nachgerechnet, Herr Hofmann, und den Fehler nicht gefunden.‹ Darauf sieht sich dieser verfluchte Kerl das Zeug nochmals an und meint stets: ›Sie haben recht, Herr Markow, *ich* habe mich geirrt.‹ Damit geht er, ohne sich zu entschuldigen. Der muß verrückt sein.«

»Aber nein«, äußere ich. »Das macht er mit Absicht, um sich zu überzeugen, daß seine Bücher genau geführt werden.«

Neulich kam Janni ganz aufgekratzt heim.

»Ich hab' herausgefunden, warum er es macht.«

»Warum?« fragte Boris.

»Der kann nicht lesen«, erklärte Janni. »Nicht lesen und nicht schreiben, weder Buchstaben noch Zahlen. Mit seinem System geht er immerhin sicher, daß die Arbeit gut erledigt wird.«

Bei unseren Gehältern schafft es Mama, Geld zu sparen; ich spüre schon, wie sich ein Gedanke bei uns allen festsetzt: Bald können wir wieder auf Reisen gehen.

Wie weit liegt Kesat zurück, Odessa, Istanbul und sogar Budapest! All das gehört bereits zu einer anderen Welt mit einem anderen Namen, sie heißt »Damals«.

Der Sommer ist endlich vorbei, auch der Herbst. Wieder ist es kalt in Wien, und an den Ufern der Donau bildet sich eine dünne Eisschicht. Zu Hause stopfen wir den Ofen bis obenhin voll.

Es war noch ein paar Tage bis Weihnachten, da passiert es, am 19. Dezember. Ein unsagbar dummer Unfall, der unsere Abreise erzwingen sollte. Instinktiv befolgten wir immer die gleiche Taktik. Wenn das Schicksal einen von uns traf, in einer bestimmten Stadt, dann verließen wir diesen Ort für immer, vielleicht aus Aberglauben.

An diesem Tag photographierte Max einen Soldaten in dem kleinen unteren Zimmer, das er sich als Studio eingerichtet hatte. Ich befand mich oben und las. Die Explosion benahm mir den Atem. Der Schmerzensschrei ließ mir das Blut in den Adern erstarren. Ich rannte hinunter. Weißer Rauch drang mir in die Lungen, und ich sah einen Soldaten davonhasten, der mich hustend beiseitestieß. Max tauchte auf, befahl mir, wegzugehen. Ich sah, daß er stark blutete. Auf der Treppe fiel er hin, und rote Tropfen rannen über die Stufen. Ich holte schnell den Arzt, begriff aber nicht, was passiert war. Hatte der Soldat auf Max geschossen? Warum?

Ein paar Stunden später wußte ich Bescheid. Max hatte eine Art Trichter in der linken Hand gehalten, mit einer Ladung Magnesium darin. Im leuchtenden Blitz dieser Substanz machte er Aufnahmen. Diesmal war er wohl unvorsichtig gewesen, tat vielleicht zu viel Pulver hinein, denn die Entladung geschah mit so unwahrscheinlicher Wucht, daß ihm die Hand in Höhe des Gelenks abgerissen wurde. Als ich mich über meinen tischtuchbleichen Bruder beugte, warf er einen raschen Blick auf seinen Stumpf. Dann lächelte er und murmelte: »Ich war nie ein guter Geiger, Anna. Kein großer Verlust.«

Ich wußte, daß er ausgezeichnet gewesen war, aber er hatte recht, besser dachte er nicht mehr daran. Er überlegte schon, wie ein Mensch mit einer einzigen Hand arbeiten und seinen Lebensunterhalt verdienen konnte. Nie wieder sprach einer von uns das Wort »Krüppel« oder »Invalide« aus.

Lebwohl, Wien, lebwohl Veriblansky, mein lieber alter Zauberer, adieu, Baron Klugsdorf, adieu, geliebter Strudel und ihr meine Verehrer vom Donau-Ufer. Eine Seite wird umgeblättert. Anna muß weiter, und Anfang 1912 besteigt sie, eine Hutschachtel in der einen, einen Koffer in der anderen Hand, den Zug, ihren Geigenkasten unter dem Arm.

Die nächste Station wird wieder nicht New York sein. Aber ihr Name weckte wenigstens viele Träume: Morgen werden wir in Paris sein – in Paris!

Sechstes Buch

I

Der Zug rollt durch die düstere deutsche Landschaft. Meine Gefährten schlummern. Ich vermag den Brief unseres Vetters David Bronstein kaum zu lesen. Er hat ihn vor über einem Monat aus der französischen Hauptstadt geschickt. Die Lampe zittert im Rhythmus der Räder, und das Gekrakel, das unser Cousin eine Handschrift nennt, erleichtert mir die Sache nicht gerade.

Wie glücklich sind wir, dich und die Kinder wiederzusehen! Natürlich werden wir sie nicht wiedererkennen, vor allem Anna nicht. Sie war ja erst vier Jahre, als wir aus Rußland wegzogen. Ich habe euch eine Wohnung besorgt. Sie liegt ganz dicht am Bahnhof, auf dem ihr ankommen werdet. Eswird ein bißchen eng werden, aber wenn ihr erst da seid, könnt ihr vielleicht etwas anderes finden. Ich muß dir gleich sagen, liebe Cousine, für mich ist das Reisen vorbei. Genau wie dein armer Marko hatte ich den Wunsch, nach Amerika zu gehen, aber siehst du, als ich im 18. Pariser Arrondissement eintraf, direkt aus Tscherkassy, da sah ich am Rathaus auf dem Jules-Joffrin-Platz die Aufschrift: ›Freiheit – Gleichheit – Brüderlichkeit‹. Und da habe ich mir gesagt: David, du hast nun gefunden, was du gesucht hast, zieh nicht mehr weiter. Du bist angelangt.

Natürlich ist Sarah glücklich, euch zu sehen, und ich komme zum Bahnhof, um euch an diesem Freudentag abzuholen. Ich verabschiede mich, liebe Cousine, und vergiß nicht: Freiheit, Gleichheit, Brüderlickeit. Ich umarme dich,

David.

Der Brief ist an meine Mutter adressiert. Sie hat ihn wieder und wieder gelesen.

Ich habe ein Buch herausgeholt, das Boris mir vor ein paar Tagen geschenkt hat: ›Paris – die Lichterstadt‹.

Wunderbare Dinge kommen darin vor: ein Fluß wie in Wien und Bauwerke – der Triumphbogen, der Louvre, der Eiffelturm, das Pantheon, Stiche auf allen Seiten. Bleibt da noch Platz, um alle Einwohner unterzubringen? Vor allem schaue ich mir die Aufnahmen der Boulevards an. Sie sind ein bißchen unscharf, aber was mich wirklich bekümmert, ist, daß man keine Orchester in den Cafés sieht.

Na, wenn es das nicht gibt, dann werden wir es eben einführen!

»Jeden Abend führt der Strom der Fiaker und Autos das Tout-Paris der Kunst, der Mode und des Geldes zum Chasseur von *Chez Maxim*... Stars, Könige in Stahl oder Gummi. Man erkennt das freche Profil der Mistinguette, die Gestalt von Madame Lanvin...« Das alles kommt mir vor wie Hebräisch, wenn ich diesen Vergleich gebrauchen darf.

Wer können bloß diese Mistinguette und dieser Maxim mit seinem Chasseur sein?

Na, wir werden es ja sehen. Als erstes soll mir Vetter David die Hauptstadt zeigen! Und das gleich nach der Ankunft.

Die Achsen knirschen, der Zug hält wieder an. Noch einmal Zollkontrolle. Ich habe den Eindruck, daß sie damit die ganze Nacht nicht aufgehört haben.

Meine Brüder räkeln sich, Mama schlummert noch, die Stirn an die Fensterscheibe gedrückt.

»Französischer Zoll. Halten Sie Ihre Pässe bereit.«

Ein Polizist ist aufgekreuzt, die Mütze nach hinten geschoben und den Revolver an der Seite. Aber er wirkt so bieder, daß mein günstiger Eindruck von ihm sich nicht ändert. Er geht pfeifend an mir vorbei, lächelt mich an, zwinkert mir zu.

Der erste Franzose, den ich in meinem Leben zu Gesicht bekommen, wenn ich den Teppichhändler in Istanbul ausnehme. Rasch werden die Formalitäten erledigt, und der Zug fährt wieder ab. Meine Augen versuchen, die dichte Nacht zu durchdringen. Ich möchte in diesem Schattenland etwas ausmachen, das sich vom bisher Durchlaufenen unterscheidet. Aber wir jagen durch Dörfer, an Böschungen und bestellten Feldern vorbei, die den anderen in Europa ähneln. Ich habe Angst, daß dieses Land mich enttäuscht.

Ich setze mich auf. Mir gegenüber schläft Boris, das Kinn auf die Brust gesunken.

Gemütlich ist dieses Abteil. Verhaltene Stimmen von Reisenden nebenan dringen an unser Ohr. Seltsam, diese französische Sprache. Ein paar Brocken habe ich mir während der letzten Wochen in Österreich angeeignet. Ich habe wohl einen fürchterlichen, typisch russischen Akzent. Was soll's? Werde ich's wie Vetter David halten und meine endgültige Bleibe in dieser Ecke der Welt finden? In diesem Frankreich, das ich zum erstenmal betrete? Wer weiß, vielleicht gehe ich auch eines Tages ins *Maxim?* Vielleicht werde ich Mistinguette treffen und all die schönen Herren aus dem Bilderbuch? Vielleicht sogar... Vom Träumen kriege ich nie genug!

»Aufwachen, Anna, wir kommen an.«

Ich öffne die Augen. Überall Bewegung um mich herum. Janni raucht im Flur, und Isaak hebt die Koffer herunter.

Mein Gott! Ist das Paris?

Die Gleise führen an hohen, schmutzigen, grauen, rußbedeckten Mauern vorbei, ein feiner Regen fällt, läßt die Kieselsteine am Bahndamm glänzen.

Über den Mauern Tore und enge Häuser mit zerfressenen Fassaden, manchmal erkennt man am Fensterbord eine anämische Geranie, die niemals rot erblühen wird. Nein, das ist nicht möglich! Der Lokomotivführer hat sich wohl in der Richtung geirrt.

Ich hab' vielleicht eine Wut auf dieses verfluchte Buch. ›Paris – die Lichterstadt‹, wenn ich das schon höre!

Boris lacht über meine Enttäuschung.

»Mach dir keine Sorgen, eine Stadt ist wie ein Theater: Die Kulissen sind immer dreckig, und Vororte sind die Kulissen der Städte.«

Wir fahren unter Metallbrücken hindurch. Ein grauer, gleichförmiger Himmel. Kaum Menschen auf den Bahnsteigen, kaum Bahnangestellte, Gepäckwagen. Wir stehen in der großen Wartehalle unter dem Glasdach, das wie ein Aquarium flimmert.

Der Vetter ist nicht da, hat unseren Brief wohl nicht bekommen.

Leute schauen uns an. Wir bilden eine ratlose, verzweifelte Gruppe, die nicht in die Zeit paßt. Aneinandergedrückt, Koffer und Taschen um uns herum, spüre ich, daß wir ganz und gar wie eine Flüchtlingsfamilie wirken.

»Wenn ich bloß wüßte, wo David wohnt«, murmelt Mama.

Ich schlage mir an die Stirn und hole den Brief aus der Tasche.

Wenn der Vetter die gute Idee gehabt hat, seine Adresse auf die Rückseite des Umschlags zu schreiben, dann sind wir gerettet.

Hurra, da steht sie: David Bronstein, 14 Rue Marcadet, Paris, France.

Auf zur Rue Marcadet!

Heute weiß ich, daß es nicht weit ist vom Ostbahnhof zur Rue Marcadet. Aber ich erinnere mich an eine unwahrscheinliche Expedition, an endlose, graue Häuserwände, an die lange Fassade eines Krankenhauses. Später erfuhr ich, daß es sich um das Hospital Lariboisière handelte. Breite Straßen stiegen steil an, während mein Geigenkasten dauernd herunterrutschte und das Gewicht der Koffer meine Schultern niederdrückte. Mehrfach fragte ich nach dem Weg. Jedesmal mußte ich es zweimal sagen. Ich hatte wohl einen scheußlichen Akzent.

Schließlich kamen wir an. Unser Vetter wohnte im vierten Stock. Die Stufen bis dort oben schienen mir sehr steil. Als die Tür sich endlich öffnete, wäre ich vor Freude und Erschöpfung fast in Ohnmacht gefallen.

Ich habe vierzehn Stunden hintereinander geschlafen. David und Sarah sind reizend. Sie mästeten uns mit Fleischbuletten, und wir mußten all unsere Abenteuer erzählen. Sie versprachen mir, uns am Nachmittag Paris zu zeigen.

Die Jungs sind schon weg. Sie wollen unsere zukünftige Wohnung einrichten. Sarah zieht es vor, im Haus zu bleiben. David, Mama und ich, wir brechen als Touristen in die Hauptstadt auf.

Ich habe mein schönstes Kleid und bequeme Schuhe angezogen, denn wir werden viel laufen. Um zwei Uhr geht es los. David in der Mitte, Mama links, ich zur Rechten. Ich klammere mich an ihn, denn ich darf ihn nicht verlieren.

»Erst einmal«, verkündet David, »zur Porte de Clignancourt!«

Seine Begeisterung macht uns Spaß. Ich versuche, mich an diesen Namen zu erinnern, aber ich meine, ich hätte ihn in meinem Buch nicht gelesen.

Wir sind sehr schnell da. Auf einer großen, weiten Fläche häufen sich massenhaft kleine Läden. David ist sehr bekannt, denn oft grüßen ihn Freunde. Er tut ein bißchen wichtig, strebt rasch weiter.

»Ich führe die Damen durch Paris.«

Er stellt uns einem Strohflechter vor, der Stühle herstellt, und einem struppigen Trödler aus Riga. Klar, das sind noch nicht Mistinguette oder Jeanne Lanvin, aber irgendwo muß man eben anfangen.

»Jetzt biegen wir in die Rue Damrémon...«

Dem Ton nach muß das etwas Wunderbares sein. Doch ich kann die Augen aufsperren, wie ich will, ich sehe nichts Außergewöhnliches, ein bißchen längere Gehsteige als anderswo, aber sonst...

David lacht vergnügt, fragt mich: »Nicht schlecht, was?«

Ich bestätige ihm das, und sein ausgestreckter Arm zeigt auf eine graue Steinmauer am Horizont.

»Der Friedhof von Montmartre. Schöne Gräber haben sie da, wollt ihr sie sehen? Nein? Na, dann laufen wir die Rue Coulaincourt hoch.«

Belebt ist sie, die Rue Coulaincourt: Obst- und Gemüse-, Holz- und Kohlenhändler, eine kleine Welt der Stände und Kneipen, Maronenverkäufer an jeder Ecke. Galant spendiert uns David eine Portion, die mir in den Handflächen brennt.

»Na, ist das eine Stadt, ist das eine Stadt?« ruft er aus.

Ich bestätige es diskret, und schon führt er uns in die Rue Custine.

»Da bekommt ihr was zu sehen«, verkündet er. »Das ist ein Ding!«

Wir gehen schneller. Ich denke, der Eiffelturm, der Invalidendom oder der Concordeplatz springen uns gleich in plötzlicher Herrlichkeit entgegen.

David bleibt stehen: Ein langer Boulevard beginnt hinter der Kreuzung. Bäume haben sie da gepflanzt, und ein Pferdeomnibus keucht mühevoll hinauf.

Als ob er uns die Sixtinische Kapelle zeigte, spricht David leiser. »Der Barbès, ihr steht vor dem Barbès.«

Er bewegt sich nicht, lehnt sich leicht auf den Hacken nach hinten, um uns das Ganze genügend bewundern zu lassen.

»Seid ihr nicht zu müde?«

Ein bißchen sind wir es bereits, aber es gibt so viel zu bestaunen, daß wir gar nicht daran denken dürfen: der Louvre, die Tuilerien, der Eiffelturm, die Seine, Notre-Dame... Eigentlich bleiben noch alle Sehenswürdigkeiten übrig.

»Überhaupt nicht, weiter geht's.«

Heute kann ich unseren Rundgang dieses Nachmittags rekonstruieren. Einige Straßennamen haben sich geändert, manches sieht anders aus, aber insgesamt gesehen ist dieses Pariser Viertel sich treu geblieben. Wir liefen den Barbès hinauf bis zur Rue des Poissonniers, über die Rue Ordener hinweg, entlang der Rue Championnet. Dann ging es durch einen Irrgarten schlecht gepflasterter, für Knöchel und Absätze ruinöser Gassen bis zur Rue Marcadet. Da saßen wir dann vollkommen erschöpft vor einer Tasse heißem Tee aus Sarahs Samowar.

Damals war mir das nicht klar, aber heute weiß ich Bescheid: Wir hatten wir den 18. Bezirk in allen Richtungen durchstreift.

David wirft sich, erleichtert stöhnend, in seinen Sessel zurück, stützt mit der Spitze des einen Schuhs den Hacken des andern, zieht ihn so aus.

»Na«, fragt er fröhlich, »hat euch Paris gefallen?«

Zwischen Lachen und Müdigkeit hin- und hergerissen, entschließe ich mich zum Protest.

»Aber David, ich verstehe nicht: der Louvre, die Mona Lisa, das Trocadéro, das Pantheon, die Ufer der Seine, die Champs Elysées, der Bois de Boulogne?«

Er starrt mich mit großen Augen an.

»Wer hat dir denn nur von all diesen Sachen erzählt?«

»Ich hab' darüber in einem Buch gelesen, ich kann es dir zeigen...«

Er wirkt verärgert. Lange rührt er in seiner Tasse, dann sagt er: »Ja, natürlich... Wenn ihr in Tourismus machen wollt?«

Ich bin unglücklich, ihm Kummer bereitet zu haben. Er beginnt eine wirre Erklärung, setzt uns auseinander, daß die aufgezählten Monumente gar nicht so toll seien. Sie böten wenig Interessantes. Er dagegen, David, hätte uns etwas wirklich Lohnendes gezeigt, das wahre Paris.

Heute verstehe ich meinen Vetter David besser.

Vielleicht hatte er gar nicht mal so unrecht. Es stimmte: Paris beschränkte sich für ihn auf das Viertel, wo er arbeitete, wohnte, seine Freunde hatte. Alles übrige zählte nicht. Ich glaube, bis zu seinem Tod im Jahre 1924 überschritt er nie die Grenzen seines 18. Bezirks, als ob er jenseits der Avenue de Saint-Ouen, der Boulevards Clichy, Rochechouart, jenseits der Kapelle und der Rue d'Aubervilliers, fremde Gebiete vermutete, die Angst und Feindschaft einflößten, mysteriöse, unbekannte Regionen. Es wäre unvorsichtig gewesen, sich bis dahin zu wagen. Innerhalb ihrer freiwillig gewählten Grenzen lebte eine ganze jüdische Kolonie, aus Rußland und Zentraleuropa geflohen. Dort hatte er für immer halt gemacht und die Wellenschläge der Welt vergessen, welche heranrollten und sich rings um die Rue Marcadet brachen.

Ich stoße die Tür des kleinen Frisiersalons auf, die Klingel scheppert lange.

David Bronstein dreht sich um, die Schere in der einen Hand, den Kamm in der anderen. Ich küsse ihn, er lächelt mich an.

»Was ist los, Anna?«

»Mama lädt euch für Sonnabend zu uns ein, könnt ihr kommen?«

David läßt die Schere flink durch die Mähne eines Kunden gleiten, überschwemmt diesen dann ausgiebig mit einer klebrigen Flüssigkeit ähnlich der Marmelade, mit der die Wiener ihre Omeletts anreichern.

»Klar kommen wir... Seid ihr jetzt schön eingerichtet?«

»Ja, vollkommen... Außerdem hab' ich Arbeit gefunden.«

»Ah! Und was machst du?«

Ich hole tief Luft.

»Ich arbeite in Kinos. Es geht von einem Film zum anderen, erst ins *Royal Ordener*, dann ins *Folies* und ins *Majestic-Palace*.«

Ein Junge, der David hilft und sich bisher noch nicht umgedreht hat, läßt von seinem Kunden ab, lächelt mich strahlend an.

»Ich hab' Sie vorgestern abend im *Folies* gesehen, als es ›Die mysteriöse Spionin‹ mit Musidora gab.«

»Und hat es Ihnen gefallen?«

»Der Film?«

Ich werde rot. »Nein, mein Orchester.«

Er lacht. »Ja, das war sehr gut, ich mag Zigeuner.«

»Na, siehst du«, unterbricht David, »da hast du schon einen Verehrer.«

Ich verlasse sehr rasch den Frisiersalon Bronstein, das Lächeln meines Cousins verfolgt mich fast noch auf der Straße. Ich verdränge es und strebe zu meinen Brüdern in den *Drei Grasmücken*, einem Café-Feinkost-Holzladen, unserem Treffpunkt.

»Auf, ihr fahrenden Musikanten«, ruft der Chef, »auf zum nächsten Fest!«

Was haben wir damals für Tingeltangelmusik verzapft! Wenige lernten wie ich die Atmosphäre der alten Kinos mit den schweren, drapierten Vorhängen kennen. Vor der taschentuchbreiten Leinwand hockte mit permanenter Genickstarre ein Pianist, der in ständiger Improvisation, der Handlung entsprechend, seine Tasten bearbeitet. Ich glaube, ich habe nie einen Film ganz gesehen. Ich kam zum Ende des ersten und ging zu Beginn des zweiten. Das gab mir Gelegenheit, die engen Hosen Musidoras zu bemerken, wenn er Tresore knackte, oder Nick Carter beim Schießen auf maskierte Banditen, Fantomas, wie er von Dach zu Dach sprang, die Taschen voll geklauter Diamanten oder Broncho Billy, dauernd an Marterpfähle gebunden. Seine Peiniger waren Indianer aus unseren Vororten, von den Höhen Bellevilles und aus der Ebene von Grenelle.

Das oft dünngesäte Publikum setzte sich in der Hauptsache aus Männern mit Mützen zusammen, die in den Gängen hin- und herliefen. Manchmal auch Bürger mit Lorgnons, Arbeiter aus den Bäkkereien, Straßenbahnangestellte. Wir hatten ziemlichen Erfolg, unter anderem im *Majestice-Palace,* wohin die bessere Kundschaft ging. Dort traten wir zwischen zwei Filmen auf, deren Handlung in Episoden über dreißig Tage lief.

Wir zogen einen Mantel über unsere Bühnenkostüme und rannten durch die Straßen zum nächsten Kino.

Eines Abends, als wir das *Casino-Fleur* verließen – unser Arbeitstag war damit beendet – trat ein Mann auf mich zu. Ich erkannte das Lächeln von Davids Friseurgehilfen. Er wirkte eingeschüchtert, aber da ich zurücklächelte, sprach er mich an.

»Das war sehr gut, Csárdás mag ich gern.«

»Na, wie schön, er ist meine Spezialität.«

»Ich wollte Nat Pinkerton anschauen, meinen Lieblingshelden.«

Ich begriff sofort, daß er schwindelte, aber das machte mir Spaß. Boris kam strahlend dazu und begrüßte meinen Verehrer, den er flüchtig kannte.

»Würde es Ihnen was ausmachen, Anna nach Hause zu bringen? Ich bin verhindert.«

Seine Verhinderung war mir bestens bekannt, oder sagen wir, seine Verhinderungen. An den geraden Tagen hieß sie Myriam, das Blumenmädchen aus der Rue Riquet, außerdem gab es Mauricette, die Maßschneiderin an der Madeleine. Wenn er sein Zigeunerkostüm trug, schien keine Pariserin Boris wiederstehen zu können. Ich zog also mit meinem Begleiter los, durch die bereits menschenleeren Straßen des guten, alten 18. Bezirks. Dabei erfuhr ich, daß er Roman hieß, Roman Joffo.

»Ich habe mit meinem Chef über Sie gesprochen«, gestand er, »und den Eindruck gewonnen, daß man Sie nicht sehr gewissenhaft durch Paris geführt hat...«

»Das kann man wohl sagen. Und da ich jeden Abend arbeite, hab' ich noch nicht die kleinste Sehenswürdigkeit gesehen.«

Wir gingen schweigend ein paar Schritte. Er murmelte wie jemand, der plötzlich seinen ganzen Mut zusammennimmt: »Wenn Sie möchten, kann ich Ihnen alles zeigen. Zum Beispiel am Sonntag. Können Sie radfahren?«

»Aber sicher.«

Natürlich war ich noch nie im Leben auf einen derartigen Apparat geklettert, aber ich wollte nicht allzu rückständig wirken.

»Ich werde meine Schwester bitten, mir ihr Rad zu leihen. Also, abgemacht. Sonntag um zehn Uhr. Paßt Ihnen das?«

»Einverstanden.«

Wir waren angelangt, und ich reichte ihm die Hand. Einen Moment standen wir unbeweglich unter dem Sternenhimmel, dann verschwand er brüsk.

Ich stieg pfeifend die Stufen hinauf und stellte schnell fest, daß meine Freude nicht von der baldigen Entdeckung der Stadt herrührte, sondern davon, daß ich Paris mit Roman kennenlernen würde.

Verdammt noch mal, sollte ich mich schon in diesen Joffo verliebt haben? Das mußte man erst noch sehen.

Die Tür quietscht immer, wenn man sie öffnet. Mama ist wach, sitzt über ihrer ewigen Strickerei.

»Ich habe eine Neuigkeit«, jubelt sie und küßt mich. »Wir bekommen am Sonntag Besuch.«

Das paßt mir nun gar nicht.

»Und wer kommt Sonntag?«

Als ob sie den russischen Zaren ankündigte, ruft sie aus: »Charles Bronski!«

Dazu muß man sagen, daß Charles Bronski nicht irgend jemand ist. Ich bin ihm bereits zweimal begegnet: ein schöner Mann, ein männlicher Vierziger mit geputztem Siegelring und schwerer Uhrkette. Ein Pelzkönig. Mein kleiner Finger sagt mir, wenn ich meine Tage in Ozelot und anderen Luxusfellen beschließen möchte, so wäre das nicht sehr schwer zu bewerkstelligen.

Ich gähne, daß ich mir fast den Kiefer verrenke, und küsse Mama. Morgen muß ich eine dieser weiten Hosen kaufen, wie sie die jungen Radfahrer tragen. Es wird mein erster Einkauf in Paris.

Es gibt kein Zurück mehr, aber ich hätte nie geglaubt, daß der Sattel so hoch sein würde. Und das Schlimmste dabei: Die Straße fällt steil ab.

Mut, Anna, das kann doch kein Kunststück sein.

Roman wirkt prachtvoll: Rollkragen, Mütze und karierter Anzug, ein echter Sportsmann.

»Na, geht's?«

Ich atme tief ein und reiße mich zusammen. Ein paar Fußgänger auf den Bürgersteigen, aber die Straße ist leer – das ist auch besser so.

Ein Tritt mit dem Hacken, um in Schwung zu kommen, und ich starte.

Der Gehsteig drüben stürzt sich auf mich, ich stoße einen Schrei aus, reiße den Lenker zur anderen Seite, neige mich um dreißig

Grad, komme wieder hoch, die Chaussee unter mir gleitet weg, immer rascher, ich höre Roman schreien, folge ihm – mit Tempo hundert mindestens –, dann liegt die Kurve vor mir! Ach ja, wo sind eigentlich die Bremsen? Ein Pedal rutscht weg, schlägt mir an den Knöchel, und das Vorderrad prallt gegen den Bürgersteig. Graziös fliege ich durch die Luft und schlage der Länge nach in den Rinnstein.

Benommen setze ich mich mühsam auf. Hinter mir ist allerhand los, Fußgänger stürzen heran. Das Rad dreht sich weiter, liegt auf der Seite, seine Speichen glänzen in der Sonne.

Roman ist da, kniet neben mir. Sein Gesicht glänzt dramatisch.

»Tut Ihnen nichts weh? Bewegen Sie die Beine, die Arme, aber sachte!«

Ich gehorche ihm. Alles scheint soweit intakt. Er hilft mir hoch, während die Concierge von Nummer 22 schimpft und sich keine Zurückhaltung auferlegt mit ihrer Kritik an diesen Jugendlichen, die mit ihren Teufelsmaschinen wie die Idioten rasen.

Auf den Arm meines Kameraden gestützt, versuche ich ein paar Schritte. Es schmerzt, sicher, aber mir fehlt nichts Schlimmes.

Jedenfalls werde ich morgen nicht wieder auf so ein verfluchtes Fahrrad steigen.

»Ich wette«, sagt Roman, »daß Sie noch nie Rad gefahren sind.«

Ich lasse den Kopf hängen. Abstreiten geht wohl schlecht, nachdem alle Welt gesehen hat, wie ich mich anstelle.

»Nie«, gebe ich zu. »Aber ich kann reiten!«

Er lacht und drückt meinen Arm.

»Ich bringe es Ihnen bei. Einstweilen machen wir eine lange Spazierfahrt.«

Ich bleibe stehen.

»Aber wie denn? Dann müssen wir den Bus nehmen.«

»Kommt nicht in Frage, Sie werden schon sehen.«

Zwei Minuten später strampelt er tapfer, während ich im Damensitz auf dem Rahmen kauere, berauscht von der Geschwindigkeit.

So überschreite ich die Grenzen des 18. Bezirks zum erstenmal – auf einem alten Klapperfahrrad.

An diesen Vormittag erinnere ich mich mit am liebsten. Beim Schreiben bemerke ich aber, daß ich von zahlreichen liebsten Erinnerungen schwärme... Na, um so besser.

Glückliche Zeit, in der man Paris per Fahrrad besichtigen konnte!

Wenn ich jetzt an den Tuilerien vorbeikomme, über die Kais der Seine gehe, welche vom Concorde bis zur Place des Pyramides vor Autos strotzen, dann denke ich an diese Stunden, als wir allein, oder doch fast allein, die sonnenbestrahlten Ufer entlangglitten.

Armer Roman! Er quälte sich an den Steigungen, obwohl ich gar nicht so schwer war. An diesem Morgen verlor er wohl einige Kilo, aber endlich entdeckte ich Paris, die großen Boulevards, den Opernplatz. Wir umfuhren ihn zweimal unter den gütigen Blicken der Polizisten in voller Montur – und das bei der Hitze –, dann rollten wir die Rue Royale hinunter, wo er mir das *Maxim* zeigte. Ich sah Mistinguette nicht, aber dafür war es wohl noch zu früh.

Ich sperrte die Augen auf, die zischenden Reifen wiegten mich sanft. Der Mund meines Führers streifte mein Haar und erklärte mir alles.

Bei Notre-Dame hielt er an, und ich streute den Tauben auf dem Vorplatz Körner. Über das linke Seineufer ging es zum Eiffelturm, der damals noch ein kleines, heranwachsendes Kind von zwölf Jahren war.

Auf einer Bank in den Gärten des Champs de Mars ruhten wir uns aus... Roman küßte mich. Ich fand das sehr angenehm und sehnte mich nicht mehr nach der Zeit, als ich dazu den ersten Schritt tun mußte.

Er steigerte sich in eine lange Liebeserklärung hinein, war mittendrin, als ich ihn unterbrach: »Wie spät ist es?«

Er schien überrascht, schaute aber auf seine Uhr.

»Zehn vor zwölf.«

Charles Bronski kam doch zum Mittagessen!

Ich sprang auf.

»Ich muß nach Hause, wir haben einen Gast. Und ich habe Mama versprochen, pünktlich zu sein.«

Er zog eine schmerzhafte Grimasse, schwang sich wieder aufs Rad. Ich kletterte hinauf, er trampelte los in Richtung Trocadéro-Brücke.

Weil er so enttäuscht schien, versprach ich ihm ein Wiedersehen, am nächsten Abend vor dem *Majestic.*

Wie verrückt klingelnd sprintete er durch die Straßen, während ich ihn durch Schreie ermunterte, mich an den Lenker klammerte, wenn es bergab ging. Wir entgingen knapp dem Zusammenstoß mit zwei Pferdewagen, und dann blieb er endlich atemlos vor meiner Haustür stehen.

»Ich habe einen tollen Vormittag verbracht, Roman. Danke

schön.« Dem Ärmsten quollen die Augen aus dem Kopf, er schnaufte fürchterlich. »Bis morgen.«

Er machte eine stumme Geste wie ein Ertrinkender, wischte sich mit dem Taschentuch über die Stirn und murmelte seinerseits: »Bis morgen.«

Bevor ich die Tür schloß, sah ich mir an, wie er verschwand.

Er ging langsam, hielt sein Rad mit einer Hand, fächelte sich mit der Mütze in der anderen Luft zu. Wenn ich keinen herzkranken Verehrer wollte, mußte ich lernen, selbst auf einen dieser teuflischen Apparate zu klettern.

Mama empfing mich mit Schrecken im Gesicht.

»Aber du triefst ja! Zieh dich schnell um, Herr Bronski ist gerade gekommen.«

Ich streifte mir mein Sonntagskleid über, fuhr mir dreimal hastig mit der Bürste übers Haar und begrüßte unseren Ehrengast mit noch vom Fahrtwind geröteten Wangen.

Das Essen verlief angenehm. Bronski erwies sich als sehr aufmerksam gegenüber meiner Mutter und mir. Er sprach lange mit Max, mit dem er sich sehr gut verstand, und da er die Rolle meines Tischherrn übernahm, füllte er meinen Teller mehrmals mit Pommes frites, was ich sehr zu schätzen wußte, denn die Frites waren jetzt in Frankreich das, was mir einmal der Wiener Strudel bedeutet hatte.

Mama servierte den Kaffee.

Bronski tauchte seine Lippen hinein, stellte die Tasse hin und erhob sich selbstsicher, mit einem breiten Lächeln. Er wandte sich an meine Mutter.

»Liebe gnädige Frau, Sie werden die Heftigkeit eines Geschäftsmannes und ehemaligen Soldaten verzeihen, aber ich meine, es wäre lächerlich, lange um den heißen Brei herumzureden: Ich bitte Sie um die Hand Ihrer Tochter.«

Ein bißchen war wohl die Müdigkeit nach dem Ausflug daran schuld, ein bißchen das warme Zimmer, ein wenig auch die beiden Gläser Burgunder und mein zu eng geschnürtes Mieder. Jedenfalls drehten sich die Wände um mich, als Charles Bronski ausgeredet hatte, und ich fiel nach feinster Lebensart, wie ein junges Mädchen der besten Gesellschaft, in Ohnmacht.

»Sei glücklich, Anna, mein Liebling, sei glücklich...«

Von Mamas Wangen rinnen die Tränen, David und Sarah ziehen sie ganz sanft fort, und beide Türflügel öffnen sich.

Ich bleibe stehen, mein Herz schlägt laut.

Sie warten vor dem großen Saal mit seinen vierzig Gedecken, alle vier, denn auch Max hat sein Zigeunerkostüm wieder angezogen, und Boris reicht mir meine Geige.

Mein Orchester.

Mein Orchester steht, immer bereit, immer treu, aber ich spüre, dies ist eins der letzten Konzerte, vielleicht schon das letzte, denn heute heirate ich.

Alle Freunde sind gekommen. Sie haben alle darauf bestanden, Anna Boronsky, der Emigrantin, Glück und langes Leben zu wünschen. Sie haben ihre Arbeit verlassen, ihre Boutiquen, ihre Läden, ihre Büros – Russen, Tschechen, Ungarn, die seit Jahren hier wohnen oder erst am Vorabend eingetroffen sind, die Verbannten, die Juden.

Ich kenne sie alle, vom Stuhlflechter an der Porte de Clignancourt bis zum reichsten unter ihnen.

Charles Bronski beugt sich zu mir, seine Augen blitzen.

»Ich wünsche Ihnen viel Glück, Anna.«

Der Pelzkönig ist also auch gekommen. Er hat mir meine Zurückweisung nicht übel genommen, und das rührt mich so sehr, daß ich ihn auf beide Wangen küsse, wobei mein herrliches Brautkleid an einem Glied seiner prächtigen Uhrkette hängenbleibt, die schöner glänzt als je.

»Viel Glück, Anna.«

Ich wende mich Simon und Gletka zu, Romans Neffen... Neffen von Roman Joffo, den ich an diesem 12. April 1913 geheiratet habe.

»Danke. Und jetzt geht Kuchen essen, in der Küche ist genug.«

Die beiden Kinder rennen los, und die Münder um mich herum skandieren meinen Namen:

»Anna, Anna, Anna!«

Ich hebe den Bogen ganz hoch. Janni, Boris, Isaak sind bereit.

»Eins, zwei...«

Die Paare drehen sich. Roman tanzt Walzer mit meiner Mutter, Boris mit einer Rothaarigen, Unbekannten, Wunderbaren, dem neuesten Star der *Vedettes Parisiennes,* Isaak mit Madame Meyerson, unserer Flurnachbarin, Janni mit Sarah...

Nun spiele ich allein, schließe bei den letzten Noten die Augen und weiß, daß die Reise soeben für immer zu Ende gegangen ist.

Es ist entschieden: Ich werde Amerika nicht zu Gesicht bekommen. Ich habe es meinem Vetter David gleichgetan, habe eine Heimat gefunden, ein Land, das von nun an das meine sein wird.

»Spiel' weiter, Anna, weiter, spiel'...«

Und jetzt sehe ich mich als Kind... Mama ist bei mir, wir sind in einer großen Ebene, unter gelbem Licht... Ich halte ihre Hand ganz fest und renne... Dort hinten liegt das Haus, liegt Kesat mit dem Haus meiner Kindheit. In drei Stunden werde ich elf Jahre alt...

Ich öffne wieder die Augen. Das Lied ist verklungen, und alle lächeln mich an. Roman ist da.

Ich bin angekommen.